U0095293

谨以此书献给我的母亲

姜异新

著

别样的
鲁迅

人民文学出版社

图书在版编目（CIP）数据

别样的鲁迅/姜异新著．—北京：人民文学出版社，2023
ISBN 978-7-02-018232-9

Ⅰ.①别… Ⅱ.①姜… Ⅲ.①随笔—作品集—中国—当代 Ⅳ.①I267.1

中国国家版本馆CIP数据核字（2023）第174581号

责任编辑　刘　伟
装帧设计　黄云香
责任印制　张　娜

出版发行　人民文学出版社
社　　址　北京市朝内大街166号
邮政编码　100705

印　　刷　三河市延风印装有限公司
经　　销　全国新华书店等

字　　数　210千字
开　　本　880毫米×1230毫米　1/32
印　　张　10.375　插页19
版　　次　2023年10月北京第1版
印　　次　2023年10月第1次印刷

书　　号　978-7-02-018232-9
定　　价　69.00元

如有印装质量问题，请与本社图书销售中心调换。电话：010－65233595

·1903 年 3 月，剪辫后的鲁迅摄于东京·

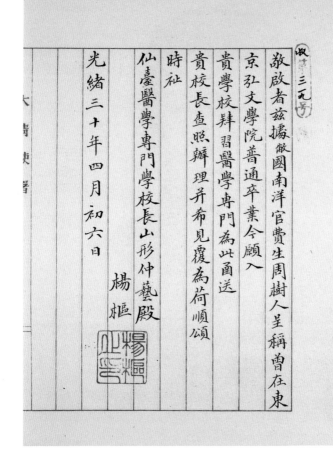

敬啓者茲據敝國南洋官費生周樹人呈稱曾在東

京弘文學院普通卒業今顧入

貴學校肄習醫學專門爲此函送

貴校長查照辦理并希見覆爲荷順頌

時祉

仙臺醫學專門學校長山形仲藝殿

光緒三十年四月初六日

楊樞

· 清朝驻日公使杨枢介绍周树人入学照会 ·

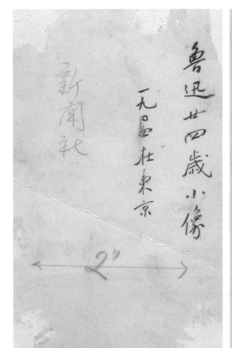

鲁迅廿四岁小像
一九〇四在东京
新闻社

· 弘文学院毕业时鲁迅赠送许寿裳的照片 ·

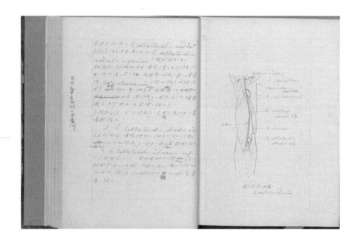

·鲁迅医学笔记——脉管学·

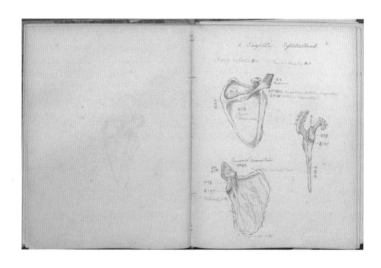

·鲁迅的解剖学讲义·

入學願

私儀今般御校醫學科第一年級（入學志願ニ付御許可相成度別紙學業履歴書相添此段相願候也

明治三十七年六月一日

清國留學生
周樹（印）
二十二年

仙臺醫學專門學校長山形仲藝殿

·鲁迅申请仙台医学专门学校医学科的入学愿书·

· 1911 年在东京时照 ·

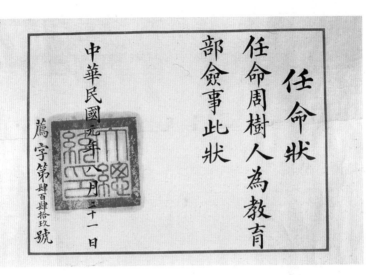

·鲁迅被任命为教育部佥事的任命状·

·右起许羡苏、鲁迅的母亲、俞芳、俞藻，1929 年春北京·

·朱安·

· 许广平 ·

·绍兴县馆·

· 补树书屋 ·

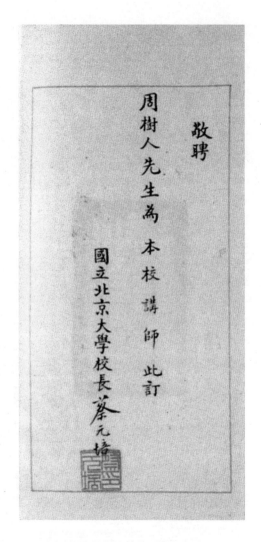

· 周树人被北京大学聘为讲师的聘书 ·

影攝門大院一第學大京北立國

·1920 年北京大学第一院·

·鲁迅设计的北大校徽·

· 八道湾 ·

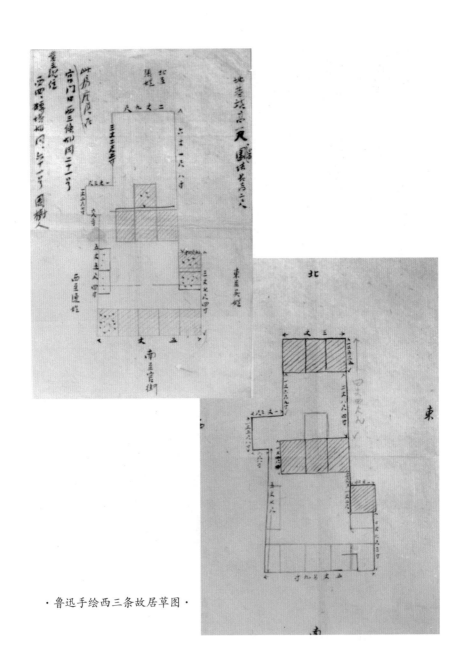

· 鲁迅手绘西三条故居草图 ·

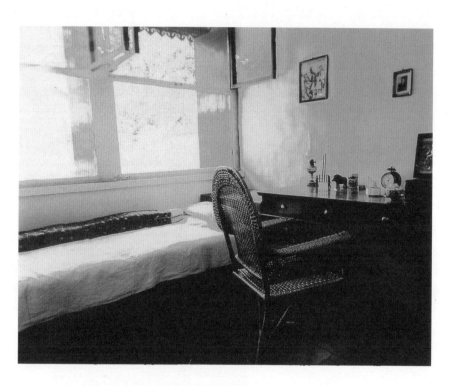

· 鲁迅在西三条胡同居住时的工作室，俗称"老虎尾巴"。

鲁迅曾称此为"绿林书屋"。·

·《新青年》第四卷第五号，
《狂人日记》发表·

·《彷徨》初版本封面·

·《域外小说集》书影
陈师曾题写书名·

·《中国矿产志》初版书影·

·鲁迅为《坟》设计的
手绘内封小画·

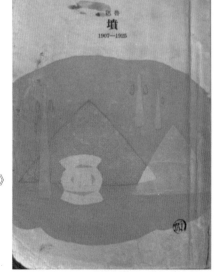

·1927年3月未名社初版本《坟》
封面，由陶元庆设计·

・"我坐在厦门的坟中间"，
鲁迅 1927 年 1 月 2 日题赠章廷谦（矛尘）・

·《眉间尺》手稿·

·《起死》
手稿·

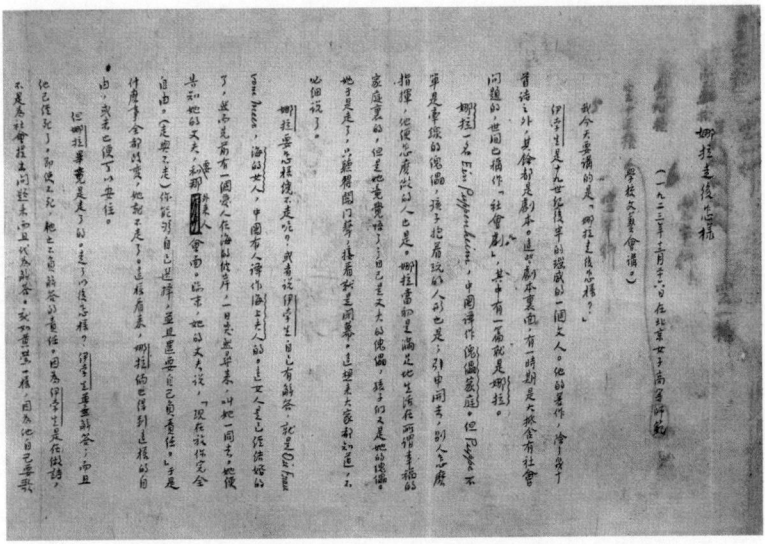

·《娜拉走后怎样》手稿·

· 老广和居 ·

·鲁迅记录的甲子年家用帐·

·1933 年 4 月 19 日鲁迅致姚克请柬·

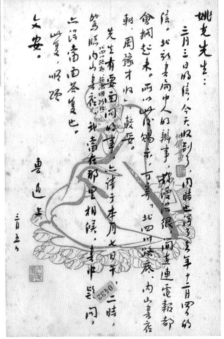

·1933 年 3 月 5 日鲁迅致姚克札·

· 周作人译《黄蔷薇》
初版书影 ·

· 周作人翻译的《匈奴奇士录》
商务印书馆 1933 年 12 月版书影 ·

· 胡适留学日记手稿一页 ·

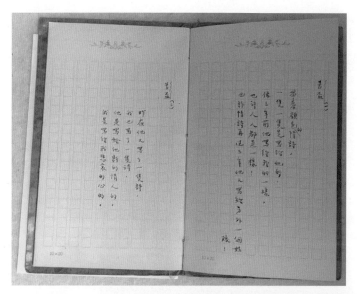

·萧红手抄诗稿《苦杯》二首·

·萧红使用过的藤条篮·

·约卡伊·莫尔·

CABINET KÉP

LENGYEL SAMU FÉNYKÉPÉSZTÖL

KASSÁN és B. FÜREDEN.

· 约卡伊与萝扎银婚照片 ·

·1936 年 10 月 8 日，鲁迅在上海与青年木刻家在一起·

目　录

序

　　从先贤的形迹中寻找往日遗风，对于今人来说也是一次补课。我们因为在日常里不易见到诗文中的至人，以古视今就有了另外的隐含。其实要走进前人的世界，也并不容易，望文生义总还是不行。前些年流行知识考古学概念，献身于此的人，渐渐多起来。知识考古学之外，还有知识审美化的写作，这是过去文章家常有的笔法。今人受此影响，寄意于远方，凝思于现在，笔端就聚集了些许天地之气。

　　如果一个人，因了一个研究对象而改变了自己的读写习惯，是有信仰在的。读着姜异新《别样的鲁迅》，觉得作者就属于此境中人。我认识作者已经快二十年了，最初是鲁迅博物馆同事，知道她除了学术研究，还写点散文，是个很有文学感觉的青年。后来我到大学工作，联系渐少，有时一些学术会议上见面，发现她已经在文字世界耕耘很深。每年都能看到她的文章，除了鲁迅研究方面的，涉猎文学领域的话题也渐多起来。从所述内容看，许多都是旧绪转新，往日的陈迹被一种陌生化的笔触翻动，知识的审美化与审美的知识化，呈现的图景渐新渐广，远近之间，虚实之中，画面里的景色也不断变化着。

鲁迅博物馆有一个风气，研究室的人一般都不在时风里，几代人都看重史料，写的是扎实的文字。他们有时接近民国文脉，本于心性，文章里有一点性情在。新一代的许多人，也在这条路径上，笔墨不涉虚言，写的是有自己特点的文章。有时也不乏性灵的晃动，穿梭于时空深处，率性而来，尽兴而去。所历所感，都可驻足回味。我有时候想，做脱俗学问，写有趣文章，大约都是些会放逐自我的学者。在为了外在动力而写作的人越来越多的时候，能够为心灵而泼墨为文的人，是有一点"热风吹雨"的味道的。

曹聚仁当年的随笔，每每提及民国知识人，像是学术史里的画面，辞章受到了周氏兄弟的影响。《别样的鲁迅》好像也染有此调，在文脉上袭有驳杂之意。以鲁迅为主要对象，串联起学问与诗的文本，透出博物馆人的厚重之气。书稿里的文字所指，一气读下来，像看了一次展览，画面里满是新奇之意。作者多年的心得，于此一一陈列出来。要谈的鲁迅，不是课文里的那个样子，也非宣传里的单面孔，而是从遗物和影响力里呈现的有温度的形象。鲁迅的许多遗物，今人知之甚少，藏书目录尚未公开，手稿研究还刚刚起步。那些全集之外的什物，有时深深打量，都有意外之喜。

以前人们讨论对于历史人物的描述，一直存有争议。一般说来有两种类型，一种是史的方式，一种乃诗的感受。学院派的文章和作家的随笔，尝试中有各类成败的经验。若是介于两者之间，不是从概念出发，而是捕捉文字背后的隐秘，以审美的角度、冷静的态度激活话题，精神的延伸可能更长。聪明的作者讲述过往的生活，多从细节入手，有时以考据的口吻，还原出旧岁的片段。于是，文本生成的原因和历史变动之迹，就活了起来。

我曾经从林辰先生的文章里，得知鲁迅整理国故的暗功夫的来龙去脉。也知道林先生有许多未尽之意。现在一些青年沿着前辈学者的探讨下去，新的感受依然不少。过去我们谈到鲁迅抄碑，搜集出土文献，常视为鲁迅业余趣味。但细心考察教育部时期的活动，姜异新觉得，周树人时期的文化活动，意义不亚于以鲁迅为名的文学创作，是文学生涯外另一道风景。在整理国故与译介域外文章中，已经有了再造文化的冲动。鲁迅在自己的文字里不太记载日常工作细节，这些需要从藏品、他人回忆录，旧的报刊中寻找蛛丝马迹。重新整理诸多遗物，博物馆的前辈已经做了许多，现在需要的是审视的眼光，如何去掉蒙在旧岁中的灰尘，看到曾存活过的边边角角。一旦沉浸其间，便乐而忘返。怎样造访琉璃厂，如何抄录古籍，在北大授课的情形，便联翩而至。只有进入这种情景，活的鲁迅就在我们面前出现了。由此也理解了民国知识人，那时候何以如此迷这位矮个子的作家。

我有时觉得，逝者离我们愈远，沉入时光深处的影子就愈不易捕捉。描述前人，有一个纵向的轴线，也有一个横向的轴线。前者是古今问题，博物馆的人，向来注意于此的。近年出版的《鲁迅藏拓本全集》《鲁迅手稿全集》等，都是可观的实绩。后者则属于中外话题，鲁迅的翻译活动，留下的遗产至今尚未被厘清。姜异新与陈漱渝曾编过一本《他山之石——鲁迅读过的百来篇外国作品》，涉及鲁迅的知识结构，勾勒出的外文书目，让人惊异于先生读书之多。这个时候我们会感到什么是精神博大。梳理的过程，内心也自然被一次次洗刷着，笔法也无意中染上异样的调子。许多研究鲁迅的人都是散文家，我想是被驳杂的知识与趣味熏染的结果。

确实，鲁夫子是另类的作家。我们读他的书，常见到他使用"别样的""越轨的""眶外的""异样的"等字样。我想，这或许是一种下意识的表述，精神深处就有这种别人没有的叛逆意识。这是鲁迅的刚烈性。他的许多作品，都有点反雅化的样子，不以常理为之，但隐曲之中，有美意于斯。即便那些被誉为匕首投枪的杂文，看似金刚怒目，也有文气的流转。还有一种，是柔软性的一面。我们看他与青年作家的通信，向母亲问候，都温和得很。《别样的鲁迅》收有一个短剧《宫门口周宅的一个春夜》，描述周家内的生活，就显得很温馨，鲁迅与母亲、朱安、许羡苏的一段对话，道出周宅暖意的一面。鲁迅给母亲带来的张恨水《春明外史》，让母亲大喜，顺便说起曙天女士捎来的《呐喊》，像《阿Q正传》的故事，颇为熟悉，她觉得小说不该这样写吧。鲁迅听后笑得烟卷都要从手上掉下来，场景很是有趣。这样的表现，是有创意的。思想、学问、诗意都含在文本里。我记得端木蕻良写《曹雪芹》那本书，就在漫笔里藏着学问，古朴中流动着远世之风。漂游于审美王国，有时真的是宠辱偕忘，犹入圣界的。

由鲁迅而能够瞭望到许多风景，这是百年来少有的现象。日本文化史不必说，从所涉的东欧与北欧的作家来看，可写的就有许多。有一年我造访圣彼得堡，在涅瓦河边忽想起鲁迅谈过的几个作家，不禁长叹不已。在陀思妥耶夫斯基故居前，忆及鲁迅对于他的描述，感到了那灵魂的伟大。大凡优秀的思想者，彼此是不隔膜的。五四那代人，给我们带来了诸多思想者与艺术家的遗产，这些对我们都还显得新鲜。姜异新写到自己去匈牙利寻觅周氏兄弟译介的作家的行迹，也流露出这样的感觉，那篇《周氏兄弟遇上约卡伊·莫尔》，写得苍茫辽阔，心绪广远。因鲁迅而与广大的世界结缘，是一种幸运。虽然我们这些后来者还未必追得上前人，一些遗存还深觉模糊，但瞭望它的时候，心是明的。沿着先生的精神轨迹走，才知道吾辈要捕捉的旧绪，还有很多、很多。

孙 郁

2022 年 8 月 11 日于大连

别样的鲁迅

——纪念鲁迅先生诞辰 140 周年

> 他是思想家、文学家、革命家，也是金石学家、国学家、美术家、翻译家……鲁迅以其博学与通达，试图重构中国传统文化体系，寻找中国新文化的方向，时至今日，仍具启示意义。

当写作冲动来袭，卡夫卡会夜间"涂鸦"，福楼拜"必须写出不可抑制的幻想"，夏多布里昂即便正在座谈会中发言，也马上中断谈话，让众人干等，而记录自己……鲁迅呢？鲁迅依旧抄古书。

抄古书乃至抄古碑，鲁迅的确将这种表面上看来与创新性无涉的工作默默持续了经年，但绝非如同口口相传的那样是为了排遣苦闷。就连德国哲学家本雅明都看得出来，中国誊抄书籍的实践"无与伦比地保全了文学文化，誊本是解答中国之谜的钥匙"。可以说，这也是破解鲁迅之谜的钥匙。

有人说，鲁迅提出了很多独创性的思想，却不是构建思想体系的哲学家；他研究中国小说及其演变史，却不是学院教授；他搜集整理了很多稀有的金石拓片，却不是金石学家；他为完成中国字体变迁史，遍览碑刻造像铭文，却不是文字学家；他引领了新兴木刻的潮流，却不是美术家；他终生使用金不换毛笔写作，留下3万多页手稿，却不是书法家……

　　　　鲁迅以他的博学与通达，试图重构中国传统文化体系，寻找中国新文化的方向。

　　鲁迅并不是到了山会邑馆，寂寞如俟堂才开始抄书的。早在三味书屋读书期间，他便养成了这一浓厚的兴致。抄书，成了放学归来乐陶陶的课外活动。那时鲁迅最喜欢抄的自然是"草木虫鱼"。且不说《山海经》里真实的动物有291种之多，也不说中国第一部精湛的生物图典《尔雅》，以645图记载了590多种动植物，单说中国最早的诗歌总集《诗经》，用比兴手法呈现出华夏大地的生物多样性，以抑扬顿挫的吟诵节奏，引人无限遐思。鲁迅用荆川纸，画了格子衬在这些书里面，专注地影写、描画。

　　此后，陆羽的《茶经》、陆龟蒙的《耒经》《五木经》《竹谱》《笋谱》、王磐的《野菜谱》……一本本翻开，便进入了书海里的百草园——一个个新奇丰富的植物王国。鲁迅干脆刻了有黑色条子直行的木版，定印了许多张竹纸，满腔热忱、非常系统地抄下去。

　　鲁迅痴迷于抄古籍，熏染出的是什么样的知识底色呢？

　　1930年，回忆仙台医专解剖室的学习岁月，鲁迅记下了他第一次要在女尸身上动刀时的独特感受，"似乎略有做诗之意"，他写道，"但是，不过'之意'而已，并没有诗，……后来，也就连'之意'都没有了，大约是因为见惯了的缘故罢，正如下等人的说惯一样。"

没错儿，还有那条著名的下臂血管，被鲁迅刻意位移了的，自以为画得不错，结果引来藤野先生的和蔼批评："解剖图不是美术，实物是那么样的，我们没法改换它。"

这其实是刚刚从科举走出的中国第一代留学生在养成科学思维时遭遇的文化惯性，而鲁迅又散发着更加浓郁的中国传统文人气质。虽然他那时已经编译撰述了《人间之历史》《科学史教篇》和《中国矿产志》，介绍生物学家林奈、居维叶、达尔文、赫胥黎，介绍物理学家居里夫人如何发现镭。与他抄写校勘汇集的中国古籍比起来，这些依靠大量阅读日本材源所做的文言论文，显示出良好的材料梳理、归纳概括、总结观点的逻辑性训练。

20 岁出头的鲁迅就提出"取今复古，别立新宗"，"外之既不后于世界之思潮，内之仍弗失固有之血脉"，"首在立人"的观点，中国现代思想史至此需立新章。

1909 年 8 月，回到故乡的鲁迅，先是任教于浙江两级师范学堂，教授初级化学、优级生理学，兼任日籍教师铃木珪寿植物学课程的翻译。他带着纯粹的愉悦，而不仅仅是职业需求，开始了生物学领域的积极探索——与铃木珪寿带学生们到孤山、葛岭一带采集植物标本；与生物教员张柳如依据那时通行的大陆派德国恩格勒的分类法进行植物分类、定名；与教员杨莘耜外出游西湖，杨猎鸟，鲁迅采集花草。到绍兴府中学堂任监学后，鲁迅又带三弟周建人去会稽山下禹祠、新步沥海关江堤等处采集标本，迫不及待地写信告诉好友许寿裳"搜采植物，不殊曩日"。他还以甚于生物学家的热忱从日本购买了大量日文本、德文本植物学专著。

令人吃惊的是，留学日本七年而归的鲁迅，反而更大量地抄校中国古籍，被学者称之为"暗功夫"。撇开地方文献、古小说不谈，仅古博物学方面便有《岭表录异》《穆天子传》《南方草木状》《北户录》《桂海虞衡志》，程瑶田的《释虫小记》，郝懿行的《燕子春秋》《蜂衙小记》《记海错》等。如今这让人叹为观止的抄录校勘统统收入了2021年9月国家图书馆出版社、文物出版社联合出版的七编78卷本《鲁迅手稿全集》中的《辑校古籍编》。

当李时珍在《本草纲目》中辑录"远志"，释名"此草服之能益智强志，故有远志之称"的时候，不会想到一个叫刘米达夫的日本人，使它在国际上摇身变为"細葉姬秋"，更不会料想中国人编辑的《植物学大辞典》竟然也如此称呼，而以讽刺中医著称的现代作家鲁迅在1930年翻译刘米达夫的《药用植物》时，又重新将"細葉姬秋"译回"远志"。理由当然不仅在于形态的描述，还有不容忽略的本土历史文化内涵。

17世纪中叶到20世纪的400年间，西方探险者以及随行的博物学家向全球开拓进军，殖民扩张的贪婪伴随着世人对新奇物种的渴求。18世纪30年代，瑞典科学家林奈开始为地球上的动植物编制目录，结束了生物学界长期以来的混乱状态。他创立的用拉丁属名和种名为植物命名的二名法，自 19 世纪成为植物学研究的准则，直到今天仍是该体系的核心。

再过 70 年，一位叫周树人的中国青年才会来到日本，在日语书本中认识林奈。再过三年，已经是仙台医专医学生的周树人被日俄战争的幻灯片刺激，弃医从文；此后至少又是三年，他沉潜于东京，常常整晚不睡地阅读与翻译东欧文学。流连逡巡于旧书摊是唯一的休息方式。某日，他被一本旧文学杂志介绍荷兰童话《小约翰》的浪漫意境深深吸引，立即委托丸善书店向德国订购该书。20 年后，他早已成为北洋政府教育部佥事，每周有一天下午与好友到中央公园，伴着一壶好茶，汗流浃背地逐字翻译这令他终生难忘的童话。

翻译过程中，鲁迅在浓郁的文学氛围里遭遇愈来愈多的动植物名。中国尚未有全面生物学分类法的问题终于越过文学，伴随鲁迅的文化焦虑再次浮出水面。他为此专门写了《动植物译名小记》，并终于确立他的原则——本土植物采用中国典籍中的名称，是谓"复古"，但要注意甄别，烦难不得要领的名称弃之，捕风捉影的记载滤掉，积极采纳具有生活气息的通行俗名，是谓"取今"；而外来植物则可以采用音译，也可采用意译名。

其实早在浙江两级师范学堂教授生理学时，鲁迅在编写《植物学讲义》例言中便已初定原则："吾国植物，从古自有定名，若神农李时珍之本草，毛诗尔雅山海经诸书，彰彰可考，是编名称都用吾国国有名词，间亦有自名或译名者，必其为吾国不之产，否则为无从考究者也。"以鲜明的民族态度对中国植物命名做出了自信而肯定的说明。

此时再回到远志的翻译，就可以理解那绝不仅仅是一个词语的问题。1930 年 10 月 18 日，鲁迅在内山书店看到日本新出版的《生物学讲座》丛书，当夜便译完其中《药用植物》一书的前两章。尽管这部分内容简述了药用植物的沿革，表明中国对药用植物的研究最早，但远志、地黄、皂荚、商陆等等国人耳熟能详的中草药通通被日文假名标注，拉丁学名都赫然写着 "Makino"，即 "牧野"。根据林奈的二分法，这意味着牧野富太郎是这些植物的首位发现者。

分类学的确不是把植物归拢归拢那么简单。明治维新以后的日本不仅学会了欧洲各种学科方法，还学会了在台湾殖民地复制欧洲的资源开发与掠夺模式。已有学者强调，编撰《日本植物志》的牧野富太郎 1896 年来到台湾，进行了为期两个月的植物标本采集和调查，用自以为 "最适合" 的日本假名，重新表述植物世界。于是，"远志" 便成了 "細葉姬秋"。

无论如何，这些在《本草纲目》中便有记载的中国植物，都不可能是牧野富太郎新发现的品种，而杜亚泉 1918 年所编撰的，也是当时中国唯一的《植物学大辞典》，居然漫不经心、不加甄别地沿用了日本名，这很难让人一笑了之。

鲁迅提出从中国古籍和中国人的生活经验中为本土植物正名，摆脱以欧洲叙述为基本框架的现代性逻辑，抗拒日本与欧洲双重科学霸权。其 "别立新宗" 之意，给相比之下思考滞后的中国生物学界以深入持久的启发。

2020 年 12 月 12 日，由旅日爱国华侨张荣先生捐赠的隋代天龙山石雕佛首回归祖国。2021 年春节，北京鲁迅博物馆举办"咸同斯福——天龙山佛首回归特展及数字复原展"展出了这件佛首，同时展出的则是鲁迅 90 年前购藏的八张天龙山造像拓片。

19 世纪 20 年代，天龙山石窟遭到大规模盗凿，日本山中商会文物经销商山中定次郎在 1924 年和 1926 年两次到天龙山大肆劫掠，之后将头像与身像分别卖给不同买家，以获得更高利润。据不完全统计，天龙山石窟流失海外的文物超过 160 件，分布于全世界 40 余家博物馆和私人藏家手中。

1931 年 4 月 19 日的午后，鲁迅同三弟周建人前往西泠印社以三元七角购入八张天龙山第二、三窟的造像拓片。现在完好地保存在北京鲁迅博物馆，为观众欣赏完整的佛像提供了最珍贵的参照。

今年是鲁迅诞辰 140 周年，鲁迅研究的历史至少已有 113 年。有学者慨叹，在鲁迅研究领域已经没有一处没翻过的瓦片，然而，他对金石拓片的收藏就是一个值得深入挖掘的宝库。除了与佛首一起亮相的造像拓片让人惊艳，鲁迅生前共搜购历代拓本 5100 余种 6000 余张，包括碑碣、汉画像、摩崖、造像、墓志、阙、经幢、买地券、钟鼎、铜镜、古钱、古砖、瓦当、砚、印等等。特别是，鲁迅最珍爱的汉画像拓片，生前曾编订过目录，研究精深，并有海内外编译出版的宏大设想，具有开创性意义。

假如 1913 年 9 月 11 日，教育部同僚兼同乡胡孟乐没有到访山会邑馆，或者只是到访并没有带上十枚山东武梁祠画像佚存石拓本，或许鲁迅在 32 岁之后对汉画像的痴迷与收藏不会如此深入与丰富。然而，这份非同寻常的礼物毕竟到来了，当夜被鲁迅记入日记。此后，常常外出视察的同事杨莘士平添了一份任务——为鲁迅拓碑文，特别是碑阴文字、碑座人像和花纹等，那是鲁迅最喜欢的。在鲁迅成长为反传统最有力的新文学作家之后，仍乐此不疲，坚持不辍，两个收藏峰值分别出现在北京时期的 1915—1916 年和上海时期的 1935—1936 年。

山东嘉祥武氏祠乃东汉晚期官绅武氏家族墓地上的石砌祠堂，盛施雕饰、凿工精美，其方圆相济的造型，古朴稚拙的线条，儒道互补的精神内涵，令无数学者着迷，堪称汉代的百科全书。层雷横列、铺陈物象的装饰方式后来出现在鲁迅的书刊封面设计中，如《国学季刊》第一卷封面，阳线云纹底纹上部是阴刻象生纹，三角形与圆润的多边形相组合；红色羽人飞鸟云纹图案用于《桃色的云》封面；群魔腾云跳舞、与羽龙嬉戏出现在高长虹的散文和诗集《心的探险》封面，并直接标注："鲁迅掠取六朝人墓门画像作书面。"

以石刻拓片相赠，是民初知识阶层尚古雅的风气。汉画像的搜求场所自然是声名远播的琉璃厂，也包括西小市和白塔寺庙会等。着长袍，漫游琉璃厂，与友人一路循览过去，这样的汉画寻拓方式，成为只有在民初的北京才能达成的独特的文化景观。鲁迅的琉璃厂寻拓之旅，可谓处处风景，收获颇丰——"曾陆续搜得一大箱"。1926年拟编订并手书目录的十五卷《汉画像考》便是以这"一大箱"为主体的。鲁迅自1915年开始购买汉画像拓片，出手便入120种左右，10月4日这一天竟批量购入137枚；1916年更是达到最高峰，全年购买汉画像拓片1200种左右。这一年的5月至7月，3个月间鲁迅去了28次琉璃厂，几乎隔日就去一次，特别是7月的炎炎夏日，腹泻至便血亦未曾稍歇，乃至日记中以"当戒"二字"棒喝"。1917年开始逐年明显半数递减，至1920年后，几乎是略有顾及，直到1935—1936年因搜集南阳汉画像而形成另一高峰。

同时期鲁迅还购买了《金石录》、《金石萃编》、《两汉金石记》、《寰宇访碑录》、《隶释》、《隶续》附汪本《隶释刊误》等大量专门著录。为了搜集到高质量的画像拓本，除了漫游琉璃厂，鲁迅还从各种地方志和教育部上报的材料中寻觅线索，开列清单，注明画像石出土地点，请人赴当地找拓工拓制。1929年回京探亲的短暂几天，还打算到北京大学将自己所缺的汉画像拍照留存资料。北京鲁迅博物馆现存其收藏的汉画像拓本达730余件。

拓片不同于原刻石，原刻石是一种蕴含了丰富历史信息的纯粹的浅浮雕艺术，而拓片是母本的蝉蜕，所以又称脱本，也可看做是原刻石的身影。鲁迅是真正尊重拓片自身美学的人，他在黑白对举的拓片上钤上朱印的意趣远远大于站到原刻石前涵咏历史的兴味。相较于朱拓，形式上鲁迅更钟情于墨拓。他对拓工要求极高，这在其未刊手稿中对山东地区有关汉画像石拓工的要求有详尽记载："一、用中国纸及墨拓；二、用整纸拓金石，有边者并拓边；三、凡有刻文之处，无论字画悉数拓出；四、石有数面者令拓工著明何面。"经墨汁浸染而棰拓下来的汉画像，由石雕线刻而摇身变为一种黑白分明、虚实相生的纸上艺术，其衬托、渲染的效果凸显，升华出一种新的感染力。拓片所用材质，纸、墨、水都非常讲究。中国纸既韧且洇，墨亦浓亦淡，白芨水清而微黏。加之墨色光泽、扑打之后的纹理、岁月剥蚀的残缺印痕，都是脱离原石母本后的拓本自生的美学元素。适合棱角分明刻写的金石相击，反能呈现飘逸升腾之写意，正是拓片殊为高妙之处。加之后期的题跋、钤印、装裱后的形式美。这些都表明棰拓绝不是原始的复制技术，而是一门承载着汉民族独有思维方式的本土艺术。由画而刻而拓，所用工具完全不同，画工、刻工、拓工的聪明才智和匠心独运，在穿越时空如行云流水般的精神默契中，因心心相印而得以成就。鲁迅看到中国这一独特艺术链条中所蕴含的劳动人民的智慧与创造力，虽不得已服务于统治阶级的意识形态，尤体现于厚葬习俗，然其对社会风貌的呈现，成为地上宫殿灰飞烟灭、一椽不存后唯一可视的历史画面。

鲁迅将金石学的深研精神注入到了文艺理想中。他向曾共同留学日本又为教育部同僚的挚友许寿裳慨叹：

> 汉画像的图案，美妙无伦，为日本艺术家所采取。即使一鳞一爪，已被西洋名家交口赞许，说是日本的图案如何了不得，了不得，而不知其渊源固出于我国的汉画呢。

东方艺术的精髓难道在日本吗？西方是如何观看东方的？这一心问在不断鉴赏浏览汉画像拓片的过程中，在时时以日本为参照的比较视野下渐渐浮现，并催生了鲁迅式中国文艺复兴的思路——张扬纯粹中国本土黄金时代之艺术，回归毫无委顿、雄奇超拔的汉代，在世界艺术史上为东方艺术天马行空之大精神追根溯源，彰显中国精神。

这样的旷世之问非夸博学问、滥引古书之所谓"大师""学者"，根底浅薄、追逐潮流之艺术家们所能认真思考，它是一个集作家、学者、批评家于一身，脚踏实地的文化启蒙者的精神情怀。

汉画像对鲁迅文艺思维的影响，固然显见地呈现于书籍杂志封面设计中对其图案花纹的直接运用，其感知模式的种种亦不易察觉地内化至文学创作中，令读者不期然陶醉于其文字与汉画像顾盼生姿的修辞审美氛围。无论是《阿Q正传》里阿Q与小D的"龙虎斗"，还是《说胡须》中翘上翘下的胡子，欣赏过鲁迅藏汉画像拓片者阅此描写，观此议论，无不掩卷深思，会心微笑。鲁迅之所以对古代意象能够从容调遣，汉画像的浸淫功不可没，它催生助长了他对中国本土美术的文化经验，这不仅是个人艺术眼光的历史养成，更随其非凡创造的文学实践注入到新文化生产场域，培养或说纠偏了彼时知识界的艺术感受方式，对于融合于传统而自主生成中国现代艺术审美经验来讲，无疑起到了奠基作用，尽管学界对鲁迅这一独特贡献的认知是滞后的。

今人如何遥想古人，西方如何观看东方，这一萦绕不已的心问促使鲁迅廿年不忘精选汉画像集以传世。享堂碑阙的两汉时代，本土创造力勃发，对外来的美学元素，自由驱使，绝不介怀，因之而容纳多元，精神闳放，在这样纯正的本土文化土壤和中国精神之上，大胆拿来他者文明之营养，培育优秀的新兴艺术，才能从西方式的中国里找回自我。

鲁迅自己便是以此之问作为整理优秀中国传统文化遗产的动机和目标，并为之身体力行、奋斗终生。与象牙塔式学院派考古不同的是，鲁迅的心永系大众。对鲁迅来说，将汉画像这门独特的中国艺术精准传世，并向海外传播的冲动远远超出了集齐拓片以复原墓葬建筑的冲动，尤其是当看到很多选印凡品，乃至是夸博伪刻、欺人之书流布之后。虽然他深知所谓的普及实际难以实现，原因无他，一为青年人不感兴趣，二为造价太高。

自 1916 年鲁迅即编订《寰宇贞石图》，1924 年编订《俟堂专文杂集》并做题记。但他拟出版汉画像集的廿年宏愿几经曲折，终成未竟之业。最初是拟将北京时期集成的汉画像拓片印成《汉画像考》，且不问完残全部印出，分为"一，摩崖；二，阙，门；三，石室，堂；四，残杂"几大类。在京任教育部佥事时，鲁迅经常与北大校长蔡元培讨论付印一事，后"因印费太昂，终无成议"。到厦门大学任教后，学术条件转劣，材料不全，印工浩大，不得已中止这一"野心"。后来决定还是采用选印法，撷取"有关于神话及当时生活状态，而刻划又较明晰者"印行，限于时间财力未成。南阳汉画像 1923 年被考古学家董作宾发现七年后，关百益编《南阳汉画像集》出版，周建人为已定居上海三年的鲁迅购得。鲁迅看后遂托付台静农、王冶秋代为收集南阳汉画像拓片，再次尝试选印。他一面收新拓，一面觅旧拓，特别是《武梁祠画像》《孝堂山画像》《朱鲔石室画像》等，选其较精者付印，即便有重复出版的也无妨，可使读者加以对比，择善而从。台静农孜孜代为收集南阳汉画像，并寄给鲁迅《南阳画像访拓记》一书，使鲁迅深思出清晰成熟的编选思路，更迎来了平生第二次汉画像拓片收藏的高峰。去世前一年，在王冶秋、杨廷宾、王正朔、王正今的协助下，共收集南阳汉画像拓片 230 余幅。

鲁迅期待中汉画像集的读者不但是中国青年，更有国外读者。这离不开鲁迅作品的英译者姚克，在他与鲁迅的通信中，可以看出一个文学青年请教前辈作家的殷殷叩问。对于姚克用英文创作小说的想法，鲁迅极为赞成，说："中国的事情，总是中国人做来，才可以见真相。"还一再鼓励他多参看汉画像，以了解中国古代的礼仪风俗，特别是《武梁祠画像》，因为原拓较模糊，建议参考《金石粹编》及《金石索》中的复刻。1934 年间的通信则多谈及自己多年来欲选印汉唐画像的愿望，姚克积极响应，表示愿协助其出版汉画像集的英译本，将中国这一独特的艺术遗产介绍到海外。然而，鲁迅的身体已经愈来愈衰弱，这项伟业难以为继。

近百年后，北京鲁迅博物馆编的《鲁迅藏拓本全集——汉画像卷》由西泠印社出版，终于以全本的面貌再现了鲁迅的收藏与整理研究思路，完成了先生的这一夙愿。另有碑刻、墓志、瓦当、造像记、砖刻卷也陆续面世。

最开始抄书时，鲁迅其实是被插图深深吸引的。"镂像于木，印之素纸"，对他来说是非常神奇的魔术。

中国古刻有着上千年历史，汉代石刻深沉雄大，唐末佛像雕镂精巧，明代小说绣像文彩绚烂。作为一种集体劳作，古刻需画工、刻工、印工精诚合作而成。好的画工被尊为画师，刻工"以刀拟笔"，依样模仿复制，印工最终拓印完成。

古刻这一中国特有的技艺于 1320 年左右随丝绸之路传到欧洲，很快就被创造性强的西方画家习得精髓，并体会到"以刀代笔"，独立流畅地完成这一全过程的艺术愉悦。越来越多的画家开始自画、自刻、自印，创作版画诞生了。而中国古刻却在东方大地上渐趋消亡，只在年画与信笺中略见其影。

幼年鲁迅就迷上了老鼠成亲的花纸，花纸是绍兴的年画。直到 40 年后，在上海的鲁迅还与郑振铎书信往来，合资编印古法《北平笺谱》，明代《十竹斋笺谱》，留下了考究典雅的中国古刻艺术史资料。这是"鲁迅式文艺复兴"的又一实绩。

中国的创作版画取法于欧洲，比之落后了六七十年，要获得蓬勃发展，最要紧的是绍介作品。这是鲁迅收藏外国版画的原动力。1927 年 11 月 30 日，鲁迅从内山书店购得日本永水濑义郎所著《给学版画的人》，此后大量搜集外国版画书刊、画集和名作的原拓，共涉及 16 国，200 多位版画家，原作达 1800 多件，其搜求之勤、花费之巨、所得之富，无人堪比。在 1930 年代的中国，可谓是国际版画大收藏家。

最早被鲁迅介绍到中国的外国著名画家有凯绥·珂勒惠支、梅菲尔德、达达主义的代表画家格罗斯、法国黑白装饰画大师"恶之花"比亚兹莱、日本抒情诗画家蕗谷虹儿等。

在他上海寓所的镜台上，摆放的是一幅苏联毕珂夫的黑白木刻《拜拜诺娃画像》，那是鲁迅非常欣赏的一种女性姿态。拜拜诺娃是前苏联革命剧院的女演员。1936年2月23日，鲁迅和许广平在上海参观前苏联版画展览会时当场订购，后由苏联领事馆无偿赠送原拓。当时是史沫特莱转赠的，当史沫特莱问鲁迅为什么独独订购这一幅时，鲁迅说："这一张代表一种新的、以前没有过的女性姿态；同时刻者的刀触，全黑或全白，也是大胆的独创。"

《波斯诗人哈斐支抒情诗集》的首页套色木刻是鲁迅在病中常常浏览的毕珂夫女性木刻形象，画面上一远一近两位年轻女子，右下角是一丛鲜花，天幕中有几颗星星在闪烁。刀法简练稚拙，人物体态婀娜柔美。先生在《记苏联版画展览会》一文中指出，"它不像法国木刻的多为纤美，也不像德国木刻的多为豪放；然而它真挚，却非固执，美丽，却非淫艳，愉快，却非狂欢，有力，却非粗暴；但又不是静止的，它令人觉得一种震动——这震动，恰如用坚实的步法，一步一步，踏着坚实的广大的黑土地进向建设的路的大队友军的足音。"苏联版画家们认真精密的创作态度，足以净化弥漫于中国艺苑的粗浮之风，可使好高骛远、忽视艺术技巧的青年惊醒，减少或杜绝那种"仗着'天才'，一挥而就的作品"。

要说鲁迅晚年最珍贵的版画收藏，应是德国闻名世界的版画家凯绥·珂勒惠支。"她以深广的慈母之爱，为一切被侮辱和损害者悲哀，抗议，愤怒，斗争；所取的题材大抵是困苦，饥饿，流离，疾病，死亡，然而也有呼号，挣扎，联合和奋起。"她的铜版画《织工》《农民战争》深深打动了鲁迅，甚至通过史沫特莱联系珂勒惠支，请其以中国太平天国运动、左联五烈士为题材创作版画，尽管后者以不熟悉中国婉拒。

如今，在日本冲绳，会感受到鲁迅的巨大存在，特别是在佐喜真美术馆，你会看到一个曾经在苦难中挣扎的中国。这里藏有德国女版画家凯绥·珂勒惠支很多著名的作品。而冲绳近代知识分子显然是在阅读鲁迅的过程中获得了极大的精神力量。

作为二战时期美国和日本唯一的地面战场，冲绳的战争格外惨烈，冲绳人民的身份认同充满复杂与痛苦的基因，世界上没有哪一个地方对和平的渴望能够比冲绳更加强烈。1994年，当佐喜真道夫在美国军事基地旁边利用继承祖上土地的优势终于申请创建了佐喜真美术馆时，该用什么样的馆藏唤醒和激发民众的身份认同感，向世界传达冲绳独特的心灵史和精神记忆，成为他苦思冥想的问题。最后，他终于在凯绥·珂勒惠支的反战版画中找到了精神之源，并与最早将其介绍到东亚的鲁迅产生了深深的共鸣。鲁迅的《写于深夜里》让佐喜真道夫第一次知道了珂勒惠支，刊登在杂志《北斗》上珂勒惠支的作品《牺牲》使他渴望能够在日本看到这位具有慈母之爱的女艺术家更多的版画。

1936 年 5 月，离鲁迅逝世已经不足五个月，上海三闲书屋终于出版了鲁迅编定的《凯绥·珂勒惠支版画选集》，收入作品 21 幅，包括石版画 7 幅，铜版画 14 幅，另有 3 幅木刻画是配在史沫特莱的序文（茅盾译）里，再加上参考雅斐那留斯·第勒所编的珂勒惠支画集图说而改写的序目。该画选以珂罗版印在宣纸上并以线装书的形式发行，鲁迅托郑振铎在北平故宫博物院印刷厂制版，先印成散页，再托上海文化生活出版社铅印文稿，然后在家里，拖着虚弱的身体，一张张补上衬里纸，配页成册，再于封面贴上手写的书名签……

正是这本让鲁迅呕心沥血的《凯绥·珂勒惠支版画选集》后来流布到日本，传递给冲绳人民以极大的精神力量。

佐喜真美术馆积极搜购珂勒惠支的经典作品，使这位女艺术家的心灵之图更多地出现在东亚的天空下。在中国新兴木刻运动 80 周年之际佐喜真美术馆与北京鲁迅博物馆联合举办了珂勒惠支版画展览。馆长佐喜真道夫说："但愿，来自琉球的小小的收藏，能成为载负鲁迅和珂勒惠支思想的磁场，化为创造东亚新的和平的博大想象的第一步。"

实际上，从 1929 年起，为给中国版画艺术学徒提供学习和借鉴的范本，鲁迅在搜购外国版画的同时，便开始不断地编印外国木刻画集了。大部分都是自费精印出版。除了最后时刻的《凯绥·珂勒惠支版画选集》，先后印出的还有《近代木刻选集》两本，《新俄画选》《士敏土之图》《一个人的受难》《引玉集》《死魂灵一百图》《苏联版画选集》等9种，印行数千册。

鲁迅就是这样在精心考察中外美术运动的历史和现状的基础上，从中国国情实际和革命需要出发，认定版画"是正合于现代中国的一种艺术"，"当革命时，版画之用最广，虽极匆忙，顷刻能办"。为了更具体地指导青年从事木刻创作，他除了请日本人内山嘉吉办木刻讲习班，奉献展品策划一系列木刻展览，还鼓励吴渤（即白危）编译了《木刻创作法》，并亲自校阅，亲笔作序。为纪念我国新兴木刻在其萌芽期所走过的艰难而战斗的历程，促进青年技艺的交流和观摩，他又亲自动手编印了《木刻纪程》。

鲁迅不遗余力地播撒木刻火种，培训木刻骨干，在他的倡导下，由中国最初的木刻讲习会蔓衍而生木铃社、野穗社、无名木刻社、M.K.木刻研究社，由最初的零星幼小渐渐汇集成旌旗蔽空的大队。青年木刻家们捏刀向木，直刻下去，使人民成为画作中的主人。新兴版画家们勇敢地跨出世界的第一步，努力开辟出坚实的、属于中国自己的创作木刻之路。

"只有双脚走在路上的人才能感觉到道路所拥有的力量。"鲁迅就是这样一位从没路的地方踏出路来的开拓者。作为文学家，他为我们留下了上千万字的著译创作，同时他又是令人钦佩的博物学家、矿物学家、金石学家、美术界导师、编辑家、设计师、书法家、国学家……他是如此一个博大精深、思想敏锐、身体瘦弱而精神屹立的先驱者。他以"立人"为思想轴心，以各种方式启发国人思考现代之内涵，勾稽整理中国传统文化，运用脑髓、大胆"拿来"外国文化，终生致力于传统文化基因的创造性转化，以创新性的主体意识，辐射至众多学科领域，以彪炳史册的新文化业绩，战斗至生命的最后一息，不愧为现代中国的民族魂。

（原载《华夏地理》2021 年第 9 期）

负笈留东，华年七载

——鲁迅的留学生涯

众所周知，鲁迅于南京的江南水师、陆师学堂学完洋务之后，成功获批官派留学日本资格。资格是什么？"南洋矿路学堂毕业奏奖五品顶戴"。是谁派的？两江总督刘坤一。官费有多少？每年年款 400 日元，每月约 33 日元。

鲁迅从此开启七年多的留日模式。

留学七年，由语言预科到大学毕业，找到自己喜欢的专业，应该不成问题。然而，鲁迅拿到的不是学历，是学力。以仙台相隔，前后两个东京遥望，将鲁迅 22—29 岁的留学履历截为三大段——1902—1904，弘文学院。1904—1906，仙台医专。1906—1909，独逸语学校。

其间，曾经逗留的地方还有横滨、水户、箱根、长崎和松岛。其间，必须直面的还有学运、暗杀和战争。其间，还顺便结了个婚。

（一）弘文学院

1902 年 3 月 24 日，鲁迅由江南陆师学堂附设矿务铁路学堂的总办俞明震带领登上日本轮船"大贞丸"号，离开南京下关码头，同行的还有五名同学，张协和、芮石臣、伍仲文等。一行人经由上海、日本横滨，十天后抵达东京。第一天，投宿于麴町区四丁目三番的"三桥旅馆"。又十天后，终于到弘文学院安顿了下来。

弘文学院曾用名亦乐书院，为何又叫宏文学院呢？不要忘记，这是晚清，清国人习惯性地将"弘"写作"宏"，是为了避乾隆皇帝"弘历"的名讳。

校长嘉纳治五郎，是个有前瞻眼光的教育家，在促成中国第一次留日学潮史上具有不可忽视的贡献。他曾经到中国认真考察过现实国情、教育观念以及留日学生潜在群体的情况，经过一番详尽的实地调研，于 1902 年创建了弘文学院这所语言预备学校，专门收录清国留学生，办学理念在私立教育学校里相当自由开放。

学院校舍位于东京牛込区（现在的新宿区）西五轩町三十四番地，美丽的神田川在门前静静流过，直到御茶水，那里正是孔庙。刚开学不久，学校组织的大型活动就是去祭孔，这让鲁迅一惊就是 30 年。1935 年于《在现代中国的孔夫子》一文中，用日语犀利地发问："然而又是拜么？"

周树人名列弘文学院两年制速成普通科，成为 1902 级 56 名新生中的一员。当时学校约有 500 名清国留学生。想想看，出操的时候，齐刷刷的辫子队伍还是相当震撼的。学校每学年分三个学期，每周最少要学日语 12 个课时，多时达到每周 27 个课时。对于科学科目的学习，鲁迅印象深刻。他后来回忆，"三泽力太郎先生教我水是养气和轻气所合成，山内繁雄先生教我贝壳里的什么地方其名为'外套'。"由课程表可见自然科学课程有理科示教、理化学、动物学、植物学等。鲁迅严格遵守作息时间，上午六时起床，六时半行礼，七时早餐，九时至十二时自习，正午午餐，下午一时至五时上课，五时半至九时入浴，九时半行礼，十时熄灯。鲁迅不仅学习刻苦，还积极参加社团活动，交朋友，习柔道，泡书店，广阅读，译作品，每天能量满满。

嘉纳治五郎不仅是一位优秀的教育家，还是讲道馆柔道的创始人。1903 年 3 月，他开始在弘文学院指导中国留学生学习柔道。接受指导的留学生名册上赫然有周树人的名字，另外还有 32 名。鲁迅于 3 月 10 日签署的誓约，总共有五条：

> 第一条，今入贵道场接受柔道教导，绝不任意中辍。
>
> 第二条，绝不做一切玷污贵道场声誉之事。
>
> 第三条，未经许可，绝不泄露机密或向外人显示。
>
> 第四条，未经许可，绝不擅自传授柔道。
>
> 第五条，进修期间，自当坚守各项规则，并在取得许可证书之后，从事传授时，绝不违反各项规约。

据说鲁迅已经熟练掌握了中拂、内服、站力摔、诱摔、擒拿技等多种技法，是当时 33 人中的佼佼者。

正式入学后，鲁迅也许会 homesick 吧，不过，他很兴奋地给家里寄了三张照片，其中一张背面题诗曰：

> 会稽山下之平民，日出国中之游子，弘文学院之制服，铃木真一之摄影，二十余龄之青年，四月中旬之吉日，走五千余里之邮筒，达星杓仲弟之英盼。兄树人顿首。

真是英姿勃发、豪情满怀，这首诗记在周作人的日记中，可惜照片已不存。

拖着长辫练习柔道，想必十分不便，当然，最主要的还是排满思潮之汹涌，鲁迅不顾留学生监督以停发官费相威胁，毅然剪去了象征民族耻辱的辫子，成为江南班第一个断发的留学生。剪辫后的鲁迅，以手摩顶，壁垒一新，却受到留辫学生的耻笑，受到监督姚文甫的斥责，扬言要将之遣送回国。然而，鲁迅又于 4 月中旬拍了一张断发照，寄给家人、赠给朋友，后来在照片背面又题写了一首诗曰：

> 灵台无计逃神矢，风雨如磐暗故园。寄意寒星荃不察，我以我血荐轩辕。

这就是广为流传的爱国名篇，许寿裳题名的《自题小像》。

鲁迅的课外生活是怎样的呢？"凡留学生一到日本，急于寻求的大抵是新知识。除学习日文，准备进专门的学校之外，就赴会馆，跑书店，往集会，听讲演"。他在《藤野先生》里这样告诉我们。果然有会馆吗？有的。清国留学生会馆（又称中国留学生会馆），1902年成立于东京，馆址设在神田区骏河台铃木町十八番地，是清国留学生的会议场所、讲演场所、日语教室和俱乐部。

鲁迅是1902级春季入校生，秋季开学时，浙江同乡许寿裳来了，而且没有拖着辫子来，行前当天便在国内剪了发。许寿裳考取的是浙江官费生，被编在浙江班，后来与鲁迅所在的江南班合并。二人的自修室也相邻，既是同乡，便常常一起聊天，最常探讨的就是国民性和"最理想的人性"问题。冬季12月，陈衡恪（陈师曾）陈寅恪兄弟来了，也被编入普通科江南班。

浙江是开风气之先的地方，1902年秋，在日留学的浙江籍学生便已达101人，于是在东京组织了浙江同乡会，同乡们大多将辫子盘起塞进帽子里照了合影，鲁迅亦不例外。浙江同乡会编印了著名的《浙江潮》杂志，鲁迅在其上发表了不少介绍外国文学和科学知识的文章。

《说钼》便是其中之一，"钼"即"镭"，在这篇最早向中国介绍居里夫人的文章中，鲁迅称镭的发现是"辉新世纪之曙光，破旧学者之迷梦"。鲁迅还是第一个将法国文豪雨果介绍到中国的人，率先翻译了雨果作品《哀尘》，也是他译作里的第一部外国文学作品。《斯巴达之魂》歌颂了公元前480年斯巴达勇士抗击波斯侵略者的爱国精神。《中国地质略论》则是我国最早系统介绍本国矿产的科学论文。针对政府出卖主权，列强掠夺我国资源的现状，鲁迅疾呼："中国者，中国人之中国。可容外族之研究，不容外族之探捡；可容外族之赞叹，不容外族之觊觎者也。"

以上几篇是 100 年前一个大学预科生的习作，也是填补中国历史空白的力作，具有开拓性意义。

受梁启超的影响，二十几岁的鲁迅喜欢上了阅读科幻小说，读着读着，脑海里便冒出吐半口血扶看秋海棠的才子，今日闻鸡生气、见月伤心，明日中了状元，佳人封一品夫人……负笈东洋前，在故土饱读了多少野史笔记、志怪闲话，如今看来统统都是在伦理道德里打转转，玩一些瞒和骗的文字游戏。鲁迅决心翻译科幻小说，激发国人积极探索宇宙万有的精神和大胆的想象力，至少弟弟们应该读。他从日文转译了法国著名科幻小说家儒勒·凡尔纳的小说《月界旅行》与《地底旅行》，也就是《从地球到月球》《地心游记》。

鲁迅并没有丢弃在南京陆师附设矿务铁路学堂所习得的矿物学知识，1903 年，他还做了一件划时代的事情，就是与就读日本东京帝国大学矿化专科的顾琅编著了《中国矿产志》一书，1906年 4 月 30 日东京并木活版所初版，封面印有"国民必读"四字，后由上海普及书局再版，几个月之内连印三版。清政府农工商部通令各省矿务、商务界人士购阅，学部批准为中学堂参考书，称赞其"于中国地质源流言之甚详"。教育家马良为之做序，强调编者旨在让"我国民深悉国产之所有，以为后自开采之计，不致家藏货宝为他人所攘夺"。1990 年鲁迅地质佚文手稿被发现，其中提到有关黄河起源的观点,在当时尚属首创。《中国矿产志》另附铜版彩印《中国矿产全图》一册,由顾琅独自编纂,晚一个月印出,另行定价单独销售。绘图封套上印有"国民必携""附中国矿产志"字样。鲁迅还撰写了不少地质学的学术文章,留有手稿若干。

1903 年的暑假,是鲁迅留学日本的第一个暑假。马上年满 22 岁的他熬过一年的异域寂寞,终于回国度假了,哪知一到上海便不得不买了假发辫装在头顶。暑假期间,刚好"《苏报》案"发,章炳麟被捕,邹容投案,查办指挥正是带领鲁迅去日本的原江南陆师学堂总办俞明震,此时为江苏候补道。邹容正是在弘文学院时捉奸姚文甫,强行减掉其辫子示众,而被遣送回国的。鲁迅此时读了《革命军》受到极大的震动,坚定了民族革命的决心。

9 月 7 日,鲁迅与周作人一起乘乌篷船离乡赴杭州。周作人到南京,鲁迅 13 日从上海出发,20 日左右抵达东京。

经过两年的学习,1904 年 4 月 30 日,鲁迅在弘文学院顺利毕业了,毕业照上的他风华正茂、朝气蓬勃。

(二)仙台医专

语言关已过,面临修习专业的选择。尽管根据清廷指定,鲁迅可以入东京帝国大学工学系采矿冶金专业,但实际上,并不是那么容易操作。同时,鲁迅也的确深感新的医学对日本明治维新有很大的帮助,应该拯救像父亲那样被庸医误治的国人,通过新医学的运用和传播，提高国人对维新的信仰。而明治日本的教育现状是医学教育最发达，与德国几无差距，胜过英美法诸国，医学学校数量也最多，对留学生没有什么限制，门槛比较低。医学专门学校的学制是四年，相对可以缩短留学时间。

那时候，日本的医学专门学校有位于仙台、金泽、千叶、冈山、长崎等市的五所，是从旧制高中的医学部分离出来的。鲁迅想远离整日倡言革命，废学忘寝的东京留学生群体，安心求学，便向金泽医专的学长打听，哪个医专没有清国留学生，对方说，那就只有去东北部的仙台了。

仙台，在中国古代乃人间仙境的别称。"降仙台畔看云过""紫鸾飞起望仙台"，而在日本战国时期，这个森林之地，却没有如此诗意的名字，东北枭雄伊达政宗将之命名为千代。"仙台"终以汉语之美取代了无味的"千代"，于20世纪初发展为拥有"两万户数，十万人口"的中等城市，居日本第十一位。鲁迅很实在地告诉后来者："仙台是一个市镇，并不大；冬天冷得利害；还没有中国的学生。"

如果仙台医专没有从仙台第二高等学校独立出来，鲁迅就不是这里的第一个中国留学生。然而，校舍位于片平丁的仙台医专以挂两块牌子的方式独立了。于是，比鲁迅早来三年的二高学长施霖，便与他貌似无关了，尽管同在一处开学典礼，同进一个学校门，乃至同宿一处公寓。然而，施霖是留学失败的经典个案。除体操满分外，英文、几何、代数等课程都不及格，且两年均如此，先是留级，最后不得不退学。1907年转学到大阪工业高校应用化学科。

1904年5月20日，仙台医专收到清国公使杨枢的一份照会，内容是弘文学院毕业的"南洋公费留学生周树人"希望报考贵校，请给予关照。仙台医专立即决定免试接收本校第一个清国留学生，并于5月23日将录取通知书寄给杨枢，希望他转告学生本人于9月上旬来医专报到，并提交入学志愿书和履历书。鲁迅于6月1日寄来了相关材料。

报名于6月5日截止，入学考试时间是7月4日至7日。鲁迅非常幸运，并没有参加考试。按照日本文部省的规定，有驻外使馆的介绍信，有相当于日本初中以上的学力水平的留学生，是可以免试入学的，鲁迅具备上述条件，不但获准免试入学，还给免了学费。鲁迅很开心地拿这笔钱去买了块怀表。

这一年，报考医学科的考生为305人，考试仅录取了111人，录取率为36%。仙台当地报纸《河北新报》于7月15日以《清国留学生和医学校》为题报道了医专录取周树人一事。

7月19日学校发放录取通知书，通知学生9月8日必须到校，以便提前做好找公寓，缴学费等等事宜。当时仙台和东京之间邮信需要两天。可是1904年是独特的一年，从9月1日起大约14天的时间，因为运送日俄战争参战的士兵，发生了客车时刻的变更和普通货运列车全部被取消的紧急情况，所以当录取通知书从仙台向东京飞奔的时候，鲁迅正在东京发往仙台的列车上。

鲁迅拿到了仙台医专的offer，许寿裳拿到的是东京高等师范学校的offer，专业是历史地理学科。分别前，鲁迅专门拍摄了一张小照赠送给这位终身好友，并赠以自己珍藏的日本印行线装本《离骚》，以示留念。

告别同窗，告别刚刚熟悉的东京，独自一人踏上开往仙台的火车。忽经日暮里。对于鲁迅来说，经过的不是一个车站，而是一处文化的乡愁。"日暮乡关何处是，烟波江上使人愁""日暮苍山远，天寒白屋贫""移舟泊烟渚，日暮客愁新"。中国古诗里的日暮，从来就与昂扬没有关系，这难道意味着要到仙台读个寂寞吗？而在日本汉语里已经成为"在此度过一天也不会厌倦的地方"，一种现代文明的节奏与诱惑感。

我们不知道仙台医专是如何迎接新报到留学生的。想必礼仪向来细致入微、全面周到的日本，不会令鲁迅失望。由于留学生少，自然不会设专门的留学生宿舍，因此需要租住公寓。经医专职员介绍，鲁迅最初寄宿在医专附近的片平丁54番地的田中利伍家，后来搬到佐藤宅和宫川宅。仙台《东北新闻》非常关注这位操着流畅日语，非常愉快的清国学子，先后两次报道了他在仙台安顿住宿的情况。

佐藤宅的后面有院子，两侧是陡峭的悬崖，崖下广濑川缓慢地蜿蜒流过。附近就是监狱署和囚狱署，这里也曾关押过日俄战争中的俄国战俘。鲁迅是很容易看到他们的。佐藤屋的房东佐藤喜东治家是旧仙台藩的下级武士，时任街道负责人。1904年9月6日，日军占领中国辽阳，正是佐藤率领仙台居民参加祝捷大会，举行游行庆祝活动的。由于还要同吃包办犯人的伙食，鲁迅在藤野先生的劝说下，由佐藤宅搬到了宫川宅。那时还未曾料想此后

"每天总要喝难以下咽的芋梗汤"。搬走时，佐藤将自己珍藏多年的"白壳短刀"送给鲁迅，以资纪念。

与同学宫内贤一郎家里寄来的生活费相比，鲁迅要阔绰多了，几乎相差一倍。宫内一年级时，每月是 13 日元到 16 日元。升入三年级时，生活费增加到 20 日元。医专当局认为，每月 20 日元生活费太多，要求减少。根据 1907 年医专的调查，医专学生平均每月生活费（包括学费在内），最高 22 日元，最少 13 日元，一般为 16 日元。

仙台医专的校长是山形仲艺，毕业于东京大学医学系，外科学出身。医学专门学校学制为四年，毕业后有行医的资格，但没有医学学士学位。

由仙台医专医学科第一年级第一学期的课程表，可以看出，每周有八节德语课程。鲁迅在江南陆师学堂附设矿路学堂时便接触过德语，现在习医学，更要全面系统地学习德语。在明治日本，医学术语是德语而不是国际通用语拉丁文。鲁迅坐在阶梯教室前二三排的中间，非常认真地听讲。

鲁迅入学时，那位留着八字须，戴眼镜，黑黑瘦瘦的藤野严九郎先生刚刚评上解剖学教授。作为一年级的副班主任，藤野对仙台医专第一个中国留学生非常负责任。他认真地给鲁迅修改讲义，使用红、黑、蓝、紫等各色水笔，连自己不担任的课目笔记也作了批改，其中，最详细的是他亲自讲授的《脉管学》。由于当时没有教材和辅导书，图书馆仅有的书也不外借，学生必须认真听讲，才能够准确地记录下来课堂知识。藤野先生不仅帮鲁迅纠正画图，还大量订正语法和修辞，这使鲁迅的日语水平，于听说读写方方面面都得到了极大的提升。

藤野先生的无私关怀，给了鲁迅很多的温暖，特别是那抑扬顿挫的声调，令其难忘。在藤野先生的指导下，第二学年的时候，鲁迅解剖过二十多具尸体。他曾经告诉许寿裳"胎儿在母体中的如何巧妙，旷工的碳肺如何墨黑，两亲花柳病的贻害于小儿如何残酷"。

鲁迅在校期间的学习成绩如何呢？仙台医专将成绩分为甲乙丙丁戊五个档次。甲 =100—90，乙 =89.9—75，丙 =74.9—60，丁 =59.9—50，戊 =49.9 以下。丙以上为及格。所有科目中没有戊以下分数，同时丁等不超过两科者，可以升级。鲁迅只有一门课的成绩是丁，其余均为丙，按照规定可以升入二年级。第一学年鲁迅的总平均成绩是 65.5 即丙；席次在 142 人中居第 68 位。这样一个中等成绩居然遭到了日本学生的质疑，学生会干事找借口查了他的讲义，并寄来一封匿名信，污蔑藤野先生在批改讲义时作了记号，泄露了题目。实际上，鲁迅不及格的那一门功课恰恰就是藤野先生讲授的解剖学，这一年，解剖学不及格者达全班人数的三分之一，很多日本本土学生因此而留级。

鲁迅在仙台期间的通信目前只留下一封，这就是 1904 年 10 月 8 日（农历八月二十九日）致蒋抑卮信，信中详尽地谈到了在仙台的生活、学习和思想，又称仙台书简。信中表达了对日本青年的认识："近数日间，深入彼学生社会间，略一相度，敢决言其思想行为决不居我震旦青年上，惟社交活泼，则彼辈为长。以乐观的思之,黄帝之灵或当不馁欤。"也表达了学医需要死记硬背,毫无创新可言的枯燥,"四年而后,恐如木偶人矣"。

由于日俄战争的影响,仙台医专一年级的新生不得不提前考试,迎来漫长的暑假。鲁迅回到了告别几个月的东京。他大概这时去瞻仰了位于水户的明遗臣朱舜水墓。

1905 年秋,鲁迅与合租宫川宅公寓的日本同学大家武夫、三宅、矶部浩策、吉田林十郎和施霖到仙台东一番丁照相馆合影,后来把照片赠给公寓原主人宫川信哉。1913 年,宫川信哉想象照片中的住宿生长大成人后的模样,给他们画上了胡子,并在照片背面用毛笔题字:"明治叁拾八年 × 月影 拾年后想象髪 大正二年现在 三宅君大学儿科 大家君 美国 矶部君 米泽 周君 不明 吉田君 朝鲜 施君 不明","想象髪"应为"想象髭"之误。

仙台森林密布,有森林城之称,比仙台更加往东北的郊外有日本三景之一松岛。水面上有众多小岛,星罗棋布,呈船舰之状,其上多植松树,形态各异。水鸟云集,与游船相逐,意在觅食。第一学年的寒假,鲁迅便和日本同学结伴去松岛观光游览,还拍了很多松林雪景的照片。

鲁迅的副班主任是藤野先生,那班主任是谁呢?这就是解剖学教授敷波重次郎。敷波教授不仅能用流利的德语授课,还可以"双手持粉笔同时画解剖图和讲义",是一位学历高、水平高、收入高的明星式教员,当时,敷波教授为了取得博士学位,考取了赴德国留学。1905 年 11 月 6 日,为了欢送敷波教授赴德留学,二年级全体同学请小川照相馆的摄影师来学校,大家簇拥着敷波教授在礼堂前合影。后来，敷波教授从东北帝国大学转投岗山医科大学成为创校教授，开日本胚胎发生学之先河。

鲁迅就读仙台医专时，正值日俄战争(1904.2—1905.9)，日本与俄国开战，争夺中国东北领土。1965年东北大学医学部（仙台医专后身）细菌学教室发现了鲁迅就读时使用过的15张幻灯片。然而并没有找到中国俄探斩首的画片。但是当时周围的相关新闻报道是有很多的，习惯午饭后到报亭阅报，往森德座剧场看电影的鲁迅肯定也看到不少，后来在《〈呐喊〉自序》《藤野先生》《俄文译本〈阿Q正传〉序及著者自叙传略》中都提到过这个精神上的转折，就是把中国人作为看客和示众材料的情景，令他深受刺激，使他意识到，一个精神麻木的国民，体质即使如何健全，都不会起来反抗的。首先应该改变的是国民的精神，而"善于改变精神的要推文艺"，于是，他决定弃医从文。

1906年3月6日，以驻日公使留学生管理人员李宝巽的名义，向仙台医专邮送了周树人的退学申请书。医专于3月15日受理并函复李宝巽。在明治三九年一月发行的仙台医专学生名簿中，周树人一栏用红笔勾掉了，在上面一栏竖写着批注："退学三九年三月一五日。"也就是1906年3月15日。

在鲁迅离开仙台的几天前，曾到藤野先生家告别，藤野先生送给鲁迅一张相片。背面用毛笔写着："惜别 藤野 谨呈 周君"。这张照片至今还挂在北京西三条宫门口周宅老虎尾巴的东壁上。但是，不知道鲁迅居住绍兴会馆和八道湾时期有没有将其挂在墙上，也许是好好珍藏在箱底吧。

鲁迅逝世五年以后，在日本朋友的帮助下，藤野先生终于找到了。他已是一个普通的乡间医生。他没有想到，"周君"后来竟成为伟大的文学家。鲁迅终其一生也没有再见老师一面。

（三）东京，东京

鲁迅的仙台辍学与回国成婚有没有关系呢？反正，1906年夏，鲁迅奉母命回国了，此行是去与绍兴丁家弄的朱安女士成亲的。鲁迅后来说："这是我母亲送给我的一件礼物，我只有好好的供养她，爱情是我所不知道的。"鲁迅结婚后四天便带二弟周作人返回了东京，行动如此匆促令人难免怀疑是否经历了家庭谈判？——我可以回国结婚，但是办完喜事，请允许我再回日本。谁知道呢？而那时周作人刚刚从江南督练公所取得留学生资格，就被大哥带走了。这时，在日本的中国留学生已经超过一万名。

兄弟二人先是在东京下榻本乡区汤岛二丁目伏见馆。据周作人回忆："房间在楼上路南这一排的靠近西端，照例是四张半席子大小，点洋油灯。"当时日本的世界语学会也诞生于此。穿着和服的鲁迅十分安静地在西晒的房间里读书，每每那些志在升官发财之徒来往大声喧哗，都忍了，然而作为老房客，却要让着他们先去洗澡，是可忍，孰不可忍？在伏见馆住了不到一年的光阴后，鲁迅于1907年春天，搬到同在本乡区东竹町的中越馆。中越馆是不是安静些呢？否，就地理位置看来，其实比伏见馆更加热闹。

到东京后，鲁迅开始和服系裳，单、夹、棉三套布制轮换，最多一件夹外衣，冬天穿短衬裤对付过去。所有的时间和金钱都用在了读书上。周氏兄弟最喜欢逛书店，购书毫不吝惜。坐落在日本桥大街的丸善书店是他们光顾最多的地方，这里以经营欧美书刊见长。回国后鲁迅仍不时从丸善邮购书刊，直至晚年。

仙台医专退学，再度来到东京，鲁迅不去到全日制的学校上课，而是参加了三个语言学习班。先是把学籍挂在独逸语学校。据日本学者北冈正子考证，这所学校成立于 1901 年 3 月，是德国学协会学校教授德语与一般学科的中等教育学校，为加强基础教育而办的私立学校，只教授德语。没有入学考试，任何人都可以依自己的学力入学就读其中任何一课程，校规弹性，日夜授课。当时日本国立学校的德语教育尚不够完善，故德国学协会学校在推动日本德语教育上担任相当重要的角色。不但有毕业于东京帝国大学或东京外国语大学的优秀教师阵容，在使用的教科书与教授方式上也花了许多心思与创意。毕业生 90% 日后都成为医生，其中有七位是鲁迅于仙台医学专门学校的同学，就连鲁迅的德语老师也是该校毕业生。普通科与高等科的教师阵容几乎一样。因此，来此就学的鲁迅与许寿裳可以说是接受了明治日本最顶尖的德语教育。

这不禁使人要问，鲁迅由仙台医专到此独逸语学校落下学籍，是否因为德语学得吃力，学医不畅，需要专门强化呢？不然。清廷因何理由同意周树人的退学申请，并仍然保有官费？至少在书面上是应该有明确正当的理由的。

身为德国学协会学校摇篮的德语专修学校，其普通科使用与德国学协会学校相同的教科书，高等科则使用德语原文小说等教材。其中便收录了让鲁迅大为倾倒的易卜生与柯尔纳的作品。根据独逸语学杂志所刊 1906 年课程表，所用教科书均由独逸语学杂志社出版。特别是《独文读本》在日发行量极大，对当时日本人通过德语摄取域外文化发挥了关键作用。鲁迅由此而打下了良好的德语基础。德语是当时的国际性语言，为鲁迅洞开一方文艺新天地，成为其解锁各民族文学之门的密钥。此后，德语和日语在鲁迅的外国文学阅读活动中未曾稍离，与汉语一起共同涵养了其完善的知识结构、辩证思维方式，乃至创造性心流。

鲁迅在日本时购置了大量书籍，主要是德国雷克拉姆出版社（Reclam-Verlag）创立的万有文库（Universal-Biblipthek）小丛书。自 1867 年出版以来，这个出版社以德语翻译出版了大量北欧及俄国文学作品，价廉物美，在德国的售价是每本二十芬尼，据周作人回忆，在日本购买时每册一角至五角，是穷学生也负担得起的。很多我们现在熟知的经典作家，比如现实主义作家屠格涅夫、陀思妥耶夫斯基、显克微支、塞万提斯、莫泊桑；现代主义作家波德莱尔、魏尔伦、聂鲁达；等等，他们的作品鲁迅那时都已经购读了。包括一些至今还没有翻译过来的作家作品。并且有的书日译本、德译本甚至英译、俄译乃至中译本，只要能买得到，他就全部买下来。比如，尼采《查拉图斯特拉如是说》的德译本和日译本。另外，鲁迅在日期间并非只购买外国作品，他发现中国已经散失不见了的古籍反而在日本出现了，这样的书他也买了不少，比如《游仙窟钞》。还有中国古典名著的日译本，比如《忠义水浒传》。他也不是只买文学书籍，还有很多生物学、动物学和美术方面的。除了万有文库，鲁迅还购买搜集其他出版社的各类文学小丛书。他留下手书的拟购德文书目，收录了五家德国出版社的五种丛书。

第二个语言学习班，其实是国学班。被鲁迅称为"有学问的革命家"的章太炎1906年6月出狱后，就被中国同盟会同人接到东京，自第六期开始接手担任中国同盟会的机关报《民报》主编。有大半年时间，鲁迅与许寿裳、钱玄同等八位同学每星期日清晨一起去《民报》社听太炎先生讲授文字学，并留下学习《说文解字》的听课笔记。

第三个语言学习班是俄语班。1906年秋天，由陶望潮发起，鲁迅和周作人、许寿裳、陈子英、汪公权等向因为从事革命而流亡到日本的玛利亚孔特夫人学习俄语。授课地点在孔特夫人居住的神田区，用的是托教员从海参崴买来的一册初级教本。孔特夫人不通日语，只能用俄语讲授，周氏兄弟只好靠用字典和文法书自学。他们"学俄文为的是佩服它的求自由的革命精神及其文学"，但只学了几个月，后来没有坚持下去。

1907年夏，鲁迅和周作人、许寿裳决定一起筹办杂志，取但丁同名作品《新生》，意谓"新的生命"之意。他们选用英国画家华慈的作品《希望》作为封面图，描绘的是一位失明的女子在抚弄独弦诗琴。还选好了稿纸，然而却因缺乏资金未成。创办杂志虽然失败了，鲁迅立志翻译被压迫民族反抗文学的决心却越来越坚定，意欲"引那叫喊和反抗的作者为同调"。

河南籍留日学生在东京创办了《河南》月刊。鲁迅在此发表了《人间之历史》《摩罗诗力说》《科学史教篇》和《文化偏至论》等编译的文言文章。后来收入鲁迅的杂文集《坟》。著名的"立意在反抗、指归在动作""掊物质而张灵明""人立而后凡事举""取今复古，别立新宗"等等精彩的言说，都是出自这些文章。

鲁迅这一时期极为崇敬和赞美的摩罗诗人，即恶魔派诗人，正是拜伦、雪莱、普希金、莱蒙托夫、密茨凯维支、斯洛伐之齐、裴多菲等。他们的诗作富于抗争精神，鲁迅写了介绍文章，还翻译过裴多菲的诗歌，以示打破国内沉寂，发为雄声，积极反抗和进取的人文理想。

除了摩罗诗人，鲁迅最喜欢的外国作家还有"用谐笑之笔，记悲惨之情"的果戈理、"警拔锋利"之显克微支、低徊超绝之夏目漱石、清淡腴润之森鸥外、悲世甚深之迦尔洵、"神秘幽深"之安特莱夫。

位于东京大学附近的西片町十番地乙字七号，便是夏目漱石曾经租住的旧宅，当时他在东京大学担任讲师，课余创作了《虞美人草》。鲁迅非常喜欢这部语言狂欢的作品，当其在《东京朝日新闻》连载的时候，每出一期就剪下来保存。1907 年夏目中止了租房合同。1908 年 4 月 8 日，一个飘雪的日子，鲁迅搬来此宅，与许寿裳、周作人、钱家治、朱谋宣等五人同住，取名"伍舍"。门口路灯上便如此贴上标牌。

曲尺形的"伍舍"，新洁而美丽，庭园之广，花木之繁，尤为可爱，又因为建筑在坂上，居高临下，正和小石川区的大道平行，眺望甚佳。房间是南向两间，西向两间，都是一大一小，即十席和六席，拐角处为门口，另有下房几间，钱家治住西向小间，大间作为食堂客堂，鲁迅住在南向小间里，大间里是许寿裳与朱谋宣。（周作人《鲁迅的故家·伍舍》）"伍舍"又与神田书肆街临近，周氏兄弟出门逛书店非常方便。然而，由于租金贵，他们也只在此租住了一年。1909年2月又搬到了西片町十番地丙字十九号居住。

在不停变换的租房里，鲁迅与周作人艰苦地翻译《域外小说集》，其中，鲁迅只翻译了三篇，安特莱夫的《默》《谩》，和迦尔洵的《四日》，另外撰写了《序言》《略例》，并负责文字的润饰修订、版式书样设计、联络出版发行等事务。鲁迅还担任《经济全书》一书的文字校雠工作，以赚取生活费，虽然报酬很有限，但因此认识了印刷所的人，领略了日本发达的出版印刷业。当时承印《经济全书》的是神田印刷所，那里派来接洽的人很得要领，与鲁迅颇说得来，所以后来印《域外小说集》，也是叫那印刷所来承办的。（周作人《域外小说集—新生乙编》）。

1909年，浙江兴业银行创办人蒋抑卮（1875—1940）来到了东京，他患有耳疾，需要来此治疗。鲁迅协助其翻译和外联等。蒋抑卮是个银行家，后来资助周氏兄弟出版了《域外小说集》一二册。《域外小说集》所选以斯拉夫民族文学为主，所谓"异域文术新宗，自此始入华土"。周氏兄弟的翻译忠实原文，文字朴讷雅驯，封面设计和装订非常讲究，陈师曾设计封面，仍然是缪斯女神拨奏里拉琴，也是诗琴。初版为毛边本。可惜即便在知识阶层中间，《域外小说集》也太精英小众，销路不佳，第一册印了1000册，发行半年后，在东京只卖出21本；第二册遂减半，印了 500 册，仅卖出 20 本，在上海也只卖出 20 本左右。因为收不回本钱来印第三册，只好中止。在新译预告里还可以看到他们宏大的翻译计划，甚至有出单行本的意愿。

两位中国青年的广泛涉猎和海量阅读，特别是不通过日语而自主的翻译行为，当时就引起了日本文化界的注意。《域外小说集》第一册刚刚出版两个月，东京的《日本及日本人》杂志第五〇八期（1909 年 5 月 1 日）"文艺杂事"栏便如此报道："住在本乡的周某，年仅二十五六岁的中国人兄弟，大量地阅读英、德两国语言的欧洲作品。而且他们计划在东京完成一本名叫《域外小说集》，约卖三十钱的书，寄回本国出售。已经出版了第一册，当然，译文是汉语。"字里行间透出的历史张力，将我们弹回到 20 世纪初年。循着他者的目光，我们才回看到，"以所有资斧少年精力"，首辟荒地的周氏兄弟如何勤奋地在大量阅读，阅读又是一种多么关乎国家进步，引起他国瞩目的行为。

鲁迅在日本时还做了两本剪报册，这是他阅读的物证，就是从所阅读的报纸杂志中拆解下来的文章，然后另外编排，装订成一册新书。其中一本是十篇日译俄国小说合订本，一本是从 1903—1908 年间发表于《河南》《民报》《浙江潮》《天义报》等杂志上选取的六十篇诗文，分类成编，手书目次。

1909 年 9 月，鲁迅结束了七年的留学生活，回国。而弘文学院也于此时关闭了。其实，鲁迅并没有归国之意。他后来说，自己当时"想往德国去"，但"因为我的母亲和几个别的人很希望我有经济上的帮助，我便回到中国来"。

仙台出走：反抗绝望的心灵起点

80 年前，鲁迅写下了最优美的散文之一《藤野先生》，由于被选入中学语文课本，它的被阅读面几乎涵盖了所有受过初级教育以上的国人，在国外也有着广泛的读者。文章对师生情谊的书写已成为难以超越的经典。谁也不会怀疑一个学生怀念和追忆曾经悉心指导过自己的老师那最真挚最美好的情感。

然而，最近学术界对仙台时期的鲁迅的看法颇值得关注，比如，把《藤野先生》视为虚构的小说而非纪实性散文，因在调查中没有发现文中所提到的中国人充当俄国侦探被日本人枪毙的幻灯片，便认为其根本不存在，甚至怀疑藤野先生的教学方法有问题，与鲁迅的师生关系存有不友善因素，鲁迅与日本同学相处得也并不友好等等。而鲁迅之所以滤除了很多不愉快的元素，进行了美好的虚构，实际上是为了给自己并不理想的"弃医从文"找一个堂皇的理由。对此，互联网上甚至还进行了一些类似于恶搞般的发挥。

我一向对那些乐于拿作品里的文学性因素较真儿的人避之不及，因为很怕他们无处不实证的观点影响了我美妙的审美感受。

鲁迅，主要身份是个作家，而评价一个作家最起码的标准，是看他的作品是否打动了读者内心最隐秘的情感，引起了彼此之间的共鸣和沟通。无疑，一个人对师长曾给予自己的鼓励和勇气时时保有感激的怀念，这种最普遍的人性经验，是鲁迅通过他的笔代我们表达出来的，使我们从他那里重新获得了我们自己。

因此，对于《藤野先生》，我认为最好保持这种"凝神观照"的超然审美态度，而不是作穷究的形而下解读。尽管在史料方面做不懈的调查和搜集，也是文学研究的基本功，但超越文学的审美特征，过度阐释文本外的意识形态因素，甚至由此怀疑中日友好的基础，这是文学研究领域的严重越权现象，而非所谓的学术胆略。《藤野先生》是散文还是小说，并不重要，重要的是，仙台经历作为作家鲁迅发挥艺术创造力所运用的现实素材，已被深深地埋藏于人性的内部，鲁迅对人类的情感已经做出了完美的提升。这是任何超脱周围世界的成功艺术作品普遍具备的特点。

1904 年 9 月至 1906 年 3 月，鲁迅只身前往日本仙台医学专门学校，那里有人情冷暖的打量，有人生抱负的抉择，有对科学精神的追慕，有人类"不隔膜，相关心"的理想，而这一切都是超越民族利害的。100 年之后，我们回顾历史，最不能绕开的就是这种超越了狭隘民族主义的感恩主调。可以说，藤野先生是带着对中国文明的感恩之情来关心鲁迅的，"小而言之，是为中国，就是希望中国有新的医学；大而言之，是为学术，就是希望新的医学传到中国去。"鲁迅也以一颗感恩之心来书写他的仙台经历。如果完全是虚构的话，我们是读不出那份发自内心的感动的，但有一点确实值得思考，那就是，鲁迅为什么没有在惜别感情最浓的时候下笔抒写对老师的怀念，而是在 20 年后，在中国的厦门再来回望自己在日本的仙台岁月呢？我认为，这恰恰说明了，鲁迅对藤野先生所怀的不只是学生对老师教诲的寻常感激，而是从他身上看到了最吸引自己的精神理想之光，那就是人类永远"不隔膜，相关心"的美好境界。尽管这种境界最初是以"科学无国界"的客观性显现出来的，但却启迪了鲁迅从此要以文学方式向着精神深处，向着自由彼岸与人类携手同行。如果说，在 24 岁的时候，这还只表现为用文艺改变国民精神的一厢情愿的梦想，当归国后经受了同胞之间的排挤冷漠流言卑劣乃至相互陷害后，反而淡化了在仙台的孤独感，使鲁迅深感亲近的竟然是 20 年前，后来对自己记忆并不很清楚，甚至连曾送给过他相片都不记得了的一个普通的日本乡间医生，因为从他那里，鲁迅感受到了排除任何外在因素的心灵的贴近。而这种心灵的贴近，只有站在人类的立场上，在反顾历史的时候才能够更加深切地体味到。

离开藤野先生以后，鲁迅开始了"弃医从文"生涯，实际上是陷入了以言说为主要方式的生存，但是战争以及人性的险恶始终在他无休止的言说中更加严峻地包围着他，他又因此而更加顽强地写下去，说下去。这种无奈的循环比医治好病人肉体，让他们继续麻木地走向死亡，又能显现出多少特别的意义呢？因此，如果仅仅把"弃医从文"看成是一种生存策略、人生志趣和道德理想的选择，是非常容易对鲁迅产生误读的。无论如何，习医在任何时代都是比做文学更有保障的职业，那些燃烧的救国热情更应该诉诸革命，改造国民精神更应该走文化教育的路，而那"善于改变精神的是，我那时以为当然要推文艺"的慷慨激昂的青年时代，是鲁迅后来深切反思过了的。从生存体验来看，文学也比医学更会给人带来生命的虚无感。

因此，仙台出走只有在世俗以外的原因中才能真正得到解释。我更愿意认为，仙台在鲁迅的一生中，是一种包含着自身之未来的此在，一个真正的戏剧性现在，而不是纯粹直接性的，不能预兆未来结果的简单经验。这个刚刚萌发命运感的一瞬，将很快成为集聚起强大力量的主题之最初暗示，成为鲁迅一生在绝望中反抗的心灵起点。它不断提示我们去思考的，不应该是人们反复提起的疗救动机，而是，鲁迅的痛苦之源到底是什么？只是惯常所说的民族屈辱感吗？我忽然想起俄罗斯作家巴乌斯托夫斯基的一句话："作家不是医生，而是'病痛'。"因为强烈地意识到自身的痛感，意识到人类之间的永恒隔膜，才毅然走向病痛，这是不是鲁迅"弃医从文"的最后内涵呢？这种来自灵魂深处的对痛苦的呼唤恐怕是"那时那地"的鲁迅自己也说不清楚的吧。如果执着于疗救意图，那些后来所谓的"刺刀""匕首""投枪"就只能是投向"敌人"的，但我更看到了它们在投向鲁迅自己，因为担心被现实麻醉，丧失了痛感，同时也就丧失了扎根于此的生命写作。而假如世界上没有一个人能如此清醒地去感知病痛，人类的心灵将永远不可通约。

（原刊《粤海风》2007 年第 1 期）

留日生周树人看过的"百来篇外国作品"

　　鲁迅在三十六岁的时候写了中国第一部现代体式的短篇小说《狂人日记》，率先进入公众视野的鲁迅就是这样一个划时代的小说家。其实，那时候他的本名叫周树人，已在北洋政府教育部社会教育司做了六年的佥事。他还有一个不太为人所关注的身份，即通俗教育研究会小说股主任和审核干事。当时全国所有创作的小说、翻译的小说，乃至刊登小说的杂志，都要送到周树人这里来评审。写得好的小说要褒奖，格调低下的要查禁。工作之余，周树人还抄校古籍，做《古小说钩沉》，编《唐宋传奇集》等，写了第一部中国小说史，在北京大学等各个高校讲授这门课。如此看来，在一九一八年《狂人日记》发表之前，也就是周树人成为鲁迅之前，这个人读过的古今中外的小说太多了，多到不可计数。

　　成为新文学之父之后，鲁迅经常收到文学青年的来信，讨教作文的秘诀。他的回答是创作没有秘诀，并说自己从不看小说做法之类的书，只是多读作品。一九三三年，应邀谈一谈创作经验时，鲁迅写了《我怎么做起小说来》一文，终于道出了类似秘诀的经验谈，那就是"所仰仗的全在先前所看过的百来篇外国作品"①。

然而，鲁迅对小说的阅读太海量了，从留学回国到《狂人日记》发表之前，还有近十年所谓的沉默期，这期间其实他也在大量审读小说，那么，我们如何去界定他说的"百来篇"？这就需要留意一下"先前"和"做学生时"，鲁迅在各种语境下多次提到的时间状语，其实指的就是一九〇二至一九〇九留学日本的这七年。我们知道，江南水师学堂、江南陆师学堂附设矿路学堂读书时期，是周树人第一次接触西学的时候，课余时间也全部用来读《红楼梦》等中国古代白话小说，但在后来鲁迅述怀的语境中，"先前""做学生时"都特别指向留学日本这七年，"百来篇"指的就是这期间他用外语去读的外国作品。一开始是通过日语的转译来阅读，后来通过德语直接阅读原版的东欧或者其他国家的小说。

早在江南水师学堂读书时，鲁迅便接触了英语，在矿路学堂接触了日语、德语，但还都很浅显。获得官费留学日本的资格后，初抵东京的最初两年，鲁迅是在弘文学院系统地学习日语，学科知识相当于日本的中学程度，两年后选择专业，据他说为了救治像父亲一样被误治的病人，战争时期就去当军医。于是，他来到了位于日本东北部的仙台医学专门学校，学习医学一年半。幻灯片事件后，再度回到东京，专心从事文艺运动，其实最主要的就是翻译外国作品。鲁迅倾向于俄国、东欧、巴尔干小国被压迫民

----

① 鲁迅：《南腔北调集·我怎么做起小说来》，最初印入 1933 年 6 月上海天马书店出版的《创作的经验》一书，见《鲁迅全集》第 4 卷，人民文学出版社 2005 年版，第 526 页。

族的作品，因为深感这才是为人生的、抗争的、刚健的、赤诚的文学。这个时期最长，有三年之久。所以，鲁迅留学时代影响了他精神走向的其实是海量的阅读。这七年间，持续不间断的学习行为就是阅读和翻译，相比之下，仙台时期少了点，但这个仿佛对文学阅读按下暂停键的一年半，却是不可或缺的桥梁。

为什么这么说呢？清国留学生周树人的外语水平在这个时候发生了质的飞跃，无论是日语还是德语，也无论是口语还是书面语。我们都知道，藤野先生给鲁迅批改医学笔记，把他画得特别好看的下臂血管给订正了，但其实通览医学笔记，藤野的大部分修改是关于日语表达和修辞方面的。因为藤野先生彼时刚刚评上教授，他还是副班主任，周树人是他的第一个留学生，当然也是仙台医专的第一个中国留学生，所以，藤野先生非常负责任。那时候也没有多少教材和教辅书，所谓医学笔记就是对老师课堂口述的笔录。对于学生来说，老师讲的课一定要非常认真听，才能够全部记下来，也没有参考书可以参照订正，这对于外国留学生来说难度就更大。因而，藤野先生为周树人批改的医学笔记格外认真。周树人的日语口语、听力和书写因之得到了极大提升。同时他在仙台医专开始正规修习德语课，课时达到每周八小时，水平有了很大的提升。

在鲁迅遗留下来的手稿中最特别的就是医学笔记，典型的用钢笔从左至右横写的现代体式的书写，里面有汉、日、德、英、拉丁等至少五种语言。而其他手稿可以说全部都是鲁迅用金不换毛笔竖写的传统中国式手稿。当然，小字条不在比较之列。从医学笔记我们可以清晰地看到，索居仙台在鲁迅文学生命进程中的独特性。是否可以这样推想，随着外语水平的提高，之前初抵东京时没太读懂的故事一下子心领神会了，一下子摆脱日语翻译的中介限制，可以直接用德语去读懂原版东欧故事了，对世界文学的渴求愈加强烈，想读得更多，想读得更深，想读得更远。再加上日俄战争的时事幻灯片在细菌学课堂上播放，因为日俄战争开战的战场是在中国的东北，只要是一个中国人，看到这样的幻灯片没有不受刺激的，当然也深深刺激了鲁迅，所以，内驱力加上外在的导火索，鲁迅很快就辍学再度回到东京。要"从别国里窃得火来""煮自己的肉"①，也就是引介异域文术而入华夏。

　　明治时期的日本是中西文化汇通、世界文学的敞开地之一，信息传递非常迅捷，翻译界更是立足世界前沿，引领社科思潮，很多国家的著名文学家像向往聚拢巴黎咖啡馆一样地向往到东京去沉潜。鲁迅也再次来到东京，开始了自主阅读学习的三年。他已经不去专门的学校了，完全是海量阅读的留学方式，而且他的二弟周作人也来到东京就读。周作人是非常精通英语的，所以"百来篇"应该包括鲁迅用日语、德语读的小说，也包括借助词典、借助周作人的视野和帮助，去阅读的英文版作品。再度到东京的三年，鲁迅下的功夫非常大，非常深，常常整夜不睡地阅读翻译外国作品，留在茶几上的是像马蜂窝一样插满了烟蒂的烟灰缸。

---

① 鲁迅：《二心集·"硬译"与"文学的阶级性"》，《鲁迅全集》第 4 卷，人民文学出版社 2005 年版，第 214 页。

鲁迅所说的"百来篇"主要就是这一时期苦读的作品。其实，初抵东京时期，周树人就已经开始"盗火煮肉"了，开始翻译外国科幻小说。只不过，他的肉身还没有觉察心灵的渴求，还在顺遂学校的选科制度，为未来的职业做出有限的选择。而经过仙台的转换，一下子接通了文艺心灵的交道感应。

既然鲁迅留学日本的七年以海量阅读为主要学习方式，那么，他提到的"百来篇外国作品"到底有没有一个详细的书目？鲁迅从来没有明确地陈说。这就仿佛构成了一个谜，成为很多关注鲁迅阅读史、文学家鲁迅创生史的学者们穷究破译周树人之所以成为鲁迅的精神机制之密码。我想可以从五个方面依据入手来寻求、探索和推测。简单说来：第一是留日时期做的剪报册（合订本）；第二是翻译作品，特别是已出版的《域外小说集》，还有打算翻译的出版预告；第三是周氏兄弟的回忆文字；第四是文学教科书；第五是藏书视野下的经典周边及潜在阅读。通过探究，我发现至少有一百四十篇外国作品是能够与鲁迅在留日时期通过外语阅读的外国作品挂上号的。

第一部分留日时期做的剪报册，这是实实在在的物证，是鲁迅从日本带回来的日本人翻译的十篇俄国小说的合订本，包括屠格涅夫、普希金、果戈理、莱蒙托夫等作家的作品。但显然这不仅仅是一个剪报，而是鲁迅以自己的审美眼光编选辑录的俄国作品集，也是他自己装订成一本新书。

第二就是他翻译的小说，这肯定是经其反复咀嚼过的作品。仅以《域外小说集》一二册里的十六篇为例，可以看出，第一册基本还是俄国文学占主体。为什么鲁迅留学日本时首先关注俄国文学？日俄战争的巨大影响应该是外部因素。在明治日本梦想着文明开化、富国强兵、领土扩张的国民昂扬感中，如何拨云见日，驱散迷雾，初步形成自己的俄罗斯观，这是周树人的独立思考。其实俄国并不是后来他所说的东欧弱小国家，而是西方的列强之一，周树人要看看雄起于广袤原野上的西方强国俄罗斯的土地上生长着怎样的人民。一开始他只能通过日语去了解。其实他也学了几天俄语，后来放弃了。当看到原来也有被侮辱被损害的小人物，也有被剥削到连短裤都没有剩下的农民时，他反而获得一种心灵得以深入沟通的艺术愉悦——这片土地上孕育的作家具有如此宏阔的视野，如此超然洞悉人性的笔力，产出了真正为人生的刚健的文学，促使他理解了在中国的土地上旋生旋灭的种种现象。

可以说，上述感受也是仙台给予鲁迅的独特性，那时候仙台是日本的军都，日俄战争氛围非常浓厚，常常举行出征士兵欢送会、祝捷会等活动，鲁迅租住的佐藤宅的房东，就是率领游行队伍锣鼓喧天庆祝日本占领辽阳的领队。鲁迅在《〈呐喊〉自序》中提到的幻灯片，目前并没有找到斩首中国俄探方面的，但是周围的新闻报道是有不少的，喜欢饭后阅报、课余看电影的鲁迅肯定也看到了，所以他在《〈呐喊〉自序》和《藤野先生》中对之进行了文学性的综合处理。我特别倾向于把"幻灯片事件"理解成一个巨大的文学隐喻。所谓麻木的看客、旁观的中国人，不也正是孤零零地游离于日本沉浸于中国东北战场上获胜的欢庆氛围中尴尬的周树人自己的象征吗？课堂上欢呼的日本学生不也可以视为符号化了的新闻时事画面里斩首中国人背后森然矗立着的日本兵吗？我们知道，鲁迅接触外国文学的阅读方式之一是从一个国家的文明史、战争史涉及它的文学，所以日俄战争这个外部因素肯定促使了周树人想通过文学来了解俄罗斯是一个什么样的国家。当他感到一种心灵被深入沟通的文学愉悦时，也促使他再次回到东京去阅读全世界。其实第二次来到的东京对周树人来讲已经不只是地方上的东京，而是世界的缩影，就像二十世纪二十年代的巴黎一样，吸引众多文艺家聚集在咖啡馆形成文艺的生态群落。连日本人的杂志都关注到了周氏兄弟的阅读行为，特别是他们要摆脱开日本，把外国故事直接用汉语绍介到中国去的翻译活动。所以，《域外小说集》中的作品虽然鲁迅只翻译了其中的三篇，但是全部十六篇都经过了他反复的审读、润色和修订，肯定是全部精读过的。

第三，文学教科书。再度回到东京这三年，虽然周树人不去到全日制的学校上课，可是他也是把学籍挂在独逸语学校。日本学者北冈正子考证出了学校的文学教科书以及暑期阅读的文学书目，对照北京鲁迅博物馆馆藏鲁迅藏书书目，能够筛选出一些间接证明鲁迅那时可能读过的外国作品。

最后，通过周氏兄弟的回忆文字和其他潜在阅读的线索推断。比如，鲁迅特别喜欢的夏目漱石、森鸥外、显克微支、安特莱夫、迦尔洵、裴多菲，还有人们不那么熟知的克尔凯郭尔等等。

我们往往觉得鲁迅是不可复制的天才，能够用中国古代文人乃至近代以来的作家都意想不到的方式，在最简短的篇幅内把故事讲述得如此生动、深刻、直抵心灵，而读了鲁迅读过的小说后，就会有一种豁然开朗的感觉。成为新文学之父后的小说创作中，鲁迅始终保持着与世界作家的持续对话。果戈理的《狂人日记》《外套》之于《狂人日记》《阿Q正传》；安特莱夫的《谩》《默》之于《伤逝》；斯谛普虐克的《一文钱》之于《阿Q正传》；屠格涅夫的《白净草原》之于《社戏》；莱蒙托夫的《宿命论者》之于《祝福》；契诃夫的《戚施》之于《故乡》；塞万提斯的《堂·吉诃德》之于《孔乙己》《阿Q正传》；等等。

再次阅读鲁迅留学时代阅读过的外国故事，置身于鲁迅当年置身的精神谱系之网当中，感同身受，与他一起感动，一起愉悦，审美能力一起成长，同频共振，更容易发现其个性化的审美倾向，那些洞悉人性幽暗的作品，举重若轻、让人含泪微笑的表现手法，现代主义的意识流，后现代主义的英雄戏仿，对于被损害被侮辱的小人物的现实主义关怀，故事中套故事的叙事模式，等等，显然这是多维复杂的艺术综合体，实际上也已经蓄势暗含在了十九世纪的小说当中，只待不断地互文到世界文学史的发展进程中，而那个时候的清国留学生周树人在日本已然全部都自主性地接受了。

周氏兄弟遇上约卡伊·莫尔

匈牙利不临海，却拥有一方独特的水域——巴拉顿湖，这是中欧最大的湖泊，因之又被称作匈牙利海。这片绿水，微波荡漾，清澈非常，周边风景宜人，浓绿的密林中不时露出一簇簇贝壳般错落有致的别墅。而匈牙利著名小说家约卡伊·莫尔（1825—1904）就曾居住在可以遥望这片海的别墅里，他的故居可以称得上是匈牙利作家中最富庶的故居。

裴多菲文学博物馆的同行驾车带我们去巴拉顿湖，6月份的匈牙利已经很热了，由鲁迅最早翻译的裴多菲的诗就有《太阳酷热地照临……》[①] 这样的题目。然而，路上还是经常会看到年轻的姑娘们点缀着比基尼，头戴墨镜，骑着自行车飞驰。皮肤癌发病率再高，也挡不住阳光浴的诱惑。

布达佩斯和北京同属温带气候，所以在这里看到怒放着簇簇小黄花，有的已经结了绿色小灯笼的栾树，有一种故土芬芳的

----

① 最初发表于 1925 年 1 月 26 日《语丝》周刊第 9 期。

感觉。

车窗外浓绿的密林中不时闪现一顶顶小红帽，雨后蘑菇般清新，那就是别墅区了。

很快，车在一栋米黄色的别墅前停了下来。约卡伊·莫尔150年前的家随即出现在眼前。

无论在哪里，树都会告诉你一切，只要懂得倾听。约卡伊故居的院落当中是一棵粗大的毛泡桐，枝繁叶茂，果实黏着，想必春天曾开满紫色的花束，花枝就要伸进大门里去，深情触摸上方那JOKAI-VILLA的刻字吧？而它亭亭如盖的树冠在日光投射下的浓荫里正矗立着约卡伊的半身塑像。

一

约卡伊·莫尔出生在匈牙利北部的科马罗姆镇，是匈牙利最著名的小说家之一，一生著作二百数十卷，小说便有一百一十卷之多，并广泛传播到海外，目前全球已有二百多种译本。主题大都涉及匈牙利从中世纪到新兴资产阶级发展的国家变革，并展望未来的世界。

1857年，32岁的约卡伊·莫尔初见巴拉顿湖，为之深深吸引，随即写下一系列文章，抒发这片匈牙利海带给他的激情。巴拉顿湖的维斯普雷姆州和佐洛州的湖岸非常像希腊著名的坦佩谷①。在

---

① 希腊中部佩欧斯河流域的峡谷。

匈牙利作家中，约卡伊率先关注巴拉顿高地，为读者展现了一幅幅浪漫的风景画卷。那些古代遗迹，精美的葡萄酒，神奇的自然地貌……约卡伊为巴拉顿湖美妙绝伦的四季风景迷恋不已。

约卡伊妻子的哥哥是巴拉顿地区菲尔德温泉浴场的医生，1867 年的一天，他建议这位患有结核病的国会议员妹夫在附近买一小块地，这有利于他的身体健康。据说，"巴拉顿湖里的鱼、蜗牛、蛇，甚至虾蟹，几乎一律是白色的，这种颜色的同类水生物在其他江湖里根本看不到，湖里的淤泥中充满着针状的水晶，碰着使你感到灼痛，却有医疗作用。湖里的海绵可以吸去皮肤上的水泡，而湖水却又清甜可口……"[①]

这段文字表明，当年的约卡伊被彻底说服了。三年后，一座壮观的新古典主义别墅在朗德（Round）教堂后面竣工，与温泉洗浴中心近在咫尺。此后，约卡伊·莫尔夏季很少离开巴拉顿湖，只在天气转凉的深秋时节不得不搬到佩斯去。在很多作品中（《与女人为伴》《轻举妄动》），他写到了在巴拉顿湖乡间的美妙经验，并经常在报纸上评论那里的日常生活。

十九世纪中后期，从布达佩斯的家赶到菲尔德别墅对约卡伊一家来说不是一件容易事。因为要带很多行李和包裹，特别是最钟爱的书稿等，如果没有这些他们将什么也不能做。他们还经常带上爱犬，名唤杰克里、斯兹里卡，或是茉莉亚。另一个困难是旅途太遥远，约卡伊大多是周末来菲尔德别墅，这需要从南部火

---

① 约卡伊·莫尔:《金人》，人民文学出版社 1981 年版。

车站乘坐蒸汽火车，然后要么从基什福卢迪换乘汽船，要么换乘四轮马车，最后抵达北部海滨。

1875年夏天，他们在轮船上升起了红白绿三色国旗，这样家人就能够通过大厅里的望远镜看到信号，是的，全家人期待已久的大作家正在赶来。

如果是在今天眺望的话，会看到匈牙利的远亲——中国人走进了视野。当我拾级而上，推开白色的双扇门（据说双扇门利于遥望远方绝美的"海"上风景），步入大厅，首先看到的就是这架大折射望远镜。也许是时空隔阂，一时还难以融入两个世纪前的生活。然而，很快就感到自己成为一名备受欢迎的访客，并在不自觉间吸取着约卡伊过往生命的断片，同时交织着虚构世界里跌宕起伏的人物命运……

客厅是菲尔德夏季居所社交集会的中心。衣架上挂着19世纪的衣帽，屏风式设计的展板下放置着竹篮、矮凳与小皮箱。铺有绣花台布的小桌子上散放着男主人心爱的书籍。房间每一个角落都很好地利用起来，体现了艺术家的匠心，锥形的玻璃柜里是各式各样的海螺与贝壳。

从客厅那幅镶嵌鎏金装裱而成的画中看，约卡伊一副老成相，谢顶，长髯，目光深邃，不苟言笑，仿佛陷入深深的沉思，丝毫看不出小说中那个叙事主人公的俏皮劲儿。

起居室可不只是家庭聚餐的地方，而承担了更多接待的功能，但高朋满座从没有遮蔽它温馨的一面，反而使之更加随意与亲和，下午茶免去了仪式，"从温泉浴场回来的姑娘们蜂拥围住彬彬有礼的绅士们，向他们频频致意。"无疑，约卡伊夫妇成为巴拉顿地区的中心人物。他们支持和资助这里的各项事务，主持文学活动，赞助射击俱乐部，并帮助老人家庭。菲尔德别墅也成为巴拉顿的一个重要社交舞台。

在四方餐桌上，可以看到鼓得很好看的、烤得焦黄的科马罗姆白面包，撒有罂粟子的香甜糕饼，铜托盘上放着鲜艳的水果……还有很多漂亮的瓷器咖啡具。餐桌上铺着镂空绣花的桌旗，餐椅钉着皮垫，家具的雕花精美，闪耀着光泽，使人联系起《金人》中对打造木质家具的细致描写。别忘了，约卡伊可是一位百科全书式的作家。

十九世纪七十年代一些杰出人物经常出现于这栋别墅，如约卡伊的德国出版商奥托·杨克，柏林沃尔纳剧院总监弗朗茨·沃尔纳，他们都对女主人烧的匈牙利佳肴难以忘怀。约卡伊一家通常用传统匈牙利餐来款待他们的客人、亲戚，还有老朋友。那一定缺少不了古雅什汤——一种用红椒粉，配上洋葱等调料，与土豆、牛肉一起炖成的浓汤，或是清淡的芹菜奶油汤，淡绿色，汤面上隐约飘来芹菜的清香。

约卡伊家餐桌上的特色菜肴当然是鱼，特别是梭鲈鱼，通常有三到四种不同的烹饪风味，另外有辣椒鸡饭、烤小牛肉、炖羊肉，还有青豆、豌豆、卷心菜等青菜；主食与甜品有自制软奶酪意大利面、约卡伊最喜欢的油酥糕点、科马罗姆豆腐饼和香喷喷的英式松饼等；最后，但绝非最不重要的，当然是水果，那些法国桃子和杏子、芯梨、苏丹无花果，永远是那么诱人。

　　这得需要一个多么贤淑能干的女主人！从客厅女主的画像里已经有所领略，温婉典雅，不失干练，颇具艺术家风范。走进约卡伊夫妇的卧室，直感更加强烈，这里无疑是约卡伊家庭生活最生动的象征与体现。

　　首先映入眼帘的是焦糖色的木质大床，其实是由两张小床拼起来的，风格质朴，线条简洁，与会客室里那些雕花繁复的家具相比略显朴素了些，两只白色的枕头，静静地躺着，床头上方是一幅油画，夕阳西下，空旷的草原上，一位骑马的牧人，由远方而来。用约卡伊的语言说，那是一位匈牙利骑士，也是一位马扎尔绅士。油画的左下方是约卡伊夫妇1873年庆祝银婚时的合影。

　　这提醒我们二人结合于著名的1848年。没错，3月15日，佩斯一群热情的青年一大早从比尔瓦克咖啡馆出发，开始游行示威。接着，在春雨淅沥的博物馆广场上，裴多菲向聚集的约一万名群众朗诵了热情洋溢的诗作《民族之歌》，约卡伊则宣读了他们事先拟好的《十二条纲领》，充分表达了匈牙利人民的感情和对奴役匈牙利的奥地利君主国提出的要求。

　　就在这一天，约卡伊与拉波尔法维·萝扎（1817—1886）在国家剧院的舞台上一见钟情，那时，萝扎正在名剧 Bank Ban 中扮演主角赫特鲁迪斯，她在约卡伊的衬衫上亲手系上花环，那是约卡伊作为一名反叛的"三月青年"而获得的荣誉。

　　就在这一年，23岁的小伙约卡伊和这个比自己大七岁的女演员结婚了。这场婚姻引发了一场丑闻。几乎所有的家人和约卡伊的一些朋友们都极力反对，主要是因为萝扎已经有了一个 12 岁的私生女。

1848—1849 年的独立战争失败后，约卡伊婚姻的反对者们改变了态度，因为萝扎将被奥地利法庭列入死刑黑名单的约卡伊隐藏了起来，从而挽救了他的性命。正如中国作家鲁迅告诉我们的，约卡伊的同学及战友裴多菲"死在哥萨克兵的矛尖上"[1]。约卡伊则逃到东北部的毕克山区，度过军事恐怖统治的血腥时日。后因萝扎及友人的多方奔走，才弄到通行证，化名回到佩斯，在刊物上陆续发表回忆那场伟大战争的短篇小说和《一个隐匿者的日记》等冒险故事。从此约卡伊成为一名专业作家。

萝扎是名演员的女儿，更是那个时代知名的歌剧女演员，恰如约卡伊笔下自信而洒脱不羁的女艺术家。从 1837 年开始，她就在佩斯的国家剧院演出，并成为女主角。很多人恭维她的女低音，她的相貌，她长于朗诵的天赋，以及她那意味深长的眼神。约卡伊为她写了两部剧，毫无疑问，萝扎是其中的主角。1860 年，当基什福卢迪·山陀尔的雕像落成时，她在菲尔德"夏季舞台"上的表演不俗，获得了巨大成功。直到 1859 年退休，萝扎一直都是那个时代最卓越的女演员。

菲尔德别墅卧室的墙上挂满了萝扎的演出画像、海报，梳妆镜边上也插着一圈小幅的黑白剧照，衣橱前展示着她的戏装及家居服。不知道那系着褐色领结及腰带、纱巾的白色长裙，它的花

---

[1] 鲁迅：《集外集拾遗补编·〈勇敢的约翰〉校后记》，《鲁迅全集》第八卷，人民文学出版社 2005 年版，第 352 页。

边饰带是不是来自布鲁塞尔的手艺，穿上一定会有在天空中飞升般的飘逸美感吧。

在菲尔德的岁月里，退休后的萝扎成为一名精致讲究的主妇，她每天围着厨房和食品储藏室转。对于在冬季储藏食物，充满了热情。那些瓶装的或是风干的水果，很好地保存在宽大的厨房或地窖里。萝扎和当地农民处得非常好，农民们总是为她提供新鲜的蔬果、家禽、鱼和日用品，每天往这间别墅输送货物。女主人非常挑剔，有时甚至不惜打扰她那正忙着写作的丈夫去处理些琐碎实际的家庭事务。她支配家里的厨师，让他遵照她的食谱计划为全家准备膳食。

厨房的操作台上，随意摆放着精致的烹饪工具，金属制的擀面杖、打蛋器、秤，当然还有铜锅，可以想象，当年怎样又是烤炙又是煎炸。厨房的角落里还有一个自制的土冰箱。严冬季节，主人将冰块置于地窖里，溽暑来临，将之取出置于冰箱，制冷功能便实现了。最下面有一个细细的小管，用来排水。旁边是水罐与塞着木塞的绿色透明的储水瓶，竹筐里装满了圆滚滚的土豆和洋葱，上面斜靠着的是切菜板。

当然，这些不全是约卡伊曾经使用过的物件，有些只是来自于那个年代，这要感谢我们可爱的博物馆同行为再现当年作家的生活场景，尽量恢复原貌而做出的努力。

萝扎是个聪慧的好伴侣，她的克己与牺牲、忠贞与勤勉成为约卡伊源源不断的精神动力。她用自己生命的全部，精心照料丈夫的日常起居、饮食和身心健康，尽最大努力为极度繁忙又多产的大作家提供坚实的后盾。那个时候，"文学寡妇"①这个词还没有诞生，为了丈夫奉献一切，是萝扎心甘情愿的选择。

遗憾的是，约卡伊夫妇没有自己的孩子。但是约卡伊发自内心地爱着萝扎和她前夫的女儿，一直对之视如己出。在其房间的墙上，有她的画像，黑发素颜、恬静端庄，然而，她不幸早逝，同样留下了一个女儿。

约卡伊对他名义上的外孙女疼爱有加，培养她成为一名画家。在这位画家小时候的房间里可以看到她曾经玩过的牌、搭过的积木拼图，最有趣的是学习英文字母时使用过的趣味手绘，如两根黄瓜摆在一起组成字母 U，伸着长颈回首的鸵鸟组成字母 S，玫瑰花形变为字母 R……真是惟妙惟肖。

她的小床围着白色的帐子，前方摆放着画架，小茶几上翻开的书页里有好看的花饰纹样，衣架上挂着她的半透明纯白色长裙，袖口与裙摆处散绣着白色花朵。即使今天穿上，也是一名入时脱俗的淑女。

约卡伊的侄子们经常到菲尔德消夏别墅来度暑假，马瑞·瓦利后来成为约卡伊的传记作家。约卡伊养女的儿子洛伦特·埃热迪，小名若兰，很小的时候也经常来此拜访萝扎。

约卡伊家的女孩子要在家里得到一些艺术启蒙，如绘画、唱歌、朗诵等，会演奏一门乐器是必需的。除此之外，最重要的

---

① 语出匈牙利作家艾斯特哈兹·彼得的小说《赫拉巴尔之书》，指作家为了安静的书写和脱俗的精神劳作而忽略妻子们的存在，使之成为某种附属物。"匈牙利的乔伊斯"艾斯特哈兹·彼得于 2016 年 7 月 14 日逝世。

是习得家政管理的细节，比如持家、烹饪、基本园艺知识，以及缝纫和刺绣的要领。女孩子们时常聚在一起，在衣裙和绸带上绘满极好看的花样，然后刺绣。你总不能指望出嫁的时候，由一双陌生的手为自己那无比珍贵的嫁衣绣上金色的玫瑰花和银色叶子吧。

约卡伊对在小说中塑造女性形象具有与生俱来的天赋，他的作品中出现了大量女性人物：一流的家庭主妇、女科学家、自信而洒脱不羁的女艺术家、女画家、女演员、寡妇、吉卜赛女郎、被抛弃的怨妇、孤女、私生女、贫家女等等。他在这些女性人物身上倾注了情感。

二

坐拥巴拉顿湖，为约卡伊夫妇带来了如遇天堂般的喜悦。他们兴致勃勃地在微微荡漾的湖面上游泳、划船，或是在湖滨来回漫步，到湖岸边登山。最喜欢的活动是晚上打牌、演剧，或是听钦巴龙演奏乐曲[①]，又或是在黎明时分冥想。湖水的美景，新鲜的空气和酸性的矿泉水对约卡伊的健康非常有利，他的结核病很快就完全治愈了。

约卡伊的生活是余裕的，工作室的陈列展品中有他收藏的猎枪、使用过的象骨制成的便笺，还有很多他的作品上演时的剧照。

---

① 在匈牙利演奏吉卜赛乐曲的一种扬琴。

在菲尔德度过的 20 余年的光阴里，他的生活极其规律，黎明即起，在花园里沉浸良久，除了写作，只在吃早餐和午餐时休息片刻，通常是玩拼图游戏或是阅读来提神。然后，在新鲜的空气中度过每一个夜晚。对约卡伊来说，漫长的夜晚另有一种忧郁的情趣，有时，他会整夜消磨在大折射望远镜前，观察苍穹的奇景，眺望满天星斗、划过的流星和有时会变红的月亮。

和谐宁静的自然环境激发了约卡伊的创造性，他在此间灵感泉涌、极其多产，著名小说《金人》（1872）就是在这里创作产出的。匈牙利现代作家米克沙特·卡尔曼评价它就像黎明的梦境般美丽。约卡伊也将之视为自己的最爱。很多批评家认为它在细微处直视灵魂，是对畏缩隐讳性格的微妙忏悔，这无疑是一部充满了传记史料的小说，其中的很多情节、人物和场景均取自约卡伊自己的生活。那友善、热心、温柔、可爱的诺埃米，正是以年轻的生着结核病，以奥蒂莉亚·卢卡安妮丝为法定监护人的孤儿为原型；蒂美娅的完美、意志坚强和自信的品质，令人不由得想起萝扎，而对狡猾务实、在钱眼里打滚的商人的生动描绘，显然仿照了家乡商人科马隆的做派。

约卡伊是独一无二的讲故事者，他的小说叙事别致，充满诗意。在《金人》里，他亲切自然地回忆起多瑙河的水手和菲尔德渔民的逸闻传说，并描绘了一个有果园、花海和小木屋的无人岛，这一创意，无疑代表了作家对逃避现实的渴望，而这也是《金人》所要表达的主旨。约卡伊在这部作品中谈论永不休止的人类的好奇心，对探索宇宙秘密的渴望。他将腐化了的冒险家描述为不得不经常撒谎的"金人"——无论接触什么样的业务都能利润滚滚，就像天生具备点金术一样，然而，他最终找到的幸福却是在远离黄金的"无人岛"。

读《金人》，你会随着主人公去巴拉顿湖破冰捕鱼，去芦苇丛中猎野鸭，看猫儿被螃蟹的大钳子夹住了耳朵，六条长腿抓住了脸。狗狗为主人叼着猎枪，多么神气的猎事！更有养蜂、挤牛奶、熬制玫瑰香水、盖小木屋……为之出现的动植物不下百种，且多为工笔细作，是在真正的百科全书中也感受不到的丰富生动。研究约卡伊时代的专业文献，会深深折服于这位优秀的小说家也精通占星术、地理、地质学、生物学、化学和物理学。他的小说甚至激发了新一代匈牙利人研究自然科学奇迹的热情。

《金人》甫一问世立刻被翻译成多种语言，在匈牙利和欧洲都取得了巨大成功。作品后来被改编成电影和戏剧，匈牙利国家剧院的杰出演员伊米莉亚·马库斯、奥斯卡·贝雷吉、玛丽·贾绍伊等都曾经扮演过主角。

约卡伊不止亲密人类与动物，亦亲密植物，他是一位颇有经验的园艺专家，使用过的修剪树枝的果剪就有多种样式，令人大开眼界。他在玫瑰园里种植了一些稀有品种，精心照料它们。然后用刚刚耕耘过园圃的双手再在人类的心灵上继续耕耘，包括写一些以种植蔬菜、水果，特别是葡萄为主题的流行作品。

约卡伊曾经说，"我有两种财富：诗歌与园艺。这是良师益友们灌注于我内心的。诗歌会逐渐褪色，而我也会忘记自己曾是位诗人。但是我美丽的树们每年都会长出新叶，开满鲜花，告诉人们我是一个辛勤的园丁。"《金人》里的特蕾莎就是靠双手种植了大片花海与森林，使"无人岛"变成了天堂。可以想象，19世纪的菲尔德别墅，前庭后院繁英满树，蓓蕾盈枝，为主人永远保持欢欣的生活基调而吐露芬芳。

在别墅的阳台上，有一个培植各种绿植的花车，每盆花草都插有卡片，写上它们的名字与习性，也许还有别的小故事？说不定呢。反正，大作家喜欢让它们点缀自己的作品，就像装饰自己的家一样。靠近窗户的角落处立着一个超大的金丝鸟笼。当然，它是空着的，就如同这间别墅其实是空着的一样。虽然，置身其中，对"空"早已浑然无觉，仿佛一直是被主人引领着，抑或是那些历经岁月仍有心跳的物件们在合奏？还有空气中飘荡的久远气味恋恋不散……

虽说是"繁华落尽，为君老"，1886年11月，69岁的萝扎却撇下约卡伊去往天堂。痛失爱妻对约卡伊来说就是失去了生活的全部，顷刻间，菲尔德别墅变得空旷幽暗，消尽了往昔的魅力，此后被闲置多年。就像约卡伊所写的："在那个空旷荒凉的城堡，我一个人能干什么呢？对我来说，巴拉顿湖瞬间变得比海水还要苦涩。"萝扎去世四年后，约卡伊·莫尔卖掉了他心爱的别墅，与外孙女一家生活在一起。

1894年，匈牙利全国为约卡伊举行创作50周年纪念活动，出版了他的百卷作品集。如果不是巴拉顿湖激发的巨大创造力，很难想象，这位"匈牙利的雨果"笔下的人物活着站出来能够排成一英里的长队。众多读者通过约卡伊体验到来自源头的力量，带着喜悦、感恩与生命的丰盛，有了憧憬和追寻的方向，从而对这个传递者充满了爱。

1904 年 5 月 5 日，79 岁的约卡伊于佩斯离世。小说家最后的愿望就是将自己埋葬在布达城 Sváb 山上最喜欢的树下。

1954 年，为纪念约卡伊逝世 50 周年，菲尔德别墅被辟为纪念馆并对外开放，成为匈牙利当今最富有的文学纪念馆之一。

三

20 世纪初，约卡伊文字的魅力越过海峡，征服了远在日本的中国留学生周作人，那时二十出头的周作人喜欢与大哥周树人，即后来的新文学之父鲁迅一起逛旧书店，他们从中淘的第一本书就是由美国薄格思翻译的约卡伊·莫尔（当时译作育珂摩耳）的作品《骷髅所说》（后译为《互相仇恨的骷髅》）。此为日本作家德富芦花的旧藏，后来大概是周作人觉得这部传奇不好翻译，归国前给漫不经心地卖掉了，心里却是念念不忘。1919 年周作人再次去东京，竟然又在南阳堂书架上遇见它，遂带着与老朋友重逢般的喜悦购回，一直珍藏。

这是一篇带恐怖味道的短篇。说的是一位富豪在他的城堡布了一个机关，将两只骷髅装上弹簧，并排放置，当你看到它时是背对背，而将之调成面对面后，第二天准还会背对背。这是一对曾经为了城堡所有权而反目成仇的伯爵兄弟的头骨，活着时哥哥用长钉钉进弟弟的头颅杀死了他，而哥哥也得到了应有的报复。

接手这份产业的富人借此在家里制造令人毛骨悚然的神秘气氛，已经有很多人上当，甚至为此郁郁而终。当"我"也来府邸做客后，凭借勇气和知识终于识破这只不过是一个基于玄机与传说的恶作剧而已。

晚清时期的周氏兄弟对于弱小国家的民族文学特别有兴味，匈牙利这个欧洲大陆上唯一与亚洲有着血缘关系的东方的儿子，在不断的劫掠与反劫掠中流亡至世界先进文明之林，虽是备受欺凌，却自省自强，越挫越勇，不媚世俗，发为雄声，终于在多瑙河畔拥有一方独立的疆域，而彼时的中华民族却夜郎自大，满足于地大物博，陶醉和夸大精神文明。在那个民族主义炽烈的时代，吸引了周氏兄弟的绝不是异域故事猎奇，而是"刚健不挠、抱诚守真"的精神姿态。

周作人先是经倍因先生(R.Nisbet Bain 罗伯特·尼斯贝特·贝因)的英译转译了约卡伊·莫尔1877年所作长篇小说《匈奴奇士录》(原名《神是一位》*Rgy az Isten*)，在小引中评价约卡伊"每成一书，情态万变，且秾丽富美，妙夺人意"[①]。这也是约卡伊晚年时在菲尔德别墅创作的作品，以匈牙利因民族杂糅、宗教信仰不同而卷入各种纷争为背景，借一位叫勃兰迦的公爵夫人与一位名叫摩那塞的人之间的爱情故事，展现了1848年匈牙利争取民族独立运动的历史场景。显然也有作者经历的内含其间。周氏译本1909年由商务印书馆初版，为《说部丛书》之一册，1933年

---

① 周作人：《〈匈奴骑士录〉小引》，商务印书馆1933年12月初版，第1页。

12 月由王云五主编的"万有文库"再版。

1910 年，约卡伊逝世六年后，周作人又据丹福特女士(Beatrice Danford) 的英译本转译了他 1893 年创作的《黄蔷薇》，创作该篇时约卡伊已经 68 岁，菲尔德别墅已出售。这部牧歌式的中篇小说讲述的是在霍托巴古的路旁客栈里有一位美丽的姑娘，她的情人基珂什在外地当兵，当他发现一位牧牛人头戴只有霍托巴古客栈才种植的黄蔷薇时，对姑娘的爱因妒恨而更加浓烈，因为只有客栈女子钟情于某人时才会为其帽间插上黄蔷薇。而实际上，姑娘深爱着的只有基珂什，她为了使基珂什的心永远在自己身上，听信了吉卜赛女郎的话，在给基珂什的酒中加入了草药，结果基珂什中毒不醒，幸亏被兽医发现，及时抢救过来，而牧牛人因为赶牛群过河失败，未能随摩拉维亚伯爵的管家到他们的庄园生存，只好再次折回草原，两位情敌终于在霍托巴古客栈展开了决斗，基珂什赢了，却头也不回地骑马疾驰而去。年近 70 岁的老者写这样纯粹的爱情故事，举重若轻，匈牙利大平原的自然风貌与人文风俗再度跃然纸上。

约卡伊·莫尔的故居及其身后留下的文学作品为我们提供了十九世纪中欧地区详尽的文化标本，如果你没有领略过草原上的海市蜃楼，一定来读一下《黄蔷薇》，你会看到文字后面隐藏着的约卡伊，博学而自信地谈论着匈牙利独有的奇幻现象，而那是法国天文学家也无从知晓的。并且，他用瓦格纳的合奏来形容牛群的悸动，从马扎尔人讲述的草原上的强盗故事中，听出莎士比亚的构思。从人们对待牧牛人与牧马人礼数的不同而思考不平等的无处不在。至于如何在草原上带着牛群过河，更是经验丰富。画家如何作画就更不用说了。而这一切都是无意之中，一笔带过，仿佛它们本来就是约卡伊的大脑细胞，而不是所谓的知识结构。也许吸引着年轻周作人的，正是约卡伊的博学及彬彬风雅。

《匈奴奇士录》与《黄蔷薇》都是周作人用文言翻译的，用他的话说，选择了雅的文言，那就是为自己而翻译的书，而不是为译书而翻译。这更加证明了他是由衷地爱好约卡伊的文学世界。十年后，也就是1920年，才托蔡元培将《黄蔷薇》介绍给商务印书馆出版，稿值六十元。在出版社一放又是七年，1927年8月终于初版。

周作人还收藏有倍因译的《育珂短篇集》及长篇小说《白蔷薇》（原文 *A Feher Rozsa*，英译改称 *Halil the Pedlar*），与倍因的译笔风格一样深深打动他的，还有"热心于刊行异书"的伦敦书店，该书店出版的书从设计、装帧到用纸、装订都极为考究精美，可以说无一处不与周作人的精致追求紧密对接，并且售价只有六先令。周作人曾说，纯粹出于趣味的翻译，是一种爱情的工作[①]，那么，这可以称得上是他与约卡伊·莫尔的一场恋爱盛宴。文艺园地原来可以有这样的隽永意味，就读江南水师学堂的周作人后来走上一条人文学者之途，而没有成为一名军法官，这不可以说没有一丝约卡伊·莫尔的影响。

一个渴望精神富足的中国青年，在日本东京宁静的书房里，

---

① 周作人：《谈翻译》，止庵编订：《周作人自编文集·苦口甘口》，河北教育出版社2002年版，第43页。

于约卡伊·莫尔的字里行间，遥望神秘的匈牙利海，为了"转移性情，改造社会"的理想，被列入翻译计划而未出版的还曾有《怨家》(《域外小说集》初版本第一册卷末登载的预告)《伽萧太守》(第二册卷末披露的域外小说集"以后译文")。

1980年代，大陆对约卡伊·莫尔的翻译进入高潮，主要有汤真、梅绍武、龚坤余、汤定九、庄寿慈、赵蔚青、熊凯、白兵等翻译家致力于在中国传播约卡伊·莫尔的匈牙利声音。由于周作人的历史问题，这些译本的序言和译者后记里在谈及约卡伊对中国的影响时，均是轻描淡写的一句——中国在20世纪20年代就有了文言译本，而从不提周作人的名字。对周作人的研究宽松之后，被学者关注最多的也是他通过约卡伊而提出的"乡土文学"这一概念。深入研究的就更少了。并且，笔者也没有看到约卡伊小说中文的新译与再版，这对于丰富中国的译林文苑是殊为可惜的。

附：约卡伊部分小说作品 ①

《战斗场景》(1850)

《爱尔德伊的黄金时代》(1852)

《匈牙利的土耳其世界》(1853)

《和平与战争中的匈牙利速写》(1853—1854)

《一个匈牙利富豪》(1853—1854)

---

① 有些作品据约卡伊·莫尔纪念馆介绍册英译转译，又经查阅资料补充整理而成。

《卡尔帕蒂·若尔坦》（1854）

《约阿尼纳的狮子》（1854）

《傀儡兵的末日》（1854）

《可怜的富豪》（1860）

《新房东》（1862）

《疯狂的爱》（1868—1869）

《铁石心肠的儿女》（1869）

《黑钻石》（1870）

《然而，它动了》（1872）

《金人》（1872）

《一本新世纪的小说》（1872—1874）

《神是一位》（《匈奴奇士录》1877）

《那本绿色的书》（1879）

《来自洛克萨的白人妇女》（1885）

《小皇帝们》（1886）

《海一般的双眸》（1893）

《黄蔷薇》（1893）

《一个上了年纪的男人不是老头儿》（1900）

《信誉之债》

《互相仇恨的骷髅》

《九个里面挑哪一个呢》（《圣诞夜的歌声》）

《小孤儿》

《有四十八颗星星的房间》

《舞会》

《万恶的旧时代》

《强迫娱乐》

《卡斯朱州长》

《一个什克勒女人》

《桥边二柳树》

《两个未婚妻》

《一桌十三人》(《巴尔蒂家族》)

《冰雪下面的自由》

《一个隐匿者的日记》

《与女人为伴》

《轻举妄动》

（本文删节版原刊《书城》2016 年 10 月号）

早于鲁迅载入史册的周树人

——教育部佥事如何践行"文艺梦"

　　几乎每个现代文学的研究者都曾经质疑，为什么到北京后的鲁迅要"沉入于国民中""回到古代去"？无他，工作职责之所在而已。北洋政府教育部社会教育司有一项工作职责即为"调查及搜集古物"。可以说，周树人是教育部最兢兢业业的文化部员之一，作为文化先驱者，他甚至将业余时间也全部用在了工作上面。北京14年，周树人做了大量的公务工作。写文章，编杂志，讲文学课，那才是职务之外的贡献。

　　社会教育司是由教育部新设立的机构，在清朝学部时代根本没有这一分科，因而最能体现近代以来以开通民智、移风易俗为目的的宏观政策设计与实践的开创性，也为鲁迅实现通过文艺"改造国民性"的理想提供了舞台，尽管能否大展身手还是个问题，至少以管理者的身份介入了这一领域。依鲁迅所负责的工作内容来看，基本上属于社会文化、博物科普的范畴，完全都是他感兴趣和擅长的领域。先存而不论那些官僚作风、保守势力，做事多有掣肘，至少辛亥革命后，社会教育司所从事的现代文化开拓工作非常契合鲁迅年轻时的理想与志趣方向，况且他还抱定了"利用职权，各行其是"的主张，并有"有权在手，便当任意作之，何必参考愚说耶？"的洒脱，可见工作中的自由度还是相当高的。鲁迅非常热爱自己的工作，以至于到上海做了自由撰稿人之后，仍然在沿着教育部时期社会教育司的工作内容、社会关怀行事，当然，那时的他是以一个现代著名作家、一个独立的生命个体来彰显主体性的，比如，自费收藏碑帖拓片、古籍、中外版画，举办木刻讲习会，策划木刻巡回展览，等等。

然而，学界至今仍存有一种偏见，即将鲁迅在教育部的工作视为对腐败落后官场日常工作的应付，每每涉及此阶段，寥寥几笔勾勒，最多罗列一下工作业绩，少有将教育部置于五四新文化运动的延长线和并置空间的立体框架中来观照的学理意识。要么将二者对立看待，仅从批评尊孔读经的角度出发将教育部视为与新文化敌对的营垒；要么将政府与知识界分而论之，认为官场与新文化场永不搭界，从不以客观科学的态度对待公共管理这门学问，至多将教育部经历作为周树人成长为新文化主将鲁迅之前的反省、孕育与铺垫。

北京时期的鲁迅已经进入开拓、筹建现代文化的实践层面，而不必停留在日本时期梦想"振臂一呼，应者云集"的鼓与呼。在《摩罗诗力说》里，鲁迅曾大声疾呼"立意在反抗，指归在动作"。辛亥革命后，需要躬身实践的社会考验果真来了。作为一个教育部部员该如何"动作"呢？这其实是所谓的沉默期鲁迅无时无刻不在思考的问题，而并不是真的一味颓唐下去。或者说，"呐喊鲁迅"所建构的"我"有一个叙述逻辑上的颓唐的过程，而被教育部荐任的佥事周树人在现实中却始终刚健不挠地在"动作"，在勇猛精进地上下求索，在认真思考如何运用知识服务于社会。

周树人在教育部所践行的一切，比如，改组京师图书馆及其分馆、通俗图书馆、筹备历史博物馆，策划全国儿童艺术展览会、全国专门以上学校成绩展览会，设计国徽、北大校徽，选定国歌，考察天坛、先农坛开辟为公园的可行性，考察新剧，组织调研沈阳故宫里的美术品，在通俗教育研究会小说股为新制小说厘定标准、科学分类、规范评审等等，这些难道不都是在为了国民能够更好地以各种方式表达自我而营造现代公共领域吗？这些实际的文化工作惠及民众、功德无量，其意义绝不亚于一篇文章的发表，甚至远远大于一些连鲁迅都感到"开口的空虚"的言说。这些历史贡献使得"周树人"的名字早于"鲁迅"而载于史册。

这一面向的鲁迅不但不取媚于政权，不取媚于庸众，也不取媚于精英，不但不随顺于旧俗，不随顺于规则，也不随顺于新潮。抄古碑，辑录校勘旧籍的姿态和行动，便是一种行迹罕至的文学实践、美术实践、学术实践。既是在搜集图像史料，评估古美术，也是在运用辑佚、辨伪、版本、校勘、目录、考证等朴学方法梳理中国文艺史，以开中国现代文艺之新局；不仅在辑佚第一手资料前检视国民性，在描画摹写时还魂民族气韵，更在校勘辨伪中把握文化流布的走向，在目录整理后呈现思想骨骼，当然，遍览古籍的确让鲁迅常常产生一切生机消逝，草木一片凋零的凄凉之感，学者笔下的沉默期鲁迅也因之笼罩在漆黑的墨色中，然而，国民精神所发出的火光纵使微弱，绝没有泯灭。昏暗的历史材料恰恰更加需要具备刚健、反抗、破坏与挑战精神的文化斗士来重新观照与考量，来深究该如何振奋民族精神，来探寻哪些是需要弘扬的传统，特别是那些从来不为主流叙述所关注的散落于民间的野性力量。汉代对外来文化的自由驱使，决不介怀，而养成雄浑阔大的美学格局，魏晋六朝文脉的清俊通脱，大放异彩，均是充分容纳异端与外来思想所致。而翻译国外优秀作品，不消说更是鲁迅躬行"文艺梦"的最早实践，且始终秉持"宁愿做无名的泥土，来栽植奇花和乔木"的信念，一生没有息过肩。S会馆"俟堂"时期同样如此。

早在写于1908年的《破恶声论》中，鲁迅已经表明了蛰伏心迹，宁肯无语也不和众嚣，万喙同鸣在他耳中不过是恶浊扰攘，打定主意不去争做一呼百应的英雄，而是反观自身，精炼内曜，扎实行动。"要赶快做！"——保存碑碣石刻拓本等资料就是独具我见的行动表现。教育部期间鲁迅所掌握的材料与在日本时期发生了变化，而他基于所掌握材料基础上的创新性思考的表达方式亦随之发生了变化，而并非没有内在精神的贯注与表达。这种表达可以是公文、签注、报告、评语、学术文章、翻译，也可以是图案设计、展览会策划等视觉艺术，更可以是开会中的一次次发言，制定规章制度的争论协调与决策。以展览来讲，这甚至是一种需要用最少的语言来干预的文化类型，分类排序呈现本身就是一种文艺表达。社会教育司以及通俗教育研究会所涉及的工作，还包括必须认真思考和面对新文化应该如何去普及的时代课题。即便工作中充斥着新旧势力的较量和斗争，这一时期高屋建瓴的视野和思考框架、设计理念均决定了鲁迅其后的文化发展格局。恰恰是在教育部营垒新旧斗争的艰难，体现了新文化主将的实战经验与战斗精神，同时也形塑了文本中的鲁迅独有的战斗品质与文化性格。

由于 1918 年《狂人日记》发表，成为中国新文学的开山之作，文学家鲁迅外在的耀眼光环使得这位文化先驱者在一切领域内广泛深入的探索，于主流文学史叙述中均成了其为自身的文学创作汲取营养，以至于提到抄古碑、买拓片、校古籍、看新剧、观电影等等，都被视之为鲁迅的嗜好、休闲活动或个人的文化修养，完全不顾及这些其实都是一个社会教育司分内的工作。很多研究者都在混淆自传文本中的"我"与鲁迅，特别是与周树人不能重叠的那部分身影。在《狂人日记》发表之前，鲁迅极有可能参与策划了中国新文学史上造伪和辨伪的公案"双簧戏"，建议《新青年》开设"蒲鞭"栏，即文明批评，敲边鼓招谬撒，这是多么积极主动、独异卓特的战斗精神，绝非《〈呐喊〉自序》里那个犹疑之"我"。

由此看来，金石寻访、独坐录碑、古籍校勘，这些看似沉默复古的行动，绝不是一个不得志的文化部员对灵魂的自我麻醉，对东京"文艺梦"的亲手埋葬，而是兢兢业业的文化责任心的表现，是一个具有潜在文艺性的生命个体践行《新生》时代文艺初心理想的新文化实践，是承继幼时家训、接续在他者视域所获得的反思精神和文化自觉，重新审视考量中国古文艺所有门类，深思中国现代文艺之建构的独特过程。同时也是在共和制度下最高的文化平台才能够享有的一种工作方式与生活情境，一种可以弥补周围盛行的思维风气所带来的不利于纯粹文艺的损失的孤独，而只有"在寂寞里奔驰的猛士"那样的孤独里，才能将这心灵内外所历经的一切化为本我……显性的历史样貌下，潜在的生命脉动——鲁迅之谓"心声"，需要更加耐心和冷静地倾听。

（原刊 2022 年 4 月 4 日《光明日报》）

文艺：烛照鲁迅一生的灯火

　　将文艺与鲁迅画上等号，从哪里画起呢？我们一般会想到1918年中国第一篇具有现代体式的短篇小说《狂人日记》的诞生。然而，待1923年《呐喊》出版，鲁迅又叙述了一个"弃医从文"的故事，于是，界限向前推至1902—1909年的留日时代，特别是再到东京三年立志专门从事文艺运动之始的1906年。然而，一个具有潜在文艺性的生命个体才会做出决绝的"弃医从文"的选择。因之，从周树人到鲁迅之前那个从周樟寿到周树人的过程被渐次开掘。少年鲁迅的开蒙受教，与众不同，随孩童天性发展而来的抄书影画及至杂览众籍，为未来搭建起了怎样的现代文艺接受装置或曰知识框架？一路逆流追溯上去，再一脉畅泳下来，你会发现，文艺始终是高悬在鲁迅生命上空的璀璨灯火，烛照了其一生的航向。

　　当然，文艺这一概念在中国的生根倒不必在鲁迅诞生之先，甚至，完全可以等到"鲁迅"这一笔名出现之后，再由新文学之父自己开口强调这一由日本中转而来的现代词语的外延与内涵——"文艺是国民精神所发的火光,同时也是引导国民精神的前途的灯火";文艺灯火的照耀也不必时时夺人眼目,完全可以在历史的大幕拉开之后,随个性淡入淡出。

1909—1918 年,此期间的文艺灯火仿佛从鲁迅的生命中淡出,成为中国新文学史上的一大话题。相对于 1918 年的高调"呐喊",相对于 1906 年弃医从文后在东京发表文章,召唤伟美之声、反抗之音、自由之呼号,呼吁真心之声、维新之声、先觉之声、至诚之声、温煦之声;相对于殚精竭虑所翻译的那些求"叫喊和反抗"的被压迫民族的文学,归国十年间的鲁迅仿佛失语,其生命历程因之有了一个"十年沉默期"的概括,尤其是 1912—1918 年前后蛰伏北京 S 会馆的七年,被认为是一种韬晦策略的生存,没有开始文学生活,是由"英雄梦"到"中间物"的自我反省;被质询何以如此沉静下去,却又忽然再度呐喊,而呐喊的声调又是如此低沉,其内在驱动力何在?

正像相较于文学呐喊而产生了"蛰伏""沉默"之说,相较于"沉默"之说,27—36 岁的鲁迅果然一天天沉静下去,做一些毫无意义、消去生命的工作吗?他当然有别样的声音在,且均与文艺息息相通,远非真的"遽成村人"或"俟堂沉寂"。且不说《越铎日报》以鲁迅为精魂,让东京夭折之《新生》发新声于故土,更不说《怀旧》如同《域外小说集》,以文言为器具,奏现代之"好音",单说北京的多样生存空间里,一个分管社会教育工作的教育部佥事如何在职责范围内践行"无法忘却"的文艺梦,便足以将这座著名的城市与鲁迅经典的诞生推至灯火去向的台前幕后。

抄古碑，辑录校勘旧籍的姿态和行动，便是一种行迹罕至的文学实践、美术实践、学术实践。既是在搜集图像史料，评估古美术，也是在运用辑佚、辨伪、版本、校勘、目录、考证等朴学方法梳理中国文艺史，以开中国现代文艺之新局；不仅在辑佚第一手资料前检视国民品性，在描画摹写时自扬神思美富，在臆改辨伪中还原艺文思理，更在版本校勘处把握流布走向，在目录整理后呈现思想骨骼。这些看似沉默复古的行动，绝不是一个不得志的文化部员对灵魂的自我麻醉，对东京"文艺梦"的亲手埋葬，而是兢兢业业的文化责任心的表现，是一个具有潜在文艺性的生命个体践行《新生》时代文艺初心理想的新文化实践，是承继幼时家训、接续在他者视域所获得的反思精神和文化自觉，重新审视考量中国古文艺所有门类，深思中国现代文艺之建构的独特过程。同时也是在共和制度下最高的文化平台才能够享有的一种工作方式与生活情境，一种可以弥补周围盛行的思维风气所带来的不利于纯粹文艺的损失的孤独，而只有"在寂寞里奔驰的猛士"那样的孤独里，才能将这心灵内外所历经的一切化为本我……

由"留独弦于槁梧"到发雷霆于孟春，貌似渐隐而阑珊的文艺灯火应呐喊之气势，终灿烂瑰丽于古国之寂寞。

"呐喊鲁迅"的小说声部体现出"听将令"下真正的创新精神。恰恰是"听将令"的鲁迅在所表现的对象里同时也表现出了自己真实的主体性，使之成为独立自足的艺术作品最见本质的力量。这使得《呐喊》显现出一种灌注生气于外在形状的深刻意蕴，一种有别于古典文学、近代文学的内在生气、情感、灵魂、风骨和精神。毫无疑问，"呐喊鲁迅"已经彰显了鲁迅文艺的独创性，以及经由鲁迅所显现出来的文学作为一门艺术的特殊性，经典作品可以抽象出来的统一性和普遍性。这使之不仅成为能够进行系统科学研究的对象，而且成为中国新文学的门径和规则，具备对后来文艺创作的指导作用，甚至在文艺衰颓的时代，自然而然被奉为准绳。拿《狂人日记》来说，尽管此篇发表之前已经有陈衡哲的《一日》，李劼人在成都创作的白话小说，而鲁迅诗学的统摄力量却使得《狂人日记》才真正成为中国现代小说史的叙述端点。

对于"呐喊鲁迅"杂文声部的体认，实则是对鲁迅所开创的特别类型的文艺杂文——战斗的诗的体认。也正是在文明批评之声的暂停意义上，沉默期鲁迅有了叙述逻辑存在的合理性。应声于《狂人日记》之呐喊，鲁迅以杂文诗性对抗五四时期时评式局限性表达，其文学抵抗性的精神支点始终立基于自决的主体。

"呐喊鲁迅"体现了鲁迅文学之为鲁迅文学的特性与一般规律，显现了鲁迅诗学的光辉。它深深蕴含在每一个具体的文本当中，生成一种普遍力量，一种观照自我的心灵能力，帮助人们认识到心灵的最高旨趣，培养了一代代读者对于艺术作品的判断力、鉴赏力，更提升了心灵的接受力，从而在各个方向拓宽延展了鲁迅研究这门学问本身的视域。

鲁迅式呐喊不仅体现在作为审美事件的文学创作，更有社教公务、讲堂之上、编刊策划、翻译研究、视觉设计、美育探索等等各种表达式，伴随着一个多重身份的教育部佥事在北京的公务视察、寻访游走。之后虽历经荷戟独彷徨，风沙扑面，虎狼成群，书斋漂泊，循灯火而拓荒的步伐愈加坚实，从未稍歇。

文艺灯火自始至终通明于鲁迅之白心，烛幽暗以天光，发国人之内曜，即便肉身逝去，仍引导大众前行。

（本文删节版原刊 2022 年 3 月 28 日《文艺报》）

《新青年》养成的小说家

　　《新青年》是一份启发民智、思想启蒙的杂志，文艺气息的逐渐浓厚乃至终使文学革命"显示了灵魂的深"，完全仰赖周氏兄弟的加入。特别是，鲁迅率先以新文学的创作实绩，释放了五四新文化运动观念先行的势能，这离不开他几乎独揽的《新青年》小说栏，所谓"一篇有一篇新形式"的鲁迅现代小说是如何在《新青年》次第出场的呢？

　　实际上，《新青年》第一卷即《青年杂志》时期即刊登小说，但均为译作，如连载的陈嘏译屠格涅夫小说《春潮》，节选了《初恋》的部分章节。从第二卷即改名为《新青年》开始，三四期接连刊登苏曼殊的《碎簪记》，此后，直到四卷五号于1918年5月15日出版，读者忽然看到一个陌生的名字：鲁迅，署在同样有陌生化之感的《狂人日记》题下。

　　这是《新青年》第一次发表国人自己创作的白话小说。之后是一年的沉寂。1918年下半年的第五卷，喜欢读小说的读者看到的将全部是周作人的译笔，没有哪怕一位新作者步鲁迅后尘，在

《新青年》文学园地带给大家新鲜赤诚易懂的中国故事。当 1919 年的《新青年》六卷广泛发行后，鲁迅的名字多起来，一号三号的随感录、四号的《孔乙己》、五号的《药》，犀利的文明批评而外，那个吸引人的虚构艺术世界，带着江南水乡绍兴特有的气息，更带着中华民族熟悉的种种文化特征，清晰地浮现在世人面前。

从发表数量上讲，《新青年》所刊登的小说远远不及新诗及杂感，全部九卷五十四期只有八篇小说创作，其中，鲁迅就占了五篇，后全部收入小说集《呐喊》。连鲁迅自己都说，"从《新青年》上，此外也没有养成什么小说的作家。"（鲁迅：《中国新文学大系·小说二集序》）鲁迅创作的这五篇白话小说每篇的编发记者不同，《狂人日记》为钱玄同、刘半农；《孔乙己》为胡适；《药》为李大钊；《风波》为陈独秀；《故乡》为陈望道。给人一种思想投契、密切配合之感，充分证明了"鲁迅"的诞生乃同人杂志的培育和养成。

鲁迅最初接触《新青年》大约是在 1916 年底或 1917 年初，彼时许寿裳送其几册陈独秀主撰的《青年杂志》，并说，"这里边颇有些谬论，可以一驳。"1917 年 1 月 19 日，鲁迅将 10 本《青年杂志》寄给还在绍兴的二弟周作人。直到 1917 年，《新青年》由同人轮编，钱玄同多次来到绍兴会馆与谈，才激起了鲁迅的创作热情，积极投入到同人营垒中，策划、撰稿、翻译，鼎力支持。所谓以"敲边鼓"的方式徘徊于《新青年》周边的自谦，乃一种文学笔调，现实中，鲁迅在教育部金事、通俗教育委员会小说股主任的官员身份而外，以北大教授周启明兄弟的身份介入新文化阵营，以独特、持久的个性方式成为以《新青年》为中心的新文化传统的中坚力量。

1918 年 4 月份，鲁迅开始写《狂人日记》，一个月后迅即问世。通常大家都认为《狂人日记》是钱玄同催生并经其手发表的。实际上，这一期的轮值记者为刘半农，而实际操作中很可能仍是钱玄同刘半农合编。

《狂人日记》使《新青年》的 1918 成为划时代的分水岭，而 1919 同样值得期待，这年冬天，鲁迅又写了第二篇白话短篇小说《孔乙己》，他没有急于寄出，而是放了一个冬季，来年春天的 3 月 10 日，才将这篇两千余字的小说抄正，交给周作人，连同书信转交高一涵。4 月份，《新青年》六卷四号当期发表。

几乎是在《孔乙己》发表的同时，1919 年 4 月 20 日，鲁迅给还在日本的周作人写信，要其代购苏俄作家安德烈夫的小说。据 4 月 25 日日记，"夜成小说一篇，约三千字，抄讫。"即指《药》。28 日，鲁迅将《药》的抄稿寄给钱玄同，请他帮助修订标点符号，并转交编辑人。5 月份，《药》发表于《新青年》六卷五号，当期记者李大钊。

鲁迅 1920 年 8 月 2 日被聘为北大讲师时，文科学长陈独秀已经去职，《新青年》的同人色彩亦开始转变。不过，当年 3 月 11 日，陈独秀曾通过周作人转告鲁迅，"我们很盼望豫才先生为《新青年》创作小说。"8 月 5 日夜，鲁迅在八道湾 11 号写完《风波》，6 日接到马幼渔送来北京大学聘任其为国文系讲师的聘书，7 日"上午寄陈仲甫说一篇"，这是鲁迅日记中第一次提到陈独秀的名字，"说"即《风波》。陈独秀收稿后，于 8 月 22 日给周作人写信，对《风波》表示"五体投地的佩服",许诺"在一号报上登出,九月一号准能出版"。9月《新青年》八卷一号果然刊登。陈独秀甚至直接建议鲁迅将发表的小说"集拢来重印"。(1920 年 9 月 28 日陈独秀致周作人)其实,分裂后的《新青年》所刊随感,鲁迅最佩服的也是陈独秀,赞叹"惟独秀随感究竟爽快耳"。(1921 年 8 月 25 日鲁迅致周作人)陈鲁二人之间虽终生未曾谋面,只有文字之交,却是惺惺相惜,深深共鸣。

1920 年 12 月 16 日,陈独秀离沪赴粤,定下《新青年》的编辑方针为"稍改内容""趋重于文学哲学",争取"北京同人多做文章"。其实,北京同人的支持者只有周氏兄弟。1921 年 2 月 8 日上午鲁迅"寄新青年社说稿一篇"。说稿即《故乡》。《故乡》的发表乃陈望道践行陈独秀编辑方针的产物,以示《新青年》仍具文艺色彩。1921 年的《新青年》编辑部已呈分裂之势。发表于九卷一号的《故乡》,以后来进入中学教材最早及最广泛的世界影响力为该杂志的小说创作园地画上了句号。

(原刊 2021 年 9 月 27 日《文艺报》)

约稿·创作·发表·冷遇

——《狂人日记》四重奏

《狂人日记》发表于 1918 年 5 月《新青年》四卷五号，首次署名鲁迅。这是中国文学史上第一篇用现代体式创作的短篇小说。这个现代体式，其实是文言加白话，而并不完全是白话。它以"表现的深切和格式的特别"——也就是内容与形式上的双重现代特征，成为中国现代小说的伟大开端。

那么，划时代的《狂人日记》是怎么创作出来的呢？鲁迅日记当中没有明确的记载。催生者钱玄同 1918 年 4 月至年底的日记也缺失了，所以，后世的史家、学者、传记作者不得不依靠想象和虚构来逼近当年鲁迅写作时的情境。我们看到，《觉醒年代》便给了我们一个极大的惊异。

但是，鲁迅不可能像《觉醒年代》中所表现的那样趴在地上去写作。首先，这不是执管而书的姿势，也不是创作的气场。其次，写小说对于鲁迅来说还是相当轻松的。《狂人日记》发表 15年之后，在一篇应邀而写的创作经验谈里，鲁迅曾经提到，自己的创作"大约所仰仗的全在先前看过的百来篇外国作品和一点医学上的知识"。鲁迅创作《狂人日记》时已经37岁了，他的文学积累是难以估量的深厚，留学日本时期曾经海量阅读世界文学作品，归国又有十年浸淫于传统文学当中，真正的厚积薄发，一出手便使中国新文学在其手中开端，在其手中成熟，至今成为一个难以逾越的制高点。

鲁迅其实是一个有洁癖的人，是非常爱整洁的，那些各种回忆录里为了突出他的俭朴而大肆渲染不修边幅的描写，我认为是过于夸张了，或者说过于抢镜，以至于他高洁的一面仅仅成了精神的象征。实际上，无论是青少年时期，还是留学日本的七年，鲁迅都是非常爱整洁的。他的藏书至今已经一百年了，仍然非常干净，内里也很少当年留下的阅读痕迹；他的创作手稿改动的也不多，难以让人从中揣摩构思过程；他抄校的古籍手稿更是如同印刷的一般，令人惊叹。写作的时候，鲁迅喜欢端坐在北窗下的书桌旁，边抽烟边思考，因为北窗既明亮又没有阳光直射，因而不损害目力。尤其是，鲁迅不会在写完文章的时候，把还蘸着墨汁的毛笔投在地上。当然，影视剧为了在极短的时空场景内将人物的性格塑造得淋漓尽致，只好调动能够调动的一切美学元素来集中表现，这是不容易的。鲁迅崇尚魏晋风骨，外表冷漠，内心却烧着一团火，如何在影视剧中非常抓人地展现这样一位现代"狂狷之士"，是有相当难度的。演员选择用一种有别于正襟危坐的姿态来表现《狂人日记》的写作过程，作为观众的我们也不必较真儿，获得精神上的沟通就好了。

虽然鲁迅的日记中没有明确记载，即便记载了也肯定是某日开始写，某日写毕。对于作家内心深处的创作机制，灵感的秘密泉涌，只能靠后来者推想。我们现在明确知道的五个要素是：写于深夜里；创作迅速；钱玄同与刘半农结伴到绍兴县馆来取稿件；四卷五号《新青年》的出版拖期了一个月；《狂人日记》发表后至少五年面临的是落寞的遭际。

（一）如何约稿

那么，这篇划时代的作品是如何约稿的？或者说，鲁迅是如何"听将令"的呢？

钱玄同首次到绍兴县馆拜访周氏兄弟是在 1917 年 8 月 9 日，《〈呐喊〉自序》当中提到的著名的"铁屋子"的对话，就是，问抄碑有什么用，是什么意思。以及末了说"我想你可以做点文章"，据周作人回忆，指的就是在 1917 年 8 月份的两次拜访时所说的。钱玄同一般下午四点的时候来，吃过晚饭，谈到十一二点钟回师大寄宿舍去。"几个人既然起来，你不能说决没有毁灭这铁屋的希望"，这个结论鲁迅接受了，结果是那篇《狂人日记》次年在《新青年》发表，它的创作时期当在 1918 年初春了。

1917 年除夕之夜，也就是 1918 年 2 月 10 日这一天，周氏兄弟是怎么度过的呢？刘半农来到了绍兴县馆，也第一次出现在了鲁迅的日记里，之前当然已经多次出现在周作人的日记中，因为他们是北大同事。胡适这一天的白天也到北京大学法科去找过刘半农。在随后出版的四卷三号《新青年》上刊登的系列《除夕》新诗里面有刘半农的一首：

[一]除夕是寻常事，做诗为什么？／不当他除夕，当作平常日子过。／这天我在绍兴县馆里；馆里大树甚多。／风来树动，声如大海生波。／静听风声，把长夜消磨。

[二]主人周氏兄弟，与我谈天；——／欲招缪撒，欲造"蒲鞭"。／说今年已尽，这等事，待来年。

[三]夜已深，辞别进城。／满街车马纷扰；远远近近，多爆竹声。／此时谁最闲适？——／地上只一个我！天上三五寒星！

"今年已尽，这等事，待来年。"同样说明文学作品的约定是在 1918 年春天。那么，这个除夕之夜，三人在谈论什么内容呢？很有可能是鲁迅建议，文白之争发展到目下有必要上演一出"双簧戏"，也就是，由钱玄同以拟古体"王敬轩君来信"罗列旧派观点，《新青年》记者半农逐一批驳，这两部分内容后来组成《文学革命之反响》一文，很快在四卷三号发表，落款时间为"一九一八年，二月，十九日"。也就是说，1918 年的大年初九，钱玄同、刘半农便已经备好精彩的台词，"双簧戏"成功上演了。除了"双簧戏"，鲁迅当时还建议在《新青年》上设立"蒲鞭"栏，这是日本杂志中常设的一种栏目，相当于"介绍新刊"，以书评形式开展文明批评。"蒲鞭"就是用蒲草做成的鞭子，这个栏目是警促编译界进步人士，鞭策国人警醒的意思。

不欢度除夕，显示了一种告别旧世界的姿态。春节过后，也就是 1918 年 1—5 月，钱玄同频频造访绍兴县馆，可统计的就有 11 次之多，有时候是和刘半农结伴而来。"双簧戏"已落幕，该招缪撒了，也就是掌文学美术的女神，这里指的当然是文艺作品。因为《新青年》是一个议论性的刊物，除了零星的几首新诗发表之外，叙事文学主要刊登的是外国的翻译作品，国人自己创作的小说还付诸阙如。

我们看 1918 年 3 月 2 日这一天的鲁迅日记、周作人日记、钱玄同日记，全都记载了三人在绍兴县馆聚谈的情形。周作人记得最精当"玄同来谈，十二时去"，这个时候应该开始约写《新青年》四卷五号的文章了。因为《新青年》固定的发排日期是每月的 15 日，并且要在这个时间节点收集好下一期的文章。而钱玄同、刘半农编完了四卷三号，就要收集四卷五号的稿子。四卷四号是陶孟和责编。

细心的读者会注意到，《狂人日记》前面约 200 字的文言识语末尾署的是"七年四月二日识。"假如 1918 年 4 月 2 日是现实中《狂人日记》写完的日子，那么其后三天，也就是 4 月 5 日，钱玄同、刘半农二人同来绍兴县馆，应该就是来取《狂人日记》的稿子的。"缪撒"果然招来，中国第一部创作的现代小说诞生了。

胡适曾经记下《新青年》第四卷成为同人刊物后固定的轮值记者的顺序，五号记者是刘半农。在具体操作的时候，当期值班编辑可以根据情况自行安排，比如四卷三号本来是沈尹默当值责编，但由于他眼睛不好，就交给钱玄同、刘半农二人代编。那么，四卷五号的编刊在实际操作中，也很可能仍然是钱玄同、刘半农搭档。这可以从鲁迅、胡适、钱玄同的日记中得到互证。而《觉醒年代》当中，我们看到，只有钱玄同一人前来鲁迅寓所，并且非常人设地说："成了？""这么说，我现在手上拿着的，就是中国第一部现代白话文小说的手稿，而我将成为第一个读者。"这就有点把文学史教材的评价性语言直接搬到人物台词当中了。

（二）如何创作

虽说是约到了作者，会不会辜负期待呢？事实证明，鲁迅不仅没有辜负，还给了整个中国新文学以永恒的惊喜。

《狂人日记》全篇4788个字，共分13节，加上文言识语实际上是14个部分，虽然采用了日记体，呈现出意识的随意流动，却是精心结撰，充分发挥简洁凝练的技巧，也就是同期所刊登的胡适《论短篇小说》里所提到的"经济"二字。什么意思呢？就是工于谋篇布局，讲究效率，适合纸媒时代的阅读节奏。而《狂人日记》甚至显示了音乐结构的光彩，和数学的比例美，高度提炼出礼教"吃人"的审美核心，达到了"于无声处听惊雷"的效果，振聋发聩。

"狂人"的创意可谓独具只眼，对于鲁迅来说确是信手拈来，毫不费力。有人说，原型是他的姨表弟。这位姨表弟叫阮久荪，毕业于浙江法政专门学校，后来到山西一带游幕，置身于封建官场中，看惯了骗人、卖友、吮血，痛感自己的抱负得不到施展。

长期抑郁寡欢，得了迫害狂，他在幻想中感到山西繁峙县的绅商各界到处撒下了罗网，欲置他于死地。1916 年 10 月，他逃到北京，仍然觉得时刻有人追踪，经常流露出恐怖的眼神，发出凄惨的喊叫。鲁迅把他送到池田医院治疗，住院一周，不见好转，后来就送回了绍兴老家。还有人说，当时北京《晨钟报》报道了精神病医院"吃人肉"相关事件，引起了鲁迅的关注，激发了创作灵感。也有人说，鲁迅最崇敬的"有学问的革命家"，也是他的老师章太炎，好发议论，毫无顾忌地褒贬人物，经常被称为"章疯子"。狂人正是这样的革命先驱者的化身；更有人说，狂人就是鲁迅理想中的新文学作家、摩罗诗人的象征。以上种种推想都有各自的视角和道理，但我还觉得"狂人"这个词甚至可以说是大总统袁世凯赐予的。

为什么这么说呢？我们知道，鲁迅在留日时期就深思国民性问题，探究什么才是最理想的人性？这其实并不只是彼时启蒙知识分子朝思暮想的心问，袁世凯政府为熔铸国民人心，也在苦苦追寻。他们选择的是忠孝节义，肯定此四点精髓应当为普世通天的价值观。北洋政府颁布了"提倡忠孝节义施行方法"令，勒令在学校讲堂上悬挂，刊登在课本的简端，家喻户晓，激发天良，并直接施以邪恶或正义价值判断的名分压力——"由其道而行之，即古所谓忠臣孝子节义之士，反其道而行之，即古所谓乱臣贼子，狂悖之徒，邪正之分，皆由自取"。周树人作为教育部部员，被耳提面命，不知在听此训令签名的时候，是否已在心中暗暗为自己的名字打上了"狂悖之徒"的圈点？鲁迅曾经在给许寿裳的信中说，"部中风气日趋日下，略有人状者已寥寥不多见。"所做"极人间之奇观，达兽道之极致"。这就是彼时创作主体的现实体验。《狂人日记》可谓是"浸润于暗夜而来"。在某种程度上，"狂人"难道不是"蒙大总统之赐"吗？

除了狂人形象，"吃人"这个审美核心的提炼无疑是非常抓人的，那么，鲁迅是怎样高妙地提炼出了这一现代审美元素？众所周知，在 S 会馆沉潜的时期，鲁迅在大量抄校古籍，整理拓片，抄古碑，浸淫在精华与糟粕共存的传统文化当中。某一天，"偶阅《通鉴》，乃悟中国人尚是食人民族，因成此篇"。然而，写作《狂人日记》前后，周树人还有一个身份是教育部通俗教育研究会小说股的审核干事，不太引起人们的注意。此前还担任过主任，负责拟定了小说的分类标准等等。当时全国所有创作的新制小说，乃至发表小说的杂志都要送到周树人这里来评审，写得好的要褒奖，格调低下的要查禁。周树人平均每年要审二百多种新制小说。这事说起来也是蛮有意味的，就是从理论上讲，小说作者鲁迅是要接受通俗教育研究会小说股审核干事周树人的审查的。而在周树人的直接上司教育总长的训词中，什么是好的小说呢？"寓忠孝节义之意，又必文词情节，在在能引人入胜。"也就是说，"吃人"还要吃相优雅。在 1918 年 3 月 10 日致许寿裳的信中，鲁迅说："仆审现在所出书，无不大害青年，其十恶不赦之思想，令人肉颤。"这个时候恰恰是其开始酝酿构思《狂人日记》的时候。是否可以这样说，鲁迅在以他的"创作的短篇小说"抗议北洋政府之"忠孝节义寓于动人的文辞之中"的小说表彰标准，用真诚的文学性虚构向虚假的道德文字发起挑战？

除了迫害狂主人公、礼教吃人的审美核心，文体采用日记体也是《狂人日记》的创新之处。鲁迅曾经说，这是受了俄国果戈理同名小说的影响。这是确实的。鲁迅留日归国曾经带回两本剪报册，也就是自己将喜欢的文章从原发表报刊上拆解下来，自订书目，精心编选装订的一本新书，其中一本"小说译丛"是由十篇日译俄国小说组成的，现藏北京鲁迅博物馆。而且，这也是在钱玄同遗物当中发现的。"小说译丛"的首篇就是日本翻译家二叶亭四迷翻译的果戈理的《狂人日记》。从精神谱系上来讲，《狂人日记》中的鲁迅在与果戈理持续对话，后来他自己评价说，比之要更加得忧愤而深广。

二叶亭四迷不仅翻译了果戈理的《狂人日记》，还翻译过高尔基的《二狂人》，这些全部构成周树人置身其中的明治日本狂人文学的氛围。看惯了传统中国章回体小说的鲁迅，在留日时期有一段海量阅读斯拉夫民族文学作品的岁月，他最喜欢读的神秘幽深的安特莱夫，就曾经以精神病患者为原型写过小说，鲁迅还翻译过他写的《谩》和《默》。所以，鲁迅对于小说文体的自觉意识自留日时候便已经萌生。只待回到中国的土地上，在历史的契机下激发而成。而《新青年》恰好提供了这样的契机，也可谓是风云际会，历史的车轮必然前行至此。

（三）如何发表

约稿约对了人，稿子也很快写成，它又是如何发表的？这里也是有一番风景的。在《觉醒年代》当中，我们看到钱玄同飞快地跑到红楼文科学长室，陈独秀、蔡元培、钱玄同、李大钊、胡适群集于此，共读《狂人日记》，心潮澎湃。

《新青年》自四卷一号宣布为同人杂志，编辑策略发生了巨大变化。记者独立策划选题、引发争论。同人之间更是频繁交流，经常面对面聚谈。四卷五号同样是精心策划的。它的意图非常鲜明，就是引导国人去关注什么样的小说才是那个时代应该有的短篇小说。其意在从观念与实践两个方面，来培养新文化读者。这几位同人除了是《新青年》的作者和编者，另外都有一个与小说这一文学样式相关联的微妙身份。比如说，胡适、刘半农、周作人都是北京大学国文门研究所小说科的指导教师，而周树人则为教育部通俗教育研究会小说股审核干事。所以，对于当时的中国来说，小说应该以什么样的现代面貌呈现给国人，这一批同道是掌握着话语权的，也是有实力通过传媒去引导这个文学潮流的，无论是从理论水平、史学背景还是翻译实战，他们都有着良好的训练和扎实的功底，而且拥有中西比较的视野。现在看来，《新青年》队伍真是黄金组合，难怪后来《新青年》解体，鲁迅也万分留恋地说，成了散兵游勇，布不成阵了。言外之意，之前的《新青年》队伍的确是"同一战阵中的伙伴"。

四卷五号《新青年》的作者成员几乎都是实名的北大教授，只有教育部佥事周树人用了笔名，这在《新青年》同人中是非常特别的。周树人最初是以启明兄弟的身份介入这一群体的，那时他还不是北大聘任的讲师，而周作人则是北大教授。刊出《狂人日记》的同时,还刊出了"唐俟"所作的新诗《梦》《爱之神》和《桃花》三首,"唐俟"也是周树人。

四卷五号《新青年》没有如期在1918年5月15日付印,而是拖到了6月。因为,采用了新式标点符号之后的《新青年》排版工作繁琐,鲁迅的文章极有可能需要钱玄同帮助标点,编辑环节出现了延宕。鲁迅在5月29日写给许寿裳的信中提到:"《新青年》第五期大约不久可出,内有拙作少许",这里的拙作指的就是《狂人日记》和新诗三篇。

以上可以看出,"鲁迅"诞生于新文化生态中思想投契的同人杂志,《狂人日记》正是以同人方式编辑产出的现代短篇小说创作的硕果。

(四) 发表之后

《狂人日记》是不是一发表就轰动了呢?

这么说吧,四卷五号《新青年》销路不佳。从1918年发表,到1923年《呐喊》出版,五年间评论鲁迅的文章只有11篇。平均一年只有两篇,而这11篇里,只有3篇论述有些篇幅,其余只是简单提及,并且还不只是针对《狂人日记》。没招来什么谩骂,根本没有激起国粹派的怒斥,仍然是无可措手的悲哀,小说争鸣那是后来的事。什么原因呢?一个字,怪。这篇小说模样的东西,无论是题目、体裁、风格,乃至内蕴的思想,对于彼时的知识群体来讲都是极新奇可怪的。我们看,它其实是有着落寞的遭际的，历经五年之后才开始受到关注，也就是1923年《呐喊》出版，鲁迅的沉寂期才宣告结束。所以，"颇激动了一部分青年的心"那是在新文化阵营的内部。傅斯年写的评论发表于自己编的《新潮》，吴虞的《吃人与礼教》发表在《新青年》。编者之一刘半农倒是戏呼鲁迅为"狂人"。那是1920年的一天晚上，他领了北大学生常惠去拜望鲁迅，一进屋，就对鲁迅说："这是北大的常君，来看'狂人'来了。"鲁迅也很风趣地说："哦！丢了人了，到这里来找人吧？"——刘半农原名"半侬"，《新青年》二卷三卷均署名刘半侬，自四卷一号起把"侬"的立人旁去了，改名"半农"，所以鲁迅这样来同他开玩笑。这说明《狂人日记》在新文化阵营内部还是独领风骚，颇多知己的。但是即便如此，也不会出现《觉醒年代》里同人聚拢红楼文科学长室共读《狂人日记》的情景。红楼作为北大文科教学楼是1918年9月的秋季学期才开始投入使用的。

那么，《狂人日记》发表的1918年，哪篇小说入了通俗教育研究会小说股的法眼，被评为上等，乃至褒奖呢？殊为可笑的是，鸳蝴派畅销作家李定夷著《同命鸟》与《伉俪福》（国华书局1916年8月三版，后者也是采用第一人称日记体）一起名列其中。作者以肯定的口吻写到主人公的女儿刲骨疗亲，使母亲病情好转，并认为此种精神决非愚孝，而是和殉夫、殉国一样是值得褒扬的节操。实际上，在1917年李定夷之苦情小说《湘娥泪》（1914年8月国华书局版）即获上等并褒奖，另有其节烈小说《双缢记》（1916年9月）被评为上等。看来，彼时北洋政府高度首肯的还是晚清以来宣扬忠孝节义的叙事主流，却是被新文化阵营称之为逆流的小说。从《狂人日记》当中你可以清晰地辨听鲁迅的抗议之声。

《狂人日记》遭受的冷遇令人遗憾吗? 不。这恰恰说明了鲁迅小说的先锋性、实验性、经典性，远远超越了当时读者的接受能力与审美预期，而中国新文学所需要的恰恰是这样的超前力作。中国小说的现代发端有赖于现代读者的养成，对此，历史要有耐心。

（原刊《随笔》2022 年第 2 期）

好的小说如何开篇

——《阿Q正传》序之非序式解读随想

  《阿Q正传》是从1921年12月4日在《晨报副镌》开始亮相的，此后连载九章，1922年2月12日刊登完毕，因之，去年是发表一百周年，今年仍然是发表一百周年。然而，我们的纪念与研讨决不仅仅是因为逢上了百年。实际上，从发表到第四章的时候起，互动就来了，此后对它的评论鹊起，至今不绝于耳。

  不过，面对百年来的众声喧哗，我其实一直很想说，嗨！等等，还记得什么是小说吗？让我们回到小说的初心来讨论小说好不好？当第一章《序》第一句话，"我要给阿Q做正传，已经不止一两年了。"这个巴人就在诱惑你读下去，不是吗？还是福斯特说得好，这是诡计多端的作者对读者的一次邀舞，一张游戏规则的清单，一次相当难解的诱惑。此"我"非巴人，更非树人，此"胡适之"亦非彼胡适之喽。从《狂人日记》起，鲁迅就在玩儿"元（meta）小说"，不是说元宇宙是关于宇宙的宇宙吗？早在这一概念之前的元小说当然就是关于小说的小说。叙述人有没有在关心是怎样写这部作品的？有没有声明是在讲一个罪犯的故事？有没有暗示考据指向的其实是虚构？小说家最善于做的事，就是让你相信他讲的全部是真的。为此，巴人不惜动用老乡，不惜去最权威的机关查卷宗，乃至用了最学院派的胡适之的考据方法，来让读者相信确有其人，然而这一切全部徒劳，叙述策略恰恰指向的是虚构。当然，这一切他做得天衣无缝，然而，仿佛还没有开篇的《序》，矛盾冲突已然鲜明到让你绷紧神经——"赵太爷跳过去，给了他一个嘴巴。"

请抛开作家生平，抓紧入戏。

耳光响亮，是读者内心深处永恒的回应。

文体，腔调，情绪，措辞，视角，叙述的在场、态度，时间框架，掌控，空间，母题，节奏，期望，人物，冲突，导读……一部经典小说该具备的元素在短短的开篇《序》里已经全部精彩呈现，只待你去一一拆解。

你问何以如此高妙？无他，全部都从现代小说的祖宗，塞万提斯的《堂·吉诃德》一路互文下来。然而，迅翁不玩 fiction 概念，新奇到前无古人后无来者，也不提 novel，OK，对于那些有留日情结的学者，也可以换个说法，不提"物语"。他说是在做传记。很中国。很正史。那我们可不可以套用说，这是一部元传记式的章回小说？元演义也差强人意，或者就元传记吧。Whatever。毕竟是给中国小说做史的第一人。他的想象力天马行空到无法捉摸。他驾驭语言的能力，让人望尘莫及。

基于此，西方对传统小说的解读办法是不灵的。中国那种硬充小说里面一个角色的读法更是外行。这一常识还是现代文艺批评先师迅翁亲自教给我们的。没错儿，他必须从先行文本《红楼梦》说起。当很多读者读后开始恐慌起来，为之朝思暮想，担心写的是自己时，他难道不是已经中招了吗？这是一部经典佳作所能够召唤的最朴素的情感反应。因之，把序真的当序来读，就错过了迅翁他老人家（尽管他当年比现在的一大批我们要年轻）最拿手的"戏仿"——不要总以为这词儿是翻译过来的，对于深谙各种虚构类型的文学教授来说，此举终将成为本能，迟早而已。也不必纠缠元小说同样是来自西方的概念。这个世界上，不同气候类型里的生命，有的喜欢散漫，有的善于归纳。其实想的都是同一件事。各种说辞互相借鉴用用就不必客气了。鸟类穿越欧亚大陆迁徙时，办过过境签吗？这是一位尼泊尔诗人吟的一句。咱们东方自己人，更可拿来，但使无妨。

2022 年 7 月 15 日

《祝福》:"呐喊"之后的"重压之感"

　　《祝福》是鲁迅在经受了兄弟失和的重大打击之后，与妻子朱安租住砖塔胡同期间所创作的一篇小说。它写于 1924 年 2 月 7 日，新正大年初三，也就是说，他是在北京的春节氛围中，在大家庭决裂之后，写下了这篇发生在故乡江南年终大典的故事，完成了一次精神的返乡。而此前，在八道湾三进的大院落里，每到除夕，周家三代的大家庭，同时还是一个国际家庭，老少团圆，其乐融融。租住砖塔胡同期间，鲁迅的身体非常差，牙病、肺病、发热、腹泻、肋膜炎、神经痛，什么都犯过了，还吐了血，照顾他的只有四十岁上下的朱安。他仍然抱病做了非常多的工作，包括写作《祝福》。当年 3 月 25 日发表于《东方杂志》，1926 年编入第二部小说集《彷徨》，《祝福》是头一篇。

(一) 故事里的故事，讲述中的讲述

　　《祝福》的表层故事，其实是第一人称叙述者"我"回乡遭

受冷遇的故事，而我们非常熟悉的故事内核，却是一个被唤作祥林嫂的寡妇，在"我"四叔家里两次被雇用的故事。它其实是嵌套在"我"归乡的故事当中的。祥林嫂的每一次被雇用和解雇都带出她更加凄惨的命运，我们不知道她的娘家如何，她是不是孤儿。在"我"回忆的断片里我们知晓了，她像阿Q一样没有名字，是个童养媳，年方二十六便守寡了。她从婆家逃出，到"我"四叔家找活儿做，刚刚能够靠自己的双手换来劳动的喜悦和一份卑微的尊严，却被婆婆家抢走，以高彩礼卖到深山老林嫁给贺老六。虽然一路只是号，寻短见几乎丧命，祥林嫂最终只能屈服于命运的安排。在极其艰苦的环境下，被迫安顿了新的生活，哪知第二任丈夫又患了伤寒死去，儿子阿毛刚刚三岁能剥豆的光景，便被狼叼走了。大伯子马上来收屋子，撵祥林嫂走。祥林嫂只好孤身一人，再次来到四叔家寻活计。这次的精神大不如从前，只能打打下手，扫地烧火。鲁镇那些活得有趣的人们，最初被祥林嫂的不幸遭遇深深打动，有一些老女人甚至特意寻来听她的诉说，陪出眼泪满足地离开。后来，听众们逐渐麻木，眼看着由咀嚼鉴赏变成了唾弃。祥林嫂也渐渐感受到了自己的存在之于闲人们的意义，单单是一味调料而已。未曾想，同样是作为帮佣的柳妈，竟会别出心裁，以阴司地狱分尸之说，把祥林嫂给打垮了。为了能有一个宁静的彼岸世界可以安身，她照着柳妈的吩咐，不惜用一年挣来的十二元鹰洋的工钱，去土地庙捐了条门槛，来赎了这一世所谓的罪名。其实，她有什么罪名呢？无非是把那些无法解释的命运的无常，小丈夫夭折，第二任丈夫的病死，嫁祸到一个无辜的弱者身上来承担。然而，即便是获得了救赎，四叔家祭祀时仍然没有允许她碰祭品。寡妇被认为是败坏风俗，改嫁后再寡尤甚。后来，就被赶出去沦为乞丐，但是祥林嫂仍不甘心，她向"我"急急地寻求。"我"在祥林嫂的心目中是不一般的，是出过远门，掌握新知识的，可以给祥林嫂一个新的视野，或者说新的信仰。哪知道，"我"对于魂灵的有无这样的终极追问却支支吾吾，给不出令人满意的答案，或者说根本无意与祥林嫂分享内心世界。祥林嫂呢，就彻底失去了精神支柱，在祝福这年终大典，喜迎福神的浓郁欢庆的节日气氛当中，像旧历年前的大扫除一样，成为人们"看得厌倦了的陈旧的玩物"，被"弃在尘芥堆中"给扫除掉了。

整部小说故事中套故事，讲述中有讲述。"我"的故事里嵌套着祥林嫂的故事，祥林嫂的故事中嵌套着阿毛的故事。"我"讲述了祥林嫂半生的故事，卫老婆子讲述了祥林嫂被迫再嫁的故事；祥林嫂又讲述了阿毛被狼吃掉的故事，而且每次都是以"我真傻，真的"起头的重复讲述，所有这些使得《祝福》成为一个结构叠合、多声部轮唱的独特叙事。

（二）为何"说不清"

《祝福》的故事套故事，讲述中有讲述，如同多宝盒，是一个层层打开的文本，而它的文化内涵也是深不见底，层层陷入的。我们往往会说，祥林嫂被封建礼教和宗法制社会给吃掉了，被父权、夫权、神权、族权给绞杀了。这些词汇都过于笼统，是一个终止你继续深入思考的标准答案。什么是封建？最初是封土建国的分封制度。什么是礼教？礼的教育。什么是三纲五常？三纲里有一纲是“夫为妻纲，夫不正，妻可改嫁”。祥林嫂有这样的权利吗？况且，祥林嫂的丈夫在文本里是虚写的，第一任是个早夭的未成年人，第二任待她其实不错，虽然是以强行绑架买来的方式结婚，但开始过日子之后，祥林嫂甚至度过了她一生中最安稳的时光。而“五常”又是什么呢？“爱之仁，正之义，君之礼，哲思智，情同信。”鲁镇有这样的温情吗？这些问题你细细思考下来，其实远没有上述概括那么简单化、表面化。特别是在一个个体生命面前，如此混沌化的断语没有丝毫针对性，更没有以动态发展的历史眼光去深入辨析文学人物。

我认为《祝福》是一个绝妙的儒释道文化如何流弊于底层民间社会的隐喻文本。我们看，善女人柳妈可不善，她是食素的，应该是信佛，然而，她却是“吃人”的。她给祥林嫂出的主意，就是捐门槛，这是什么文化？是道教文化的符号，土地庙、庙祝这显然是道教文化里才有的，注意，不是道家，而是道教，甚至连道教也不是，而是违背了大道精神，随意附会、间接拿来为专制服务的末流，是一种旁门左道。而祭祀礼仪呢？是儒家文化的内容，四叔是讲理学的老监生，家里挂的对联，摆的书籍，这些当然也不是儒学的精髓，而是程朱理学的符号化。这个蛮有意思，儒释道合流后的民间宗教信仰如何层层设置圈套，共同将个体生命绞杀。祥林嫂捐过门槛之后，以为自己获得了新生，至少可以和柳妈一样被对待，不曾想，仍然没有资格去碰祭品，这里貌似使她获得了救赎的是道教衍生而来的民间世俗文化，而排斥了她的则是儒教，是宗法社会身份认同的祝福仪式。那么，使她陷入选择的两难、生存的悖论的又是什么呢？是一个所谓信佛人的妄语。佛教是讲善有善报、恶有恶报、六道轮回的，柳妈却没有行善积德这样鼓励祥林嫂的言说，而是给了她一个永劫不复的贞洁罪名，死后还要被两个丈夫争，比之成为孤魂野鬼、游魂还要具有恐吓性。这些是封建礼教、宗法制、三纲五常、夫权、父权、神权、族权这些模糊笼统、简单划一的标签所能涵盖的吗？

而这一切对于在山村里的祥林嫂来说其实是未曾知道的，也可以说，祥林嫂是未曾被儒释道合流的精神规范所污染的野性生命，因为四叔家是读书人家，来帮工的人与来自深山里的人相比可就见多识广，有话语权了，也就有了凌驾于他人之上的姿态。祥林嫂于是感到前所未有的恐怖。就像阿Q临刑前画圆圈那样对于教养和文化的大敬畏、大恐怖。祥林嫂有没有觉悟？也正如阿Q一样，她也是有朦胧的生命意识的。在一系列的打击面前，她都没有了却此生，而是找到曾经跳出了这个密不透气的铁屋子的"我"——一个去过远方，能够逃离鲁镇这样的文化圈子，很可能还是留过洋的新知识人——来一问究竟。"一个人死了之后，究竟有没有魂灵的？"然而，"我"的表现令她意想不到。"我"并没有说出真心话，没有将自己对灵魂问题"向来毫不介意"这样一个超然轻松的态度传递给眼前的苦命人，给她以慰藉和拯救，而是在极短暂的踌躇中琢磨着如何去应对一个末路的讨饭老女人。透过"我"的剖白,读者能够感受到,"我"其实是想迎合鲁镇的文化秩序的,至少在表面上做足了功夫,尽管内心"决计是要走的"。"我"也是想迎合祥林嫂的发问的,"为她起见",我专门设计答案,然而这个迎合仍然像对四叔的迎合一样,是不得不伪的,迎合鲁镇文化视野所能够承载的对一个出远门人的所有想象,以维护自己在故乡主流秩序里的不出格和体面,然而,最终"我"发现迎合了乡土社会的这种文化心理,又违背了那种文化心理,这里的文化居然可以互为倒数、彼此矛盾、混乱不堪,正像这旧历的年底雪花夹着烟霭和忙碌的气色,将鲁镇乱成一团糟。于是,"我"最后只好以一句"说不清"给全部混沌化了。然而,正是这种敷衍,这种混沌化,让祥林嫂感受到了最深切刺骨的歧视——她,一个不识字的文盲,一个下等女佣,一个"讨饭的女人",根本没有资格去探讨如此深刻的问题。而"我"以"推翻了答话的全局"这样一个姿态,其实是主动将生命之问这样一个严肃的命题给平庸化、混沌化了。

我们看,鲁迅的批判意识是相当强的,他将"吃人"主旨非常高妙地蕴含在一种表面上不可靠的叙述之中,让人不易察觉。其内涵的非科学、非人性的指向,都是五四时期的鲜明印记。举凡民俗、生死、女性、知识分子、阶级、宗教信仰、现代转型等等方面都可以从这个文本中做一番深入的探究。这使《祝福》成为一个高度符号化的文学启蒙书写,一个非常具有阐释力的文本。

（三）祥林嫂与"我"

祥林嫂这个文学形象自然是中国现代文学走向世界的典型。她身上集中了中华民族不识字的旧式妇女所有的压迫和苦痛。在写作《祝福》之前的 1923 年 12 月 26 日，鲁迅曾在北京女子高等师范学校发表了一个著名的演说，就是《娜拉走后怎样》，深思女性解放问题，提出了经济权的重要性，并且指出这不单单是对于女性，对于男性应同等视之。而对于"戏剧的看客"，要做的就是"使他们无戏可看"。

文本是不断生长着的，这不是说创作主体生命的流动，而是仅就文本本身而言，它也是有生命的。在酝酿《祝福》期间，因为要在校刊发表《娜拉走后怎样》的演讲稿[1]，鲁迅还在持续做一些重订的工作。也就是说，对于女性解放这个话题，他不断在以各种言说方式思考——发表演讲后，面对记录稿，重新阅读、修订、抄写，在不同定位的期刊杂志发表前，要重新阅读，修订，在不同的书局出版、再版印刷前肯定还要再次寓目……所以，《祝福》与《新青年》刊登的易卜生专号、与《娜拉走后怎样》的演讲一定存在着呼应和文本的互文性。我们知道，女性主义理论有一个基本的前提，那就是：女性在全世界范围内处于一个受压迫、受

---

[1] 本篇最初发表于 1924 年北京女子高等师范学校《文艺会刊》第六期，同年 8 月 1 日上海《妇女杂志》第十卷第八号转载重订稿。后收入杂文集《坟》。

歧视的等级。那么,在东方这样一个有着几千年封建传统的国度、自然更有一大群受侮辱、被损害的百姓,特别是女性。

鲁镇的祝福大典忙忙碌碌的是女人们,而"恭请福神们来享用,拜的却只限于男人"。鲁迅还借女性之口,叙述了女性的种种命运。当四婶惊异于祥林嫂的婆婆居然将她卖到深山野坳里去时,同样作为女性的卫老婆子却见怪不怪地概述了一众被压迫女性的悲惨遭遇,而独祥林嫂的抗争异乎寻常——

> 太太,我们见得多了:回头人出嫁,哭喊的也有,说要寻死觅活的也有,抬到男家闹得拜不成天地的也有,连花烛都砸了的也有。祥林嫂可是异乎寻常,他们说她一路只是嚎,骂,抬到贺家墺,喉咙已经全哑了。拉出轿来,两个男人和她的小叔子使劲的擒住她也还拜不成天地。他们一不小心,一松手,阿呀,阿弥陀佛,她就一头撞在香案角上,头上碰了一个大窟窿,鲜血直流,用了两把香灰,包上两块红布还止不住血呢。

鲁迅是非常喜欢看电影的,这一段就非常有镜头感,是一段很有镜头特质的描写,"一头撞在香案角上",供奉的不知道是什么神,只知道特写镜头里的香案成了杀人的砧板。

写作《祝福》的时候,是鲁迅从周家大家庭里被逐出,与妻子朱安单独租住砖塔胡同的短暂时光里创作的。砖塔胡同时期是他集中思考女性问题的时期。这在创作主体整个一生的文学创作活动当中，是非常独特的一个时期。朱安能够单独照顾鲁迅的唯一时光就是在砖塔胡同的九个月。那个时候，鲁迅其实已经认识了许广平，但还只是普通的师生。因为经济原因，被日本女主人由大家庭驱逐出来；与朱安无爱的婚姻，使他不得不每天面对朱安这样一个包办婚姻的牺牲品；在女高师面对新文化哺育下的热情洋溢的女学生们，他又该如何言说有着这样遭遇的自己对于"解放"的理解？这一切无不反映到了鲁迅的女性书写。祥林嫂身上其实是有朱安的影子在的。

《祝福》里最有意味的是祥林嫂之死。祥林嫂具体是怎么死的，鲁迅没有交代，就像孔乙己是怎么死的也没有明确的交代一样。在那样一个使人冻馁的阴沉的下雪天，一个乞丐，还能怎么个死法呢？我们是不难想象的。也许是绝望自杀，也许就是冻死了，也许是饿死了……鲁迅通过旁人侧面叙述一个卑微生命的遭遇或死亡，聚焦于人间的凉薄，而不是深度刻画主人公垂死挣扎的场面。

"怎么死的？——还不是穷死的？"男短工淡然地回答，连头都没有抬。如同《孔乙己》里掌柜的问，"打折了怎样呢？""怎样？……谁晓得？许是死了。"《祝福》里的男短工的冷漠态度，既是对祥林嫂的，也是对"我"的。根本没有将这两个鲁镇的外乡人放在眼里。并且，这个短工也给了"我"一个"说不清"。细心的读者可能注意到了，当祥林嫂很健壮能做时，四叔家是不需要添短工的。所以，目下的短工是因为四叔家再也找不到像祥林嫂那样能干的女佣，才有了工作机会。我们看到，和祥林嫂同一阶层的小人物，同样虐杀了祥林嫂，这不仅表现在根本不关心祥林嫂具体死因的态度,更表现在"穷死的"这样一个巧妙的概括。"穷"这个词,和死其实是没有直接因果关系的。打死、饿死、吊死、淹死、猝死、窒息而死,这都是显性因果的动宾关系,不独属于虚构文学作品,各种叙事中都会被高频使用,比如说庭审记录、医学病历。但是"穷死"却是一种高度文学性的语言,只有文学可以用的话语。为什么?就在于不是显性的因果关系,而使它内蕴丰富,具有穿透性的诗学力量。穷怎么能够直接导致死亡?穷得没有饭吃饿死了?穷得没有地方栖身,没有衣服蔽体,冻死了?穷得生病,无处可医,不治而亡?一个"穷"字,背后敞开了各种可能性,说明短工早已视祥林嫂为草芥,对她必死的命运早已不耐烦。而且还透着自我的优越感,自己是有活做的,不穷的,将祥林嫂踩在最下面自己才不至于沦为最底层,才能活得更起劲儿。总有比自己活得更差的,这就是支撑着底层人活下去的动力。

除了祥林嫂,《祝福》中的男一号其实是"我"。"我"是个灰色读书人形象,身上打着新旧交替的印记,与《端午节》里的方玄绰是一个系列。"我"之"说不清"类似于方玄绰的"差不多",他其实是非常自私的,担负不起启蒙与革命的重任,起码不是个真诚自信大胆的唯物主义者。"我"其实已经不在鲁镇这个文化小宇宙之中了,可以选择回来,也可以选择离去。同样作为鲁镇的外乡人、边缘人,乃至四叔眼里的"谬种","我"可以游离于传统与现代、精英与世俗两间,而祥林嫂不能,她只有死路一条。

"我"与祥林嫂其实是一对鲜明的对比。祥林嫂曾勇敢逃离婆家,"我"却在没有家的时候回到故乡,低姿态地暂寓在本家四叔那里；祥林嫂干脆利落，我优柔寡断；祥林嫂直截明了，我踌躇掩饰；祥林嫂勤快能干，不惜力气，"我"懒散闲适、逍遥自在；祥林嫂曾以死抗争命运，我却胆怯逃避……两位主人公的河边相遇，一番问答，成为整个叙事的高潮，也是非常经典的语篇段落。祥林嫂没有向"我"讨饭，讨要的是生死问题的答案，而"我"即刻原谅了自己的敷衍了事，并准备进城享用清炖鱼翅。

这样的"我"是一个具有反思批判能力的启蒙知识分子吗？我们所感受到的深刻的反省、力透纸背的反讽、悲悯，是隐含的作者通过环境描写、人物刻画、氛围烘托、视点位移、鲜明对比等等叙述手段传递出来的，而并不是"我"在清醒地反思、批判。"这百无聊赖的祥林嫂，被人们弃在尘芥堆中的，看得厌倦了的陈旧的玩物，先前还将形骸露在尘芥里，从活得有趣的人们看来，恐怕要怪讶她何以还要存在，现在总算被无常打扫得干干净净了。"这一句仿佛有深刻的洞见，然而还有后面的一句，"然而在现世，则无聊生者不生，即使厌见者不见，为人为己，也还都不错。我静听着窗外似乎瑟瑟作响的雪花声，一面想，反而渐渐的舒畅起来。""我在这繁响的拥抱中，也懒散而且舒适，从白天以至初夜的疑虑，全给祝福的空气一扫而空了。"这就是四叔那个"然而"后面的省略号所具有的内容，自我慰安，像阿Q一样的精神胜利，仍然属于鲁镇文化的精神结构。因此。将"我"与1920年代的新文化人，甚至与鲁迅画等号，这样的文本解读是有问题的，极有必要辨识清楚。

(四) 汉语衔接的艺术与意味

《祝福》被选入中学课本,它的语言是白话的典范,艺术上的造诣举不胜举,最典型的就是白描手法,画眼睛,简练而传神,最著名的就是那句"只有那眼珠间或一轮,还可以表示她是一个活物"。通篇虽然是白话,却很少欧化的痕迹,充分体现了汉语的思维特点。这里略举两例鲁迅语篇中特有的汉语衔接手段。

1. 语义衔接

语言是根植于文化传统和思维习惯的,西方思维倾向于分析和逻辑推理,擅长归类整理。而中国人习惯通过直觉感知世界,汉语思维是散点透视的。西方文学往往借助于连接词来衔接语段,如,实际上 (actually)、为此 (therefore)、然而 (however) 等等,使语义连接非常紧密,逻辑谨严,整篇文章层次分明。如果是叙事文学呢,故事情节就会推进得丰富曲折。汉语在衔接手段方面充分显示了与西方语言的不同,几乎没有相应的连接词,主要通过切分句子,通过句子内部的衔接关系,或者是词汇重复等衔接手段等来表达篇章的连贯。句子之间的连接主要靠语义关系,而非语法形式标记。又或是连接词不着痕迹,让读者甚至意识不到它们的存在。《祝福》中鲁迅用的几乎都是简短的小句子,读起来仿佛每一句都很平常,可是又是如此不平常,有力量,白而不俗,晓而不浅,使整篇文章衔接得紧密连贯,是真正的中国风格。比如,文章的开头"我"回到鲁镇，见到四叔，有一句衔接非常紧密的描写：

> 一见面是寒暄，寒暄之后说我"胖了"，说我"胖了"之后即大骂其新党。

如果加上连接词，就是"一见面首先是寒暄，其次说我"胖了"，而后即大骂其新党"。显然，没有这些连接词时的画面感很强，你的脑海中出现的是印象派绘画也好，水墨画也好，都非常写意，而加上这些衔接词，读者的思路倒是泾渭分明、非常清晰了，而画面感却弱下来了，所指、外延都弱了下来。而鲁迅特有的词语重复造成的是什么样的气势呢？鲁镇一成不变的节奏，固化的样貌，人们的伪态等等尽显面前。

2. 连接词的意象化

《祝福》中难道就没有衔接词吗？当然是有的。最著名的就是四叔那句"可恶！然而……"。"然而"本来是个非常有力的论证性词汇，这里却以反讽的形式出现了，本身成了意象、隐喻。以连接词作为意象，加以省略、留白，达到了高度凝练的概括，背后有无数的潜台词，然而又无须再说。省略号省略掉的是论证，讽刺了废话文化与虚伪的姿态。

还有"无论如何，我决计要走了"这句话。"无论如何"是一个衔接词，在理性读者的阅读经验和预期里，往往用在对前文大篇幅分析的总结,后面将会有更加精辟透彻的结论,然而,它却在这个并无此意的短句中出现了,并且出现了两次,使文本非常有节奏感的同时,更使人强烈感受到"我"无法在鲁镇伪下去,即无法融入鲁镇的宗法社会。"无论如何"这一衔接词本身因之成为一个隐喻。

鲁迅一生只出版了三本小说集《呐喊》《彷徨》《故事新编》。1932 年 12 月,有出版社邀请鲁迅出版作品自选集,鲁迅虽然觉得自己的小说都是短篇,散文集《朝花夕拾》《野草》更是精粹,阅读起来都并不费时间,然而,还是遵照出版意图,格外选了一下:"将材料,写法,都有些不同,可供读者参考的东西,取出二十二篇来,凑成了一本,但将给读者一种'重压之感'的作品,却特地竭力抽掉了。"[1] 这其中抽掉的就有《祝福》。可见,作者自己承受了这一生命之重,去掮住黑暗的闸门。

(原刊《文艺争鸣》2022 年第 2 期)

---

[1] 鲁迅:《〈自选集〉自序》,《鲁迅全集》第 4 卷,人民文学出版社 2005 年版,第 470 页。

鲁迅在北京的文化身份

　　提起老北京，总是会联想到雍容气派的"老字号"店铺、悠闲古旧的市场气氛，还有可以入乐的小贩叫卖声，这种使人流连的美好情调与农业社会缓慢的生活节奏相吻合。"城市"一词本身由"城"和"市"两个词组合而成，作为从元代开始就存在的国际性大都市，老北京城里的集市贸易一向很繁荣，有着"一步三市"的说法，直到今天仍有许多以集市所在地命名的地名，比如骡马市、猪市、羊市、米市、花市、菜市口、草市、灯市口、缸瓦市等，都是些专业性的集市，另有闹市、晓市、黑市、穷汉市，这些属于胡同世界宁静的商业形态，是封建社会农业文明的产物，其古意盎然的经营方式中透露出深深的人情味，绝少现代商业社会赤裸裸的利害冲突。北京商人所依赖的，是传统社会的信义而不是现代社会的市场契约。为官服务是他们的首要任务，因而又不可避免地带有浓得化不开的官气。鲁迅在《〈守常全集〉·题记》中曾回忆李大钊因外形像商人而躲过了兵捕，不过他像的是旧书店或笺纸店的掌柜，在南边没有看见过。这说明北京的商业气质与洋化的上海是截然不同的，它带有的更多是自足的封建性。在鲁迅生活的民国初年，这种官气十足，以非商业手段达到商业目的的封建性经济势力还很强大，但毋庸置疑，一股由声光电化操纵的半殖民地化的城市经济也正在慢慢滋长。

到第一次世界大战开始时，中国有 92 个城市正式开放，与外国通商，其中就有北京。据《剑桥中华民国史》描述，北京的使团区内拥有商业机构、商店、教育团体和大量非外交人员，使团区以及附近地区建起了诺德饭店、北京饭店、六国饭店；还有汇丰银行、道胜银行、德华银行、横滨正金银行，几家大型外国货栈，士兵男青年会，两家卫理公会教堂（可容纳 1500 人），一所卫理公会女子学校，"北京大学"（也属卫理公会），伦敦会洛克哈德医学院，美国海外传教团的教堂和学校，以及盲人慈善堂等。虽然按照规定只有穿着特殊制服的中国仆役和雇员才能进入使团区，但实际上使团区内经常住有相当数量的中国人，这些人通常住在六国饭店，该饭店自 1911 年以后经常收容那些被北京政府赶出来的逃亡者。鲁迅就曾经到六国饭店面见《阿 Q 正传》的俄译本翻译家苏联人王希礼。外国影响所逐渐形成的自足亚文化，被移植在这片古老的土地上，开始繁荣生长，北京在遭遇被殖民化的过程中也正经历一场前所未有的环境现代化。1896 年北京"文明茶园"放映"西洋影戏"，这是最早放映的电影。1899年北京南马家堡至永定门电车轨道筑成通车，在当时是除香港外最早开通电车的城市。1916 年建成全长 15 公里环城铁路线。1924 年有轨电车通车。1925 年公私立大学由民国初年的 5 所增至 17 所,占全国 47 所大学的 36%。尽管作为首都的北京始终不打算完全开放,但专销或附销洋货的店铺在当时也已经达到几百家。洋行大多数集中在东城一带,像英国的怡和、安利洋行,美国的慎昌洋行,德国的禅臣、礼和洋行,日本的三井、三菱洋行,都在北京设立了分行,直接进行洋货的大量运售。最能显示民国北京现代性的恐怕就是它的金融活动了,1908 年清政府邮传部在北京设立交通银行,宗旨是振兴铁路、轮船、邮务、电信,随后又相继成立有北洋保商银行、兴业银行、储蓄银行、信成银行。鲁迅就曾去过保商银行、中国银行、交通银行、兴业银行存款、购买债券和兑换银钱等。1920 年,北京现代银行家联合会在一个朋友式的晚餐会基础之上成立,这个晚餐会每周两次,参加者是城市的主要银行家。它体现了地方金融集团的统一和力量,在全国银行公会中的影响足以与上海各银行的影响相抗衡。新的商业协会运用国际资本以增长、进步和竞争为主题的表征,开始传播经济情报,出版由当时最优秀的经济学家共同合作的专门化的评论杂志,比如 1921 年北京发行了《银行月刊》。新的阶级利益表现出现代的面貌,因为过去行会的团结是基于既得利益之上的,而现在人们则为追求利益而团结,增长的观念已经取代了独占的传统。除了华资工业企业,北京也相继出现了一些新的职业领域,如各种自由职业,新闻和出版业,以及现代教育和文化机构等,鲁迅在北洋教育部担任职责的同时,兼任大学讲师、期刊编辑,与这种走向现代的环境氛围是分不开的。

鲁迅生活时期的北京可以被称为"军阀时期"。军阀混战既削弱了北京政权的力量，又妨碍了外国企业在此的经济开发。尽管政局动荡，令人无所适从，但在险恶政治环境下土生土长的官僚服务传统也已开始同西方的技术和专业规范联姻。交通部属下的铁路、电报、邮政服务既有盈利又十分可靠。不过，政府公职人员却迟迟拿不到薪金。教师、警察、官吏不断举行游行示威，不得不从事第二职业以维持生计。鲁迅在日记中就经常提到欠薪，并创作小说描绘了这一社会现实。值得庆幸的是，竭力与传统价值观保持谐调的军阀所制造的分裂与混乱，却为思想的转折和反传统倾向的流传提供了绝好的机会。中央政府无法有效地控制住大学、期刊、出版业及中国知识界的其他机构。因此，那时的知识分子对于中国将以什么方式实现现代化和富强进行了激烈的讨论。作为北洋政府官员的鲁迅参加新文化运动，到八大学校兼课，既从事了第二职业，又满足了参与国家现代文化思想重建的雄心，这大概只有在那样混乱的军阀时代才会出现。

作为政治中心，北京始终是国家主权和民众瞩望的统一象征。作为城市，它却很难独立于政治社会，因此，它的进步和西化——这与现代性脚步密不可分——使它与乡土世界尽管开始发生断裂，但却异常缓慢。城市人口在不断增长，五光十色的海外时尚与浪潮在新的城市知识分子和公务员中间引起阵阵波动，然而，他们在生活方式上却大都恪守古老的传统。这就是北京最初的现代性特色，从一开始它就以一种矛盾的方式被展现出来。

（一）教育部部员

1912 年春天，32 岁的鲁迅与这个蹒跚走进现代化的城市相遇。北京接纳鲁迅，首先就是一种文化重建的需要。当时的北洋政府教育部正在总长蔡元培的领导下，大力提倡美育。这对由日本归国后不久，正在寻找出路的鲁迅来说，无疑提供了看似绝妙的发展环境。鲁迅被任命为社会教育司第二科科长，主管博物馆、图书馆、动植物园、美术馆、文艺、音乐、演剧、通俗教育、调查及搜集古物等等事务。实际上，鲁迅所领导的部门，就是当时关于文化艺术方面的最高管理机构。他积极投入到各项文化建设事业当中去，做了大量开拓性的工作。比如：考察天坛、先农坛，将其开辟为公园；参与历史博物馆、京师图书馆和通俗图书馆的筹建；任通俗教育研究会会员，担任小说股主任及审核干事；参加整理"大内档案"；为北大设计校徽；等等。1926 年南下前，鲁迅在北京的主要身份一直是教育部的北洋政府官员，并且是非常敬业的官员。因此，当面对国际展览会、博物馆、图书馆、剧院、公园和不久后诞生的电影院，这些为人们提供了惊人丰富的便利、娱乐和视觉快感的现代公共空间和被看景观时，鲁迅不能不首先以一个管理者的面目介入，他的责任感和抱负心永远体现在他作为一个普通消费市民的休闲心之先，甚至是那些批判性的知识分子所发出的自由声音之先。然而，这占去了鲁迅大部分精力的文化重建工作，最终却因上司昏庸，不得已而废然终止。如果没有女师大风潮乃至"三一八"惨案的发生，鲁迅在北京的仕途之路也许仍会绵延下去吧，民国的文化重建工作也会因为有这样一位严谨的工作者而得以保留更多有价值的东西。然而，政府无能，促使政治矛盾激化，当然也就使鲁迅的离京成为一种必然。

（二）大学讲师

鲁迅一生中最黄金的年龄段都是在北京度过的，假如只是在昏庸的政府中做无名的部员，何时才能实现他最初认定的启蒙伟业的目标呢？正值壮年，充沛的精力，横溢的才华，以及对青年人的热情，促使他自然而然地在北京大学、北京师范大学、北京女子师范大学、世界语专门学校、集成国际语言学校、黎明中学、大中公学、中国大学、燕京大学、辅仁大学、北平大学女子文理学院等院校留下了授课和演讲的匆匆身影。北京大学是五四运动的发祥地，蔡元培出任校长时，本着"思想自由、兼容并包"的精神，为新文化、新思想的传播开辟了道路。北大师生一直高举爱国、民主、科学的大旗，走在民主运动的最前列。为纪念北大成立27周年，鲁迅曾写下《我观北大》一文，热情赞扬道："北大是常为新的，改进的运动的先锋，要使中国向着好的，往上的道路走。……北大是常与黑暗势力抗战的，即使只有自己……"除了北大，北京女子师范大学更与鲁迅同呼吸、共患难。当迫压学生的杨荫榆担任校长致使学校爆发学潮后，鲁迅毅然支持学生们的正义斗争，亲自拟稿，公开发布《对于北京女子师范大学风潮宣言》，揭露其封建家长式统治。为此他被非法免去佥事职务，不断遭受通缉，不得不四处避难，乃至最后离开了北京。南下后的鲁迅曾经两次回京探亲，流传下著名的"北平五讲"，这些演讲充满着战斗精神，以"尖锐的词锋，似质朴而具有潜在的煽动力的感人的言说"在各个大学引起强烈的反响。

（三）作家与期刊编辑

既然重建新文化秩序的热望在一个四分五裂的政权中无法得到支持，去学校兼课所传授的新思维方式又囿于象牙塔而传播有限，那么积极利用现代性的印刷文化，去开拓广阔的批判空间，以发出新的不同于政府的"公共"声音，就显得势在必行。

从这一点来看，钱玄同的"希望"劝说恰逢其时地点燃了鲁迅似乎早已冰冷了的抱负之心。正是《新青年》杂志使他从生命的"蛰伏期"活跃起来，投入到五四新文化运动的革命洪流之中，成长为旗手和主将。中国新文学也终于有了第一篇现代体式的短篇小说《狂人日记》，这成为中国现代小说的伟大开端。自此，鲁迅开始了频繁的文学活动，先后在《新青年》发表作品54篇，思想骨骼日益形成，逐渐聚拢和引领了众多青年作家，从事一种"遵命文学"——那是"革命的前驱者的命令，也是我自己所愿意遵奉的命令，决不是皇上的圣旨，也不是金元和真的指挥刀"。这样，无声的民国北京蓦然勃兴起一个新文坛。

这个新文坛围绕鲁迅参与编辑的期刊，形成了共同的文学理想，那就是真诚地面对自我的灵魂，大胆抨击传统和时弊，不遗余力地解构和修正现存文化秩序。当北京大学学生傅斯年和罗家伦组织创办《新潮》杂志时，它的定位是：批评的精神、科学的主义、革新的文词。然而，鲁迅1919年4月16日致信新潮社，却建议它不要过多刊登纯粹的科学文章，最好是对于中国的老病刺他毒重的几针，以使那些"老先生"不安稳。他肯定了《雪夜》(王敬熙作) 和《这也是一个人》(叶绍钧作) 等新作，认为上海的鸳鸯蝴蝶派小说家"梦里也没有想到过"，"这样下去，创作很有点希望"。与他关系最为长久的《语丝》也以发表"别的刊物所不肯说，不敢说，不能说的"简短的感想和批评文章为主。由于"不愿意在有权者的刀下，颂扬他的威权，并奚落其敌人来取媚"，而形成了"任意而谈，无所顾忌，要催促新的产生，对于有害于新的旧物，则竭力加以排击"的特色。主编的《莽原》更意在"对于中国的社会，文明，都毫无忌惮地加以批评"，"虽在割去敝舌之后，也还有人说话，继续撕去旧社会的假面"。其文字风格"率性而言，凭心立论，忠于现世，望彼将来"。《莽原》半月刊出版时，鲁迅这样写预告："想什么就说什么，能什么就做什么，笑和骂那边好，冷和热那样对，绅士和暴徒那边妥，创作和翻译那样贵，都满不在乎心里。"以翻译外国进步文学为事业中心的未名社和创作上强调表现"自我"的创造社、沉钟社一起，被鲁迅认为是在文艺方面非常用力，"这三社若沉默，中国全国真成了沙漠了"。浅草社标榜其动机是，"自信比秋水更莹澈，比冬雪更坦白，丝毫不搀杂龌龊的成分。"鲁迅评价："他们的季刊，每一期都显示着努力：向外，在摄取异域的营养；向内，在挖掘自己的魂灵，要发见心里的眼睛和喉舌，来凝视这世界，将真和美歌唱给寂寞的人们。"

鲁迅在《野草·一觉》中谈到编校上述青年作者的文稿时说："我照作品的年月看下去，这些不肯涂脂抹粉的青年们的魂灵便依次屹立在我眼前。他们是卓越的，是纯真的，——阿，然而他们苦恼了，呻吟了，愤怒，而且终于粗暴了，我的可爱的青年们！……然而我爱这些流血和隐痛的魂灵，因为他使我觉得是在人间，是在人间活着。"鲁迅终于感到是这些现代期刊实现了他精神现代性追求的自我对象化，尽管这种直面人生的文学对于广大劳苦民众来说究竟能起到多大的启蒙作用还是个疑问，但毕竟它的美好前景在这些期刊营造的想象世界里栩栩如生。因而，鲁迅为之振奋和忘我了，他付出了大量心血，甚至连自己都说，"我这几年来，常想给别人出一点力，所以在北京时，拼命地做，忘记吃饭，减少睡眠，吃了药来编辑，校对，作文。"尽管这些期刊有的是惨淡经营，甚至苦于连印刷费也无着，乃至办不下去了，但这对于团结在以鲁迅为中心的青年们心中是非常次要的，因为他们自认为终于找到了值得为之奋斗的理想，和传达这种高尚理想的途径。

（四）文化漫游者

以社会精英面目出现的鲁迅为我们留下了流水账般记载很

多琐碎日常消费行为的日记，这使我们得以观察他的另一面。北京时期鲁迅光顾最多的地方是以古老的琉璃厂书肆为代表的传统去处，不过，他也出入于新潮电影院、咖啡馆、公园、洋行、茶楼、西餐馆，在某种程度上，有很多除传统之外的西式休闲和娱乐方式。

老北京有名的大饭庄，有"长安十二春""八大楼""八大居"，其中的大陆春、宣南春、广和居、同和居、东兴楼、新丰楼、泰丰楼等地都曾经留下过鲁迅的足迹，他还经常去升平园洗浴，青云阁理发，瑞蚨祥制衣，这些著名的条件较高的商业场所，并不是普通百姓所能消费得起的。当然，鲁迅是很平民化的，他喜爱民间耍货，经常到充斥着便宜实惠的老式东西的护国寺和白塔寺等古老庙会上闲逛。他还热衷于收集古钱拓片，常去小市溜达，甚至在连穷苦小贩都不出摊的恶劣天气里，也执意去看看，兴致之浓笔墨难以形容。鲁迅还常常与友人、亲人游览旧钟楼、什刹海、钓鱼台、陶然亭、雍和宫、西山碧云寺、农事试验场（即今北京动物园）、中央公园、北海公园等老北京的著名景观。中央公园是他最愿去的地方，尤其是"来今雨轩"茶座既可以会友闲谈，又可以啜茗宴饮，同时也可以读书写作。1926 年 7、8 月间，在即将离京之际，鲁迅与齐寿山在中央公园合作完成了《小约翰》的翻译。离京南下前，他的老友及学生也大多在此为他饯别。

鲁迅日常消费中最频繁的是购书。北京为他营造了一个很好的"嗜书"环境，这里尤其要提到的是琉璃厂的文化街。来京之前，鲁迅就非常向往那里的文化氛围，在给许寿裳的信中经常提到。到京一周后，更是来不及洗去仆仆风尘即去浏览。平日里公余除抄书之外，一遇暇日便去那一带徜徉，或浏览古书，或访求碑帖，或搜集信笺，成为南纸店（清秘阁）和以卖酸梅汤和蜜饯闻名的信远斋的常客。在京 14 年，鲁迅到琉璃厂四百多次，是他一生中漫步最多的地方。鲁迅所用之书款，绝大多数花在了琉璃厂，可以说是极大支持了这一旧书肆的生意。琉璃厂因鲁迅的墨缘而传下千古佳话，鲁迅也因这一所特殊民间学校的熏陶，而更加地通达博学，尤其是版本、目录、校勘之学，与日俱增。

鲁迅在北京最大的消费是买房。他于 1919 年卖掉绍兴家乡老屋，花了三千多元在西城八道湾买下一座"三进"的大院落。与周作人决裂后，他于 1923 年 8 月搬进砖塔胡同 61 号租住，三间正房月租金 8 元。女佣除了全包食宿以外月工资 3 元。1924 年，鲁迅再次筹款八百余元买下阜成门内西三条胡同 21 号一座幽静的小院，并于这一年的 5 月 25 日再次迁居。这个由他亲自设计改造的小四合院，有被称作"老虎尾巴"（绿林书屋）的卧室兼工作室，这是鲁迅在北京最后居住过的地方。也就是说，鲁迅先后在京置业两次，他的生活称得上是小康水平。

当时的北京不但开了很多新式饭店，还有许多荟集华洋各物的新式商场。比如东安市场、劝业场、青云阁、首善第一楼等。鲁迅经常去劝工陈列部游逛，这是属于纯粹展览性质的新型百货商场。商品陈列在安全宜人的环境里，顾客可以自如地打量和比较，不用受到必须购买的压力，这表明零售业也开始现代化了。离京前两年，鲁迅还频频光顾电影院，1924 年 4 月 12 日，他前往平安电影公司观看《萨罗美》；19 日到开明戏园观看非洲探险影片；他还到真光、中天剧场观电影不下九次。开明影院坐落在繁华的珠市口西大街路南，建于 1922 年，建筑外观是乳白色典雅的罗马式，能容纳八百余人；真光电影院位于东华门大街，是北大学生罗明佑为打破外国人的垄断，自任经理开办的，其经营远远超过外国人开办的平安电影公司，后来在此基础上扩建成真光电影剧场，成为北京第一座按当时国际流行式样建成的规模较大的豪华型仿罗马式建筑的电影院，可容纳观众近千人，有包厢、大客厅、酒吧、茶室，还有衣帽间，女宾化妆室等服务设施，备有第一流的外国乐队。与中国一般戏园中往来叫卖茶点手巾等现象不同，真光电影剧场代理订购各种电影书报，用对号法编制座位，在当时是促进社会文明进步的现代化剧场。1924 年秋天，鲁迅先生支持的《语丝》创刊，参加编务的孙伏园、李小峰、章川岛三位作家，曾经携带刊物在真光剧场前发售。川岛在《忆鲁迅先生和〈语丝〉》一文中回忆："伏园、小峰和我三人，曾于《语丝》头几期刚出版时，于星期日一早，从住处赶到真光电影院门前以及东安市场一带去兜售。三个人穿着西装……不声不响地手上托着一大叠《语丝》，装着笑嘻嘻的脸，走近去请他或她买一份，……"

　　除了电影，鲁迅也经常观看戏剧。协和医科大学礼堂是 20 年代北京一座现代化建筑，外观传统，但内部设备全部是西式的，有录音、隔音、幕布和灯光等，可容纳四五百人，当时许多名人经常到此聚会。1922 年 12 月 26 日，鲁迅前往观看了燕京女校学生演出的莎士比亚剧《无风浪起》；1924 年 5 月 8 日，鲁迅又去观看新月社祝泰戈尔氏 64 岁生日，演出《契忒罗》剧本二幕。除以上新式文化活动外，鲁迅还到过山本照相店买 album，即相册，到德国医院（现在的北京医院）、法国医院、日本医院避难；到池田医院、山本医院、伊东牙医院就医……最令人惊叹的是，鲁迅还于 1924 年 4 月 25 日午后在月中桂购买上海竞马彩票一张！也许对于曾经到过日本留学的鲁迅来说，这些所谓的现代化内容都不是第一次接触，但当这一切出现在古老的北京的时候，它们就不能不从真正意义上刺激和改变着鲁迅的传统消费内容和习惯。

鲁迅有这样的消费经历并不意味着他热衷于物质享受，这和他朴素俭朴的生活作风是不矛盾的，他有那样的娱乐经历，也并不意味着他会沉湎于此，恰恰相反，使他不能自拔的始终是购书，除了淘旧书就是买新书。他或到东交民巷书店浏览，或往日本的相模书店和京都其中堂邮购，并且传寄明信片。当十月革命的新浪潮冲击全世界的旧营垒时，日文译者风起云涌，争相介绍，其设在北京东单的东亚公司即大量购阅欧洲文学书籍，尤其是苏联革命后的书，1924 至 1926 年间鲁迅成为那里的常客。1920 年 4 月 17 日，鲁迅开始因公整理堆放在午门楼上的德国商人俱乐部藏书，审阅其中的德俄文书籍，这是教育部接收的战利品，文学书居多，他翻译的《工人绥惠略夫》的底本即来自这批德文书。北京的使馆区使鲁迅这样的官吏兼作家能够分享这些精神产品，并在想象中分享世界文学，这使他更加感到自己代表这个国家和全世界连接着。如果说淘旧书主要是一种自发的整理传统文化的兴趣动机，那么鲁迅的创作则有意识地从这些西方著作中获取新思想的支持。

当鲁迅以一个操异乡口音的文化官吏游走在这个最大的中国式的文化乡村城市的时候，作为公共景观的她显得包罗万象却又杂乱无章。鲁迅在北京知识精英式的文化身份决定了他的消费行为成为一种文化漫游。琉璃厂书肆、厂甸庙会、小市、公园、广和居这些中式的"公共领域"，成为当时的文化人经常聚集的所在，他们在那里营造着宽松的言说空间，将其演变成现代思想交流的平台。与此相比，那些西式休闲恐怕只是一种浅尝辄止的消费活动而已。与上海作家把西式的公共空间据为己有，营建着中国现代性的文化想象背景不同，鲁迅执着于对古老中国的文明批评，在解构中更加自觉地摸索所要的现代性。

北京时期的鲁迅有着多重文化身份——政府职员、大学讲师、自由作家、编辑家和文学活动家。初到北京操异乡口音的官吏，阔别多年旧地重游的老主顾……就其在教育部的主管业务来讲，是保存祖国文化遗产，发展社会教育事业，因而能够以极大的热情和现代意识投入到整理传统文化的工作中去。作为文学活动家的他还积极参与文学社团建设，扶植年轻人。而作为创作地的北京，也以其深厚的文化底蕴深深滋养了鲁迅，成就了他创作生涯的辉煌期。鲁迅曾在给宫竹心的信中说："以文笔作生活，是世上最苦的职业。……上海或北京的收稿，不甚讲内容，他们没有批评眼，只讲名声。其甚者且骗取别人的文章作自己的生活费，如《礼拜六》便是。"鲁迅是有资格这样讲的，因为他在北京的文学之路，毫无经济压力。他决不相信什么"穷愁著书"的话，薪俸发放时才坐下来写文章（《革命时代的文学》）。当时他在教育部的月薪是 360 元，尽管会出现欠薪，但在八所学校授课每月也大约有三十多元收入，同时还在译书和创作，稿费时价一段时间是每千字一至二三元（《并非闲话（三）》）。按照《1918～1980年北京社会状况调查》的结果，20 年代初一个四五口人的劳动家庭父母加两三个孩子，或老少三代每年伙食费 132.4 元，也即每月 11 元就可以维持了。当时一个标准家庭的贫困线定为每月收入 10 元（合今人民币 350 元）之下。而鲁迅每月可以拿出十多块钱用来买书，用鲁迅自己的话说，他是属于"中产智识阶层"。但即便是当时较为有钱的知识阶层，全家每月必需的生活费（伙食、房租、交通费）80 元已经很宽裕了（合今人民币 2800 元）。所以，鲁迅能够从容地干预社会生活，积极做各种文明批评，执着地去实现自己的文学理想，从而获得了那些以卖文为生的作家所不能够获得的社会声望。

（原刊《文史天地》2009 年第 1 期）

鲁迅文本世界里的北京

1912 年，32 岁的鲁迅由故乡绍兴北上，直到 1926 年 46 岁时南下厦门，他在北京前后生活了 14 年。恰是一生中最年富力强的岁月。鲁迅在北京做教育部职员，写作，编杂志，授课，抄古碑，做学问，博览群书，他还在这里买房置业……

对鲁迅来说，北京，是一个活动场所，一个创作地点，更是一个内蕴丰厚的文化符号和具有无限意味的想象空间。然而，鲁迅从不热衷于如数家珍地道出首善之都的风俗掌故，更不缠绵于趣味盎然的古都风情。在他的文本世界里，北京毫无浪漫的审美观照。这座城市是如何出场的呢？

首先，她给我们的画面感——一派暗赭色，没有花，没有诗，没有光，没有热，甚至消逝了春和秋，是寂寞荒凉的古战场，黄埃漫天的大沙漠……秋夜的天空奇怪而高，冬天如同"蜻蜓落在恶作剧的坏孩子的手里一般，被系着细线，尽情玩弄，虐待，虽然幸而没有送掉性命，结果也还是躺在地上，只争着一个迟早之间"（《伤逝》）。雪"在纷飞之后，却永远如粉，如沙，他们决不粘连，撒在屋上，地上，枯草上……"，"在无边的旷野上，凛冽的天宇下，闪闪地旋转升腾着的……孤独的雪，是死掉的雨，是雨的精魂"（《雪》）。

其次，她的镜头感——黯淡森然的街道、衙门、胡同、民居，头上有着三四个乌鸦窠的古槐中突然发出"哇"的一声鸦鸣（《弟兄》）。街头民众兴奋异常地伸长脖子，像鸭一样地围在一起，观看他人的痛苦……；触目皆是羊肉铺，雪白的胡羊群满街走，普通的山羊反而颇名贵（《一点比喻》）。羊肉铺前汹涌着纷纷张着嘴看剥羊的人群（《娜拉走后怎样》）。那么多的饭店和饭局，"都在食蛤蜊，谈风月"（《送灶日漫笔》）。乡下人也不愿意吃的灰菜在北京却用在大酒席上；在南方买时论两，用在阔气的火锅中的卷心白菜在这里却论斤论车地卖（《马上日记之二》）。新年庙会上的年画都是些新制的关公之类象征忠孝节义的美德图；衙门里的规矩层层叠叠，用钱票换现钱，还要领签、排班、等候、受气，军警督压着，手里还有国粹的皮鞭（《记"发薪"》）。照相馆里悬挂的照片，人阔则其像放大，下野则其像不见（《论照相之类》）；宫殿的房子都是一个刻板的格式（《关于知识阶级》）。"走到丰盛胡同中段，被军警驱入一条小胡同中。少顷，看见大路上黄尘滚滚，一辆摩托车驰过；少顷，又是一辆；少顷，又是一辆；又是一辆；又是一辆……。溜到西单牌楼大街，也是满街挂着五色国旗，军警林立。一群破衣孩子，各各拿着一把小纸片，叫道：欢迎吴玉帅号外呀！……走进宣武门城洞下，又是一个破衣孩子拿着一把小纸片，但却默默地将一张塞给我，接来一看，是石印的李国恒

先生的传单，内中大意，是说他的多年痔疮，已蒙一个国手叫作什么先生的医好了。"（《马上日记》）

再次，她的音乐性——小贩吆喝声充满疲惫的倦意，卖酸梅汤的发出单调的铜盏相击的金属音间作，没有一丝情调……（《示众》）；家居时偶尔小憩一下，市声入耳，却是行人走着唱的戏文，余音袅袅，"咿，咿，咿！"

在鲁迅所营造的关于北京的视觉想象和听觉想象里，活动着的是一群什么样的人呢？这里的老百姓卑微而沉静——"什么传单撒下来都可以，但心里也有一个主意，是给他们回复老样子，或至少维持现状。"他们浑然不觉自我的不思进取和开拓精神的匮乏，甚至是在用自己的双手为自己建造"活埋庵"。即便在外来文化的冲击下不得已做些革新，也是相当表面化的，甚至仅仅是玩玩文字游戏，譬如北京胡同名字的变化，就透露出惊人的自我欺骗能力。这里的知识分子是北京首善学校讲堂上软弱灰暗的"差不多"先生，对于新旧事物一律虚伪以待、敷衍了事。这里追求个性解放的青年男女，被残酷地封闭在觉醒后比不觉醒更压抑的社会环境中。子君和涓生在吉兆胡同里自由组成的新家，竟然成了那个无法在沉睡中无知觉地死去，必须在醒着的绝望里窒息而亡的铁屋子。子君的生命就这样被黑暗无情地吞噬掉了，而现代性对于涓生来说还是一个遥远的幻梦，那是他在通俗图书馆瞥见的一闪光明，"广厦高楼，战场，摩托车，洋场，公馆，晴明的闹市，黑暗的夜……"。当然，鲁迅更关注下层民众，常常落笔于人力车夫，捡煤渣老婆子等弱势群体身受的酸辛。《一件小事》中的"我",从乡下跑到北京已经六年了,身上也日渐沾染上帝都与生俱来的官气,开始一天比一天地看不起人,然而,那个主动将自己交给巡警的人力车夫,给他的心灵以极大的震撼,他开始质疑自己存在的价值,包括那毫无来由的施舍心。鲁迅让那些无聊的政府职员、平庸的市民、软弱的知识分子缓慢地走过人们所熟悉的胡同、茶馆、饭店、衙门、庙会、图书馆等旧北京所特有的公共场所,赋予他们麻木健忘、自欺欺人、孤独空虚的精神气质,并且涂抹上苍白灰暗的色调,文本内潜流着的是压抑的张力。

很显然,启蒙思想潜沉在鲁迅的小说文本中,表现为贯穿他整个北京时期的创作观。他的小说大部分是以鲁镇为中心的城镇世界,那是中国农村社会的缩影。发生在北京背景下的故事虽不多,但取材也多是病态社会中不幸的人们,环境框架由乡土变成了城市,但笔下探讨的仍是国民文化心态。而鲁迅杂文情境中北京城的热闹,又是另一方面的秩序混乱,其实是没有半点生机和活力的。生存于这种混乱秩序中的人们不能不时刻紧张着,北京的夏季某段时间以来成为有枪阶级的打架季节,也是青年们的魂灵的断头台,首都也愈而成为尸骸。秋季青年聚拢回来,在未曾领略过的首善之区的使人健忘的空气中,开始他们新的生活。(《忽然想到(十一)》)飞机不断地掷下炸弹,"像学校的上课似的",震天价响的大炮和刺杀声,表明着这个城市的"生命力"。"也许有人死伤了罢,然而天下却似乎更显得太平。窗外的白杨的嫩叶,在日光下发乌金光;榆叶梅也比昨日开得更烂漫。"(《一觉》)院中植物的葳蕤与院外生命的死亡，看似平淡地对立着，而喧闹包围下那不正常的寂静，却衬托出生活于此的人们正在半死半生中卑怯地苟活：

> 中国人虽然想了各种苟活的理想乡，可惜终于没有实现。但我却替他们发见了，你们大概知道的罢，就是北京的第一监狱。这监狱在宣武门外的空地里，不怕邻家的火灾；每日两餐，不虑冻馁；起居有定，不会伤生；构造坚固，不会倒塌；禁卒管着，不会再犯罪；强盗是决不会来抢的。住在里面，何等安全，真真是"千金之子坐不垂堂"了。但阙少的就有一件事：自由。（《北京通信》）

据说民国初期的司法部下属法院系统享有很高的声誉，法典编纂和监狱管理也有了进步，内务部属下的北京现代警察部队保持了很高的专业标准，以至 1928 年的北京被描绘成"世界上拥有最好警察的城市之一"[①]。然而，鲁迅却以他独特的文化视角揭示出这冷酷环境中人的生存状态：活着而失去自由，拥有自由却不一定能够活着。自由和生存在这里只能尖锐地对立。第一监狱作为国家制度现代化的标志之一，成了规训城市居民的空间。一定意义上讲，北京城在鲁迅眼里就是这一监狱的延伸，暗示着封闭文化对人性和生命活力的扼杀。同样，北京的刑场其

---

① 费正清主编：《剑桥中华民国史》（第一部），上海人民出版社 1992 年版，第 282 页。

实是讲文明的,连鲁迅都说"犯人未到刑场,刑吏就从后脑一枪,结果了性命,本人还来不及知道已经死了呢。所以北京究竟是'首善之区',便是死刑,也比外省的好得远。"[①] 然而,言语中透出来的讽刺意味,已经暗示了鲁迅真正关注的是文明烂熟的社会里,怎样忽然现出茹毛饮血的蛮风来。那铡刀处死犯人的新闻,一经放大,蓦地让我们产生了彻骨的冰冷感,仿佛回到了 11 世纪的包龙图时代。于是,那些客观的现代性指标在脑中消失了,只剩下对文明比野蛮更加野蛮的深刻领悟,而且更自觉地参透是"吃人"的方式伪饰得更加文明,这就是鲁迅对北京制冷式的审美处理。

鲁迅为我们精心描画的北京城和北京人,不能不说是一个即将消逝的封建时代的社会图景。然而,即使是这样一个看似没有生机的苟活乡,却以它独特的魅力吸引着一代又一代人。

虽说北京像一片大沙漠,青年们却还向这里跑;老年们也不大走,即或有到别处去走一趟的,不久就转回来了,仿佛倒是北京还很有什么可以留恋。……北京就是一天一天地百物昂贵起来……借了安特来夫的话来说,是"没有花,没有诗",就只有百物昂贵。……活在沙漠似的北京城里,枯燥当然是枯燥的,但偶然看看世态,除了百物昂贵之外,究竟还是五花八门,创造艺术的也有,制造流言的也有,肉麻

---

① 鲁迅:《华盖集续编·〈阿Q正传〉的成因》,《鲁迅全集》第3卷,人民文学出版社 1981 年版,第 381 页。

的也有，有趣的也有……这大概就是北京之所以为北京的缘
故，也就是人们总还要奔凑聚集的缘故。可惜的是只有一些
小玩意……（《有趣的消息》）

据史料载，北京由 1912 年的 725235 人增加到 1921 年的
863209 人。人口的骤增，反映着农村社会正受到新的发展中心的
吸引。难以在农村安身的贫苦农民拼命挤到都市寻找受雇的机会。
很多人充当苦力或人力车夫。这比起停滞的封建经济来讲，自然
是现代性的骚动。作为封建中央政权所在地的北京，原来就集中
了全国最大量的寄生者——贵族、官僚、地主、书吏、太监、旗
丁等等，近代时期又新增添了军阀、政客、议员和外国侵略者。
所有这些剥削者、寄生者在北京的挥霍，使北京的消费性商业大
为活跃。表面的繁荣衬托了城乡劳动人民所受榨取的深重，也使
北京作为消费城市这一性质更加显著。真可谓"无论是政客还是
赌徒，都能一遂所愿"。不过说这句话的是林语堂，不是鲁迅。
人力车夫在前者眼里是北平最迷人的所在，勤劳节俭，知足常乐，
可是，很多作家引以为美的北京风情，在鲁迅眼里，都糅合
成了帝都所特有的引人欲望的魔力，权力、金钱、梦想、投机……
时时诱惑着人们想置身于混乱中为争取做一个好奴隶而碰运气，
即使碰得头破血流。而种种世态的芜杂，正是以北京为代表的中
国传统文化的闭塞保守和对外来文化的异化所造成的，这太迫切
需要自省和改造了。因此，鲁迅对北京世态的铺陈不可避免地成
为文化批判的手段，其间深深蕴含着他时刻不忘思考的国民性批

判的主题。

在鲁迅抽离的目光下,"北京"已不可能仅作为自然状态或人文背景而存在,这个具体地点在艺术再现中成为一个充满意义的隐喻,一个被寓言化了的城市。有那样的景观才会发生那样的事情。在那样的情境设置下,那样的环境征服中,道具才会变成象征,背景才会变成隐喻。这当然不仅仅是修辞手段。这是鲁迅自己的世界,是用自己心灵的眼睛所看到的,并用自己个性化的语言说出这个城市以及她所承载的文化荒谬而又真实的况味。

鲁迅对中国文化传统爱犹有恨的复杂情感,就这样始终在北京的意象中缠绕着。他的文学北京不能不成为一个巨大的古董。这位启蒙家以犀利的目光注视着这片文化废墟,这完全是一个批判者的凝视。在他独具的慧眼中,大家引以为豪的某些国粹完全变了色。

比如作为人类文明七大奇迹之一的长城,不但没有使鲁迅感到自豪,反而使他感到窒息和封闭,"旧有的古砖和补添的新砖。两种东西联为一气造成了城壁,将人们包围。"生活在这样闭塞环境中的国民,骨子里难免有"听天由命"和"中庸"的惰性。它的安全感也仅仅在心理上保卫着那些复合的上层阶级:地主、士绅、士大夫、官吏、商人、军阀、帮闲……

再比如已被联合国教科文组织列为非物质文化遗产的京剧,却让鲁迅感到精神上的隔膜,尤其是梅兰芳现象在他眼里更只是"男人看见'扮女人',女人看见'男人扮'"。这似男非男、似女非女的艺术真成了"中国的最伟大最永久的艺术"（《最艺术的国家》）。其实，鲁迅并没有为了反对京剧而反对京剧，换了角度在审美距离中远远地欣赏，鲁迅也是很沉迷于其风致的。他对于儿时野外社戏的回忆，就充满无限深情的留恋。这说明，鲁迅非常重视艺术的野性生命力，在他看来，梅兰芳现象就是士大夫夺取民间东西的悲剧。北京之崇拜名伶的传统便是艺术家被士大夫据为己有，罩进玻璃罩的结果。

还有，在北京荟萃的中国饮食文化竟然使鲁迅联想到了人肉的盛宴。这种比喻真是空前绝后的惊悚，但又让你觉得一针见血、畅快淋漓。

至此，鲁迅呈现到我们面前的北京早已分明现出自然景象和人之心灵的双重荒漠化，对此，鲁迅会深深地被画家司徒乔笔下人与自然苦斗而成的北方景物所打动，就不足为奇。因为这正印合了他深蕴内心的关于北京的审美期待。

> 我知道司徒乔君的姓名还在四五年前，那时是在北京，知道他不管功课，不寻导师，以他自己的力，终日在画古庙，土山，破屋，穷人，乞丐……这些自然应该最会打动南来的游子的心。在黄埃漫天的人间，一切都成土色，人于是和天然争斗，深红和绀碧的栋宇，白石的栏干，金的佛像，肥厚的棉袄，紫糖色脸，深而多的脸上的皱纹……。凡这些，都在表示人们对于天然并不降服，还在争斗。北方的景物——人们和天然苦斗而成的景物——又加以争斗，他有时将他自

己所固有的明丽，照破黄埃。(《看司徒乔君的画》)

鲁迅深深被这幅画以及画面背后可能有的无限延伸所震慑。他是爱看黄埃的，他由此欣赏抱着明丽之心的作者"怎样为人和天然的苦斗的古战场所惊，而自己也参加了战斗"。这种潜藏在沉重下面的斗争力量，鼓励鲁迅引导青年去背着历史竭力拂去黄埃的中国彩色，而不是消沉于老北京的惰性里面，因此，在这比沙漠更可怕的人世间，有歌者唱出了他的反抗之歌。"沙漠在这里。然而他们舞蹈了，歌唱了，美妙而且诚实的，而且勇猛的。流动而且歌吟的云……"(《为"俄国歌剧团"》)站在"北京"的沙漠上，看飞沙走石，乐则大笑，悲则大叫，愤则大骂，被沙砾打得遍身粗糙，头破血流，而时时抚摩自己那若有花纹的凝血，收获灵魂的荒凉和粗糙，甚至热爱这些辗转而生活于风沙中的瘢痕。这就是被称为斗士的鲁迅。

实际上，无论是作为生存个体的鲁迅，还是社会精英的鲁迅；无论是作为政治中心的北京，还是作为现代性开始萌芽的都市北京，二者都始终无法做到融合无间。这种彼此之间的不完全归属不是没有原因的。"凡在北京用笔写出他的胸臆来的人们，无论他自称为用主观或客观，其实往往是乡土文学，从北京这方面说，则是侨寓文学的作者。"① 这种对边缘文化身份的确认，又何尝不适用于鲁迅自己呢？作为一个游子，或者说是一个文化游走者，

---

① 鲁迅：《且介亭杂文二集·〈中国新文学大系〉小说二集序》，《鲁迅全集》第6卷，人民文学出版社1981年版，第247页。

鲁迅笔下的故乡往往在以北京为原点的文化坐标系里出现，它们的跳跃或延伸，都是以北京为中心的中华传统文化的一部分。那些题材与笔致更多地钟情于"国民性"批判，实际上就是从另一个角度的以北京为符号的中国传统文化的批判。鲁迅不能没有北京，因为他迷恋北京的文化底蕴；而同时，他又被这个不适合他居住的政治中心边缘化。因此，他与人群是有距离的。

当鲁迅以一个旁观者的眼光打量北京时，他是冷观的，当他以心灵的眼睛来解剖北京时，他却有着强烈的主体性。他从不追求以语言为指征的北京趣味之表面化，而是执着于自己一贯的犀利、简练和白描。因而，到鲁迅文本中去寻找原汁的京味儿地域文化是会徒劳而归的。在这里，北京人往往成为中国人的所指，老北京人则是传统中国人格的化身，他用深厚的传统文学功底来刻画和批判北京所代表的传统文化流弊，这本身就是一种再深刻不过的自我觉醒，和由这觉醒而导致的赎罪式的文化反抗。

鲁迅追恋着北京的人文环境，生动证实着这个城市所拥有的文化力量。北京带给他的对生存的独有体验，使他在离开后的日日夜夜，乃至在生命的最后岁月里，都始终挥之不去对这一精神宿地的深深怀恋。晚年定居上海后，他还时常心起移居的念头。然而，正如我们看到的那样，鲁迅的文学北京绝不像个人爱好那样平和静谧。审美文本中的文化批判和现实生活中的无限依赖，二者之间不得不构成戏剧性的张力，形成鲁迅个人表达与社会表达的龃龉和两个自我形象的相互撞击。他的冷眼介入，一方面是他的姿态，另一方面也是他的抗议。当我们深入探究鲁迅作品世界里面所反映和创造出来的北京的真实模式时，我们面对的是正在做出选择的真实性质。换言之，鲁迅将启蒙式的精英思想注入了这个城市，他的文学北京便只能成为一个等待批判的前现代乡村城市，而不可能是最接近历史客观的北京城。在鲁迅那里，如何通过文学载体直接地或审美地传达对传统文化的反省与批判，成为他创作中时刻要调试的焦点。于是，中华成为一个独特的文化整体，一个似乎永远也不会出现现代多样性苗头的封闭空间。因此，关于这片想象之地的中华民国版本，就不能不倾向于过度表达它看似令人无法忍受的一面：保守、闭塞、压抑、沉闷。很显然，这些已被习惯性地当作了现代性的对立面。

新文学兄弟的出现

——鲁迅、郁达夫的京师交游

　　兄弟失和的打击，对于鲁迅而言，固然是亲情决裂之痛，还有文学事业上的突陷孤独彷徨。东京时代、绍兴会馆时代、八道湾时代携手二弟的灿烂岁月不再，真正的文学兄弟是否还会出现？早在周氏决裂之年，也就是 1923 年春节期间，便已预示了这一命运安排的走向。

　　2 月 17 日，大年初二，一位稳健平和、清俊柔弱的年轻人出现在北京八道湾 11 号客厅，同时也出现在了鲁迅的日记当中。这位小鲁迅 15 岁的年轻人正是郁达夫，彼时作为北大经济系的统计学讲师，与张凤举、徐耀辰、沈士远、沈尹默、沈兼士、马幼渔、朱遏先，一并受周作人之邀而来周宅，后来被同时在座的鲁迅评价为，唯一没有"创造"脸的创造社成员。

　　那是一次愉快畅谈的家宴，作为浙江同乡，留日一族，当会言及故乡风物、日本风情和他国文学吧。临别时，在呼啸的北风中送客出门的鲁迅，还给郁达夫讲了几句笑话，令其回味无穷。

郁达夫并未料到，这个大家庭迷人的文化色调和其乐融融的幸福，不过是泡影而已。

十天后，郁达夫召集在东安市场东兴楼雅集，回请周氏兄弟。自此，郁达夫将在鲁迅日记中出现210次，赠书索句赋诗，互约著译文章。据记载，可统计的雅集至少有30次，包括造就了千古名句"横眉冷对千夫指，俯首甘为孺子牛"的聚丰园"达夫赏饭"。

在行进的文学史形象塑造中，鲁迅那时还没有"醉眼陶然"，郁达夫也没有"春风沉醉"。创造社与语丝派尚未成为对阵的营垒，甚至语丝社还没有成立。作为创造社的发起人之一，郁达夫自然信奉弗洛伊德的libido。而以鲜明的现实主义态度极易分属于文学研究会的鲁迅，正以揭出病苦，唤起疗救的注意，为这惨淡的人生而蓄势呐喊。不过，15年前，在和郁达夫年纪相仿时，留学日本的鲁迅遍览东欧文苑，翻译弱小民族国家文学，最喜欢的却是安特莱夫、迦尔洵那偏重肉的气息的文学。

1921年，国内新文化阵营分化，远在日本东京的留日生郁达夫、郭沫若、成仿吾、田汉、张资平等人，却仍经受着来自母国新文化思潮的激荡，积极筹组创建了以建设中国未来之国民文学为目标的创造社，首创《创造》季刊，由上海泰东图书局承印。当年10月便出版了郁达夫的第一部小说集《沉沦》，史上从未有过的幽暗心理的袒露与大胆的心灵剖白，震惊了国内文坛。销量超过两万册的《沉沦》，一夜风行，很快被批评为"不道德的小说"。对此，周作人率先于1922年3月26日《晨报副刊》发表文章为这艺术之作申辩。八道湾的初次拜访，便是郁达夫的登门酬谢。

彼时，鲁迅唯一的中篇小说《阿Q正传》刚刚在《晨报副刊》连载完毕一个月。这部让鲁迅永垂中国新文学史册的经典之作，更是令郁达夫景仰不已。他向郭沫若推荐了《阿Q正传》及《故乡》，希冀创造社同人能够来北京玩玩，结识鲁迅，然而，郭沫若当时并没有心思赏读。五四文学革命以来，中国新文坛终于可以构成两大风格迥异的社团流派，无论创造社、文学研究会论争如何激烈，中国新文学的核心结构已无可消除地深深嵌入了鲁迅式的反讽与郁达夫式的情感。

在八道湾初次会见之后三个月，也就是春季学期即将进入期末的5月，郁达夫从北京返回上海，创办了《创造周报》（1924年5月出至第52号停刊）。内容侧重文学评论与翻译，兼顾创作。这样的报刊定位，其实正是鲁迅所期许的。此时，已满两周岁的创造社已经同时刊行季刊、周报、日刊三种出版物，还印行"创造社丛书"和"辛夷小丛书"，充分彰显了活跃坚实的文学社团的生命力。

在上海贫民窟度过1923年暑假的郁达夫，想不到远在北平、刚刚与之热络起来的周氏兄弟居然决裂了。北大秋季开学后，11月22日，郁达夫以书会友，专程到砖塔胡同拜访鲁迅，那时，鲁迅已携朱安搬离八道湾四个月。郁达夫奉上第二部创作文集《茑萝集》，8月间由上海泰东图书局初版，也正是鲁迅的第一部小说集《呐喊》由新潮社初版的热烈之月。

郁达夫是下午三点多钟前来砖塔胡同的，那日的天气一如其作品的基调，阴沉、暗郁。在坐北朝南的房子里，郁达夫记忆的丝缕，缠绕着以北大教员、学生习气为主的谈天内容，逐渐清晰顺畅。在善于体察的郁达夫看来，眼前这位留着胡子，脸色很青，衣衫单薄，身材矮小，令其仰慕的小说家，有着柔和的绍兴口音，笑声非常之清脆，眼角上有几条可爱的小皱纹。作为创造社"辛夷小丛书第三种"，《茑萝集》收录了"自叙传"短篇小说《血泪》《茑萝行》、散文《还乡记》等。郁达夫在扉页郑重题上"鲁迅先生指正，郁达夫谨呈 十二年十一月"。

《茑萝集》自序的落款为"一九二三年七月二十八日午后上海贫民窟"，几乎与周氏兄弟决裂的时间相当。短篇小说《春风沉醉的晚上》也是写于这个时候。1924 年第 2 卷第 2 期《创造》季刊面世，鲁迅受赠阅读已是 1924 年 3 月 18 日。1923 年—1924年，郁达夫接连赠送鲁迅《创造》季刊。

恰是在个体鲁迅彷徨、苦闷，乃至颓废的人生至暗时刻，郁达夫及其文学进入了其心灵深处。社会表层正迸发出解决人生问题的热望，而郁达夫直接敞开了自己的胸膛，暴露出灵魂中的孤苦幽暗、忧郁哀伤、激愤宣泄与忏悔挣扎，不管评论的好坏，也不管卖的好坏，郁达夫对其自叙传是不需要脸红的。一个彷徨而至诚的灵魂，激起了人们内心最深处的共鸣，对诱惑的无抵抗，对人性弱的屈服，对沉沦的放纵。而语言的纤微倦怠，句子的缠绕舒卷，毫无疑问在扩展着新文化读者的感知力。郁达夫的苦闷书写，从某一人性维度暗合了鲁迅对于诚与爱的期冀。尽管《茑萝集》中的小说意在讽刺为人生的血泪文学，乃至趋附劳工神圣的现代思潮。

12 月 26 日，郁达夫再次向鲁迅奉上《创造周报》半年汇刊一册，鲁迅酬以《中国小说史略》上卷，这再度让郁达夫赞赏不已。对于中国古典文学的共同爱好与深湛修养，使得二人很快发展为可以随便走进一家小羊肉铺里喝白干的兄弟。

并不是每个人都知晓，鲁迅曾打算写一部叫做《杨贵妃》的长篇小说，然而，这一计划却由郁达夫透露给世人。当年，郁达夫仔细听了鲁迅成熟的小说构思，钦佩非常。

> 以唐玄宗之明，哪里看不破安禄山和她的关系？所以七月七日长生殿上，玄宗只以来生为约，实在是心里已经有点厌了，仿佛是在说："我和你今生的爱情是已经完了！"到了马嵬坡下，军士们虽说要杀她，玄宗若对她还有爱情，哪里会不能保全她的生命呢？所以这时候，也许是玄宗授意军士们的。后来到了玄宗老日，重想起当时行乐的情形，心里才后悔起来了，所以梧桐秋雨，就生出一场大大的神经病来。一位道士就用了催眠术来替他医病，终于使他和贵妃相见，便是小说的收场。（郁达夫《奇零集·历史小说论》）

以郁达夫的审美眼光，鲁迅完全解构了唐玄宗杨贵妃的爱情神话，一番设想实在是妙不可言，设若小说写出来一定别开生面。通过郁达夫的转述，的确可以联系到后来《故事新编》建立的调性。毫不夸张地说，此时的郁达夫便已把准了鲁迅的文脉，同时也是中国新文学正典的文脉。1924 年，鲁迅去西安讲学，看到了荒落破败的长安旧址，感叹早已不是唐朝的天空，再也没有兴致提笔写这部小说。这一伟大的虚构却深深镌刻在了郁达夫的记忆深处。

鲁迅与郁达夫也同时都是诗人，都有细腻敏感的诗的心灵！尤其是旧体诗词，郁达夫一生至少创作了四百多首，鲁迅身后则留下七十余首。二人曾经唱和酬答，留下不少佳话。

鲁迅首访郁达夫，是在安家西三条21号之后。1924年7月3日"午后访郁达夫，赠以《小说史》下卷一本"。当晚，郁达夫便"携陈翔鹤、陈厶君来谈。"此后，郁达夫经常带浅草社成员等文学青年来宫门口周宅拜访鲁迅，丰富了这个小院的新文学生态。

郁达夫留学日本（1913）比鲁迅（1902）晚了11年，但二人均在东瀛为群星闪耀的19世纪俄罗斯文学深深吸引，特别是屠格涅夫，直接影响了二人后来的文学人生。鲁迅曾说自己的做起小说来，"所仰仗的全凭先前看过的百来篇外国作品"，而郁达夫更是有嗜读小说之癖，仅在名古屋第八高等学校的四年，便读了不下一千部俄德英日法的小说，域外阅读量要远远大于鲁迅。

既是教育部佥事，同时又是通俗教育委员会小说股审核干事的鲁迅，看好郁达夫的语言天赋与坦率的性情，愿意与之合作，倡议遍览全国文学刊物，自主挑选优秀作品，选印小说集，扶植文学青年，为陈腐的中国文坛培养现代叙事文化。郁达夫欣然同意，两人不止一次商量过编辑出版计划，可惜由于时机未成熟，计划暂时未能实现。

郁达夫懒散、率性、消极，鲁迅勤勉、内敛、积极，二人性情恰好构成互补，更是可以一起饮上几杯黄酒来激发创作力的同好。鲁迅与郁达夫这对文学兄弟，在某种程度上甚至超越了周氏兄弟，正如后来所看到的那样，沪上重逢联手后所焕发出的中国新文学的巨大潜能，北京时期便已埋下了伏笔。

1925年10月17日，鲁迅写毕短篇小说《孤独者》，那时，郁达夫已到武昌师大国文系教书。小说文本中出现了影响深远的《沉沦》。主人公魏连殳的来客们，"大抵是读过《沉沦》的罢，时常自命为'不幸的青年'或是'零余者'，螃蟹一般懒散而骄傲地堆在大椅子上，一面唉声叹气，一面皱着眉头吸烟"。虚构与虚构，虚构与现实的巧妙互文，非常典型地刻画了"为赋《沉沦》强说愁"，自命不凡的二三代"新青年"，呈现出迷茫的后五四时代精神。一时间，孤独者、零余者，成为文学青年的美学标签。

鲁迅与郁达夫无疑都是中国新文坛的天选之子，郁达夫曾自称二人为同一类属，我更愿意理解为，在求同存异的表象之下，立基于文学自觉、尊重文学多样美学形态支点之上的本质趋同。郁达夫最追求创作的充分自由，而鲁迅则最强调要时刻分清生活之真与艺术之真。他们都有自己的诗学，不会随时沦为灵感的掌中物，正如他们的小说远离偶然性而深深地和谐。如果要用一句话概括二人的异同，是否可以说，他们都引那悲哀者为同调，以被侮辱被损害的弱势群体为文学表现的核心，只不过在美学追求上，直接切近血肉的鲁迅通过文学疗救人生，而忍不住宣泄的郁达夫通过文学疗愈了自己。

在鲁迅眼中，创造社成员们个个神气十足，好像连出汗打嚏也全是创造似的，在郁达夫脸上却看不出那么一种创造气，越发觉得他温厚真诚坦率。这大概就是尽管文学见解并不一致，却不妨碍成为文学兄弟，成为并肩战友的精神原点吧。也许，正因为与鲁迅较早有面对面的直接交往，使得郁达夫与其他创造社成员相比发展出了不一样的文学气质。就比如，郁达夫能够从美学的距离看待鲁迅与创造社的论争，"虽则也时常有讥讽的言语，散发在各杂文里，但根底却并没有恶感。他到广州去之先，就有意和我们结成一条战线，来和反动势力拮抗的；这一段经过，恐怕只有我和鲁迅及景宋女士三人知道。"（郁达夫《回忆鲁迅》）

1925 年初，郁达夫离任北大，前往武昌师范大学任教授，与同在武昌的张资平、成仿吾筹办"创造社出版部"。一年半后，鲁迅南下去厦门大学任教。二人都有在广州短暂执教的经历，却未曾谋面，经历了大革命的血雨腥风后，重逢沪上，合编《奔流》，译介外国文学，加入中国自由大同盟、民权保障同盟、左翼作家联盟和互济会等进步团体，积极投入到现实的革命洪流，并肩作战，患难与共，开启了又一段广阔深入的文学人生，留下更多的文坛佳话，而这些均立基于北京时期打下的情感基础。

鲁迅一生反目之人多矣，尤其不乏同一战阵中的伙伴，胡适、钱玄同、刘半农、林语堂……而唯对来自不同营垒的郁达夫始终保持了真挚的友情，这是一个值得深思的现象。

1912—1926：北京与鲁迅经典的生成

    鲁迅是中国新文学之父，在中国现当代文学史上享有崇高的地位，他的经典性尽管从其诞生起就遭遇过各种各样的排斥和解构，然而，不可否认的是，鲁迅在有限的生命里创作了很多具有典范性、权威性、历经一个世纪而不衰的优秀之作，特别是创作于北京时期的《呐喊》《彷徨》《野草》，一直被公认为包含了鲁迅最有价值、最具代表性、最完美的篇章。而自 20 世纪 20 年代始，鲁迅作品就被选入中小学《国文》《国语》课本。从某种意义上说，鲁迅在中国现代文学史上经典地位的获得是与北京这座文化中心城市密切相关的。试想一下，1912—1926 年的 14 载，假如鲁迅一直生活在绍兴、上海或者东京，他还会不会是 20 世纪的经典呢？这个问题是可以质疑的。

    一个作家的成长总会有多种文化背景、渊源和内涵的滋养，经典作家更是如此。艾略特在欧洲统一文明的基础上总结了成熟、广涵性、普遍性、去地方气等等文学经典的品质。成熟，指的是一定的社会习俗、语言、人类心智、文体规范等发展到相当水平后，所共同构成的催生经典作家、作品的总体氛围，以及结晶于经典作家的心智高度、经典作品的文学高度。也就是说，经典除了本身的品质要求外，更多的是指经典赖以生成和存在的文化土壤和社会基础。

1912—1926 年，北京这一座千年封建帝都经历了新文化运动的风起云涌、落潮分化，如果没有北京深厚文化传统的滋养，没有新文化思潮的涌动，没有现代期刊《晨报》的催稿和连载，很难说经典作品《阿 Q 正传》将诞生何处。如果没有以北京话为基础的白话文的推广，会出现第一次以"鲁迅"为笔名的《狂人日记》这样现代短篇小说的开山之作吗？如果没有沙滩红楼北京大学的讲台，具有恒久学术价值的《中国小说史略》如何可能影响深远？不过，促成了鲁迅经典化的恰恰不是地方色彩浓郁的京味，而是浸染其中又抽离之外的更广阔的文化视野，是成熟于艾略特定义经典的"去地方气"，是一种融合了中国最优秀的多元文化元素的开放敞开的文化姿态的集中展现。民国时期的北京是大中华文化坐标系的原点，只有置身于这样的文化坐标系中，浙东文化、海派文化的适时出场才会与其他音符一起谱成鲁迅的经典乐章。

第一，1911 年至 1928 年，是北洋政府所在地的"旧京"时期，是北京由千年帝国的政治中心向新时代转换过渡的时期。

1912 年，32 岁的鲁迅由绍兴北上来到北京，直到 1926 年南下，恰是北京由千年帝国的政治中心向新时代转换过渡的时期，即"孕育了京派文化，同时也是千年古都京味最醇厚地道的"旧京时期。这个有着八百年的建都史和几千年的建城史的古都，凝聚了中华民族传统文化的精华，大一统中国社会的主流文化，熔乡土味、传统味、市井味于一炉，融王宫文化、士大夫文化和市民文化于一体，形成了多元共存、中西并陈的文化格局，成为新文化运动和新文学建设的中心。她吸纳和聚拢了民国第一代新知识分子，有着逐步发达的文化、教育、新闻、出版事业和先进的文化设施，逐步成熟的文化市场、思想自由的制度保障等等。

如果鲁迅不是在"千年古都京味最醇厚地道的"旧京工作生活了 14 年，沉潜了 6 年，我们不但无法解释他后来的创造力是如何爆发的，也无法更全面地解释鲁迅经典何以成为可能。如此一来，我们就会从此前只注重北京对鲁迅的文化影响的表面历史现象，深入到将之纳入民国北京文化体系和经典之现代意义的获得这样的理论视野来透视和阐释，从而最大限度地还原个体在历史提供的可能性中如何最大限度地发挥其创造性，进而完成了对中国现代文学经典的建构的。

作为经典的鲁迅是由多种可辨识的历史作用力，在一个特定的文化语境中塑造而成的，是由理论家和一般读者、庙堂和民间共同创造，是一种集体审美趣味的合成。新文化运动中心北京孕育了第一代新文学作家，他们的审美眼光和赞赏支持、新文学发展的趋向，新文学理论与实践之间的张力，时代的文化趣味、新文化制度的保证，等等，各种历史的合力最终促成了鲁迅经典的诞生。

第二，北洋政府统治的"旧京时期"包含了五四时期这一新文化经典辈出的高峰时空段，鲁迅经典的生成大部分仰赖这样一个璀璨的文化时空。

作为民国第一代移民，鲁迅浸淫于北京城里的传统文化，感召于五四科学与民主的新文化氛围，拥有多种文化身份。在这里，他经历了人生中的重大转折和变故，特别是兄弟失和，与许广平恋爱，成为他一生中最重要的生命体验。在这里，他作为教育部部员、大学讲师、作家、期刊编辑，先后不间断地从事书、报、刊的编辑和出版活动，并走上大学讲台。带着学者的严谨、文人的温情以及漫游者的好奇心，度过了六年看似沉默的时期，同时也是最可宝贵的文学积累期。他不但在这里翻译、藏书、创作、编辑、教学，还投入大量精力抄校古碑，收集拓片，研读佛经，辑校旧籍，这样做果然只是为了躲避黑暗的现实，打发枯燥的时光，满足一己之趣味吗？单就碑拓而言，就是一种刻在石头上的经典的再复制，由此可见，旧京时代鲁迅默默进行着的恰是对我国古代经典的筛选、整理和价值的再阐释、再追认工作，是在对经典一读再读的"含咀"之中的心灵涵养过程，也是慢慢形成自我经典观的基准和规范的沉潜过程。这其中就包含着他对由封建统治者所确认的正宗经典的审视批判和对虽然没有被统治者确认，却被民间所公认的经典的肯定与赞赏。就此而言，鲁迅文学经典的形成绝不是与传统的遽然断裂，而是对传统经典的重新理解和挑战。

鲁迅在北京时期，既可以到厂甸、琉璃厂等旧书肆购置大量古籍、书画、碑拓，到西山碧云寺、卧佛寺购买佛经，又可以到现代化的东亚公司购买西方文艺理论书籍。1924 年开始，鲁迅的书账中由几乎全是古籍而变为增加了大量西方人文著作。1912 年至 1926 年在北京的 14 年间，鲁迅还翻译了约 80 部（篇）外国作品，字数占一生翻译总量的一半。他翻译涉猎作品的题材、国别、文学思潮和表现方式，非常广泛，可以看出他的文学选择、美学趣味和文化建树上的深刻用心。鲁迅真正感兴趣并进行自主选择翻译的文学作品是那些拥有赤子之心的作家。如荷兰作家望·蔼覃《小约翰》；以"有血肉的态度"，在"最像人样的人间相"里触着人的魂灵的作品，如芥川龙之介的《罗生门》；能医许多中国旧思想上的痼疾，使心与心如明镜般互相映照的作品，如武者小路实笃的反战剧本《一个青年的梦》。鲁迅欣赏思想透彻，信心强固，声音很真的作品，在审美风格上偏向于雅淡的诙谐，讽刺，含泪的微笑，"火的冰"式的情感。翻译中，他专注于中国文苑和国人思维中匮乏的新鲜元素，希望自己力所能及地把人类最真诚优美的心灵，引入这个东方黑暗世界。隔膜，沟通，爱，真实，成为其甄选经典的关键词。他故意避开举世公认的诗圣泰戈尔，而将目光转向被放逐的歌者爱罗先珂；翻译了夏目漱石的《挂幅》《克莱喀先生》，却没有选择使其闻名的代表作《我是猫》。这种拣选边缘、重视非主流生命力的宏阔视域，不亦步亦趋地追随主流热点的自主意识，内含了甄别经典的独特眼光、价值诉求

别样的鲁迅

和规范意味。

鲁迅充分利用北京优越的文化条件，博览群书，广泛涉猎，吸收人类文明所积累下来的一切有价值的精华，养成了广博的心智，而这是经典形成的前提条件。可以说，中心化精英化的民国北京以其深厚的文化底蕴滋养着鲁迅，从多元文化的各个方面成就了他创作生涯的辉煌。

第三，北京成为鲁迅的想象空间，由一个地理意义上的创作地点，内化为审美符号，通过鲁迅笔下的北京文化场景、元素，可使读者体察一个时代的心灵。

北京时期鲁迅的文学创作奠定了他的文学史地位。创作《阿Q正传》的时候，是鲁迅大量购买阅读佛经古籍的时候，文本中那些对儒释道别有深意的表达显示了鲁迅对人类智慧形式高超的理解。创作《野草》的时候，是鲁迅大量购置西方文艺理论书籍，翻译《苦闷的象征》《出了象牙之塔》的时候。文本中那可读的无限性，超出了具体所指而拥有了哲理的永恒和生命的启示。民国北京文化包含了活生生的国粹，而浸染在国粹文化里的鲁迅却成为批判国粹最早最力者。为此，他成为《新青年》杂志的重要撰稿人。1918至1921年，以"随感录"的形式先后在该刊发表作品50余篇，显示了"文学革命的实绩"，成就了现代杂文的经典。鲁迅文本世界里的北京，是一种真实、高超的书写。新文化的空气使鲁迅持有一种审视的文化视角，又在旧京文化里体察人情世态，提升出对中国文明的整体性评判。

现代性萌芽的民国北京为鲁迅作品带来内涵的丰富性。其杂文中包含涉及人类社会、文化、人生、自然和宇宙的一些重大的思想和观念，就这些思想和观念与同道的对话和论争，能够促进人类文明的进步、社会的完善，参与人类文化传统的形成与积累。而其作品实质的创造性、时空的跨越性，总是与现实的社会生活紧密相关，与当代息息相通，历久弥新，常常介入当代人的精神生活。鲁迅经典以"集大成"拥有了承前启后的地位，为后起的作家、作品提供了种种可能性，启发了他们从不同的方面加以继承和创新。

第四，身处北京新旧文化涤荡的文化中心，鲁迅的小说作品状写的大部分却是故乡浙东文化，持有的是新文化特有的审视视角。

拥有多种文化身份和社会角色的鲁迅，在新文化的中心城市北京完成了他的文本生产，体现出把一切事物尽收眼底、出诸笔端的幅度和广度，以及表现和涵盖社会、时代的整体性和风格特征的多样性。作为历史悠久的移民城市和国际化大都市的北京渐渐去除了鲁迅本身外在的绍兴地域特征，使他文本中透露出的绍兴味儿，成为中国传统文化符号的表征。而北京感受在鲁迅文学创作中亦具有不可替代的作用，如兄弟失和之于《伤逝》，苦闷颓唐如《野草》。鲁迅由此冶炼出多元文化元素集于一身，浑然一体的优秀品格，逐步向一个成熟、大气的世界级现代作家迈进。

北京时期不但是鲁迅成为经典的时期，更是他最集中地学习经典，并从中自我觉醒的时期，是自身经典意识形成乃至成熟的时期。他从根本意义上改变了中国"经典"概念的内涵和外延，通过融入北京生命体验的创作实践，使"经典"具备了现代意义。他既在横向上树立西方文化的参照系，又在纵向上动态把握中国历史的大浪淘沙，比如对碑拓的收集和研究，辑校《嵇康集》。他自身经典观的生成既是理论逻辑发展的需要，也是现实的需要。

北京时期的鲁迅对传统文化经典的研究认知，对西方优秀作品的甄别选择，与其自身创作的现代文学经典作品之间并不是笼统的学养问题，这里面蕴含了两种经典的认知体系。如果说新文学史对鲁迅经典地位的评价遵循的是一种西方经典理论的标准，那么，重新梳理鲁迅在北京时期对中国古代典籍所倾注的心血，就是试图从鲁迅自身的经典意识出发，努力探索一种融合了中西经典观的新的理论框架，来重新阐释他在北京所谓的沉默期，从而打破以往过于偏重西方文论系统的思维模式，力图更加全面、准确地把握鲁迅在中国文学传统中承前启后的经典地位。表面上看，鲁迅在北京创造出了一个与古代经典模式完全不同的新的文学类型，使民族审美心理和集体性审美理想发生了革命性变化，实则与中国传统经典资源一脉相承，他的经典创作是一个不断协调现代与传统、东方和西方文化之间差异张力的过程。

鲁迅文学经典生成于新文化时期的北京，这绝不是无可无不可的创作地点，或地域文化影响使然，而是一个作家与一座中国最著名的城市共同走向现代、共同成长的精彩过程，是一个知识分子与一种新文化生态的共生共荣。正是中国现代文化史上独特的北京打造了唯一的鲁迅。没有北京，鲁迅经典之成为可能会有许多疑问，而没有鲁迅的北京，无疑会因缺少更多的灵动而失去很多文化分量。

三维立体建筑设计师

　　鲁迅是个平面设计师，他设计的书籍报刊封面，大方雅致。其实，鲁迅还是个三维立体设计师，北京西三条 21 号就是他亲手设计改造的庭院，也是目前遗留下来的，先生唯一的建筑作品。

　　一百年前，西三条胡同的西边是高大的阜成门城楼，东边是高耸的白塔，每到周四、周五，白塔寺就举行庙会，是当时北京四大庙会之一。鲁迅经常从西三条胡同漫游过去，逛一逛，买一些文物等小玩意儿。

　　阜成门这一带当时是比较穷苦的住宅区，据说居住的都是些失掉皇粮后，流为贫民的旗人后裔。常给鲁迅拉车的车夫二秃子就住在西边的庙里。鲁迅的邻居，西边住的是木匠，东边住的是瓦匠，鲁迅和他们相处得都不错，在被北洋政府通缉时，还到木匠家里避难。

　　西三条 21 号位于这条胡同的中间地带。大门黑漆漆的，镶着金边，非常庄严，开在整个庭院的东南方向。这就是鲁迅先生经常擎着煤油灯，把当年的文艺青年送出来的那扇大门。右上角的门牌号被砸去了一角，一看就是上个世纪六十年代的铁锤留下的特殊印记。那时候拿大锤的人说了，这蓝底白字的，不是敌伪区吗？现在应该换成红色。幸亏这一粗暴的行为，被在场的文物工作者及时制止了。这个印痕也就成了历史的见证。

迈进大门，抬头可见一个百年孤品，这是用六层竹子、竹篾编织绑扎的吊顶，天然包浆，非常密实，下雨天，不会潲雨，不会沾水；透气性又好，门洞非常通风，天气潮湿的时候，也不会发霉。因为鲁迅故居被保护起来得早，快百年了都不曾动过，而相同时代的民居现存下来的，根本就不可能有这样的工艺。而且，这个四合院是鲁迅亲自设计改造的，他把南方建筑元素融合进北方建筑本体，是非常有生活经验的个性化的创新设计。所以，这件百年遗留下来的孤品，只有到西三条21号才能够见到。

迎面就是影壁，传统四合院的标配，风格很简约。左手是两扇灰色木门，是第二道屏门。三月的小四合院已经一派生机。鲁迅先生亲手种植的丁香亭亭如盖，吐露新芽，映衬着青灰色的砖墙，朱红色的门窗，水粉画一般。到了清明前后，就会花团锦簇，香气袭人。院里的两株白丁香和一株紫丁香，是鲁迅先生1925年清明节在运松阁订购，找来花匠，一起种下的，如果买的时候是5岁树苗的话，现在就是百岁花仙了。

八道湾是鲁迅在北京的首套房，西三条是二套房，现在都在二环以内，寸土寸金了。

1923年10月30日，让日本弟媳从八道湾撵出来三个月的鲁迅，已经看了不下二十次房了，终于看到了阜成门。

西三条这处房子当时的状态是，陈年老屋六间，前院三间北房，后院三间北房。鲁迅看好后，教育部同僚帮他跟房主砍价，谈来谈去谈到八百元，终于成交。虽说是在教育部月薪 360 元，可是风雨飘摇的北洋政府经常欠薪。购买八道湾的时候，周家已经花了 3500 多元，当家的日本媳妇羽太信子又挥霍无度，作为赚钱养家主力的鲁迅，跟着就成了月光一族。

鲁迅丈量了房屋面积，先交了十元定金，然后就开始四处跟朋友借钱，总算是筹了四百元，三个月后把尾款付清，开始房屋产权转移的复杂过程。各种忙，验看房契、签署购房协议，成立买房契约，交旧契，验新契，交税，税率达到百分之六，已经相当高了；各种跑，警察署，市政公所，税务处，总算是折腾完了，算下来整个购房价约合 848 元。鲁迅借的这四百元，一直到厦门大学教书的时候才全部还清。

当时交的六间老房非常破旧，原先的格局一点都不实用。鲁迅经过了一番精心设计，动了不少脑筋，画了很多施工草图，画成的至少就有六张。鲁迅预想的是，拆掉后院的三间房，把房屋全部移到了前院，合拢起来，使前院成为一个标准的北京四合院，这样才紧凑、圆融、宜居，而且私密性好。这可是个相当大的工程。

接下来打交道的就是建筑工人，鲁迅与一个姓李的瓦匠签订装修合约，对方根据业主的设想，给出方案，那时候叫《做法清单》。工程开始后，鲁迅就天天盯着施工进展，卸石灰、和油漆、裱糊，一步步验收，分批支付钱款，为此他还建立了一个折子，专款专用，详细记录每次付款的日期和数额。最后，整个算下来，改造大修费共花了大约 1183 元，如果再加上前期的购房消费 848 元，那么，安家西三条 21 号，鲁迅的整个投入就是 2030 元。这还不算购买花木、家具等等。真是数目不菲啊。

西三条和八道湾就没法比了，这只是个一进的院落，庭院并不幽深，是四合院中最小的一种类型。三间北房，朝南开窗，是正房，居住用的，位于整个住宅的中心位置，打开门窗，非常通透。东边是母亲鲁瑞的房间，西边是原配夫人朱安的房间。

三间南房，朝北开窗，外间是会客室兼藏书室，西边是客房，可以留宿亲友。

东厢房是女工房间。西厢房是厨房。那里有灰砖砌成的高台炉灶，经常飘出炊烟的生活味。与东面的屏门对称，西边这座小隔扇门，里面是个一丈见方的小院子，西南角则是一间小小的单耳房，用来做杂物间。

从西北角的一扇小门进，可以直通后院，顺着堂屋的西墙，走着走着，就会发现突出来一块，原来，堂屋向后面接出了一间小房子，拖在三间北房的后面，像条尾巴似的，这种搭出来的平顶灰棚，房顶上没有瓦，在北京的房屋设计中，是最省钱的。北京老话儿叫老虎尾巴，这就是有名的鲁迅书房之一。老虎尾巴这个名字并不是鲁迅起的，鲁迅也不这么说，平时他说"我的灰棚"，而在书面上却叫绿林书屋。

后院是个大花园，看上去很明丽。中间用白篱笆围起来的是一口土井，据说是翻盖房屋的时候挖出来取土用的，井里并不经常见水，有水的时候就用来洗衣浇花。井水是不能饮用的。当年这一带居民都是买水喝,每天到了钟点,就有专门送水的水车挨家挨户来送水。

后院沿着墙,种了不少花木,西边种了三棵青杨,其他地方种了榆叶梅、花椒、黄刺玫。现在只有黄刺玫和前院的丁香,是1925年的清明节先生亲手种下的。其他都没有保留下来。当时院子的泥地上开满了太阳花儿,惹人喜爱。鲁迅管它们叫铺地锦。还有极细小的粉红花儿,没错儿,就是鲁迅搬来后创作的第一篇散文诗《秋夜》里的小粉红花。那个著名的开头,想必大家都能背诵,"在我的后园,可以看见墙外有两株树,一株是枣树,还有一株也是枣树。"这两株枣树,后来被鲁迅的邻居砍去了。1950年代和1970年代分别补种过两次,由于种种原因,都没有保留到现在。他们定格在了我们的审美想象里。

鲁迅亲自设计改造的四合院,融合了南北建筑风格,非常有创造性,先生的空间意识够强,如果小时候有乐高玩儿,估计就不会老用荆川纸描绣像了。说鲁迅是个建筑师,名副其实。

1924年5月25日,鲁迅和家人就正式迁居,从此安家西三条21号。

1947年朱安病逝,中共地下党组织通过北平高等法院查封了故居,将其暗地保护起来。1949年10月19日这处鲁迅旧居正式对外开放,目前是全国重点文物保护单位,位于北京鲁迅博物馆院内。

(原刊《群言》2020年第11期)

绿林书屋识英雄

翻开《华盖集题记》，鲁迅在文末署"记于绿林书屋东壁下"，这已经是从八道湾搬来西三条寓所一年半之后了。先生的书房不是老虎尾巴吗？为什么又叫绿林书屋？

鲁迅在北京的14年，经历了很多波折，其中一个重要的事件，就是在女师大风潮中，因为支持学生而被通缉，还被现代评论派文人戴上了"学匪"的帽子。因为现代评论派都是留学英美的所谓学院派，一个"匪"字，表达了对于鲁迅这种没有正式学历，自学成才的文人的蔑视，山寨版教授啊。鲁迅心下想，好吧，西汉有王匡、王凤在绿林山起义，今有鲁迅"绿林书屋"，笑傲文化江湖。恰好自己在后院西边，种了三棵青杨，再加上原先就有的两株枣树，果然是在林莽之间。

老虎尾巴不足九平米，是名副其实的斗室，但因为玻璃窗很大，光线充足，通透得很。鲁迅一直喜欢开北窗口，然后在东壁下的书桌上写作，他觉得，这样一整天都不会被阳光晒到，不损害视力。在八道湾的时候，他的书房就是这样布置的。

书房东壁下就是先生的书桌，三屉的，桌上放着鲁迅喝茶用的盖杯、烟灰缸、闹钟、金不换毛笔、高脚煤油灯、陶猪等等。

鲁迅先生在这里写文章的时候，和你一样，有个习惯，客人一来，赶紧先把稿子放进抽屉里。有时候，来的这个客人，其实就是来取这稿子的，他也要下意识做一下这个的动作，然后再把稿子重新拿出来。

书桌下面有一个字纸篓。先生的垃圾分类意识很强，从来不往纸篓里面扔果皮、花生皮之类的东西，如果别人丢进去了，也重新拣出来。他只往里边扔那些写坏了的文稿，多可惜呀，把国宝当垃圾扔！鲁迅对自己的手稿没有保存意识，随手就扔，曾经包过油条，擦过手，甚至还如厕用……

民国时期是用钢笔普遍取代毛笔的时期，但是，除了留学日本，在仙台医专抄的讲义是用钢笔之外，鲁迅终其一生几乎都是用"金不换"毛笔在书写，名副其实的不换啊。这种产自绍兴"卜鹤汀"笔庄的金不换毛笔，价格便宜，小巧轻便，使用的时候柔中寓刚，墨水酣饱，深得先生的喜爱。

一个世纪以前的北京，阜成门一带的住家是没有电灯的，《秋夜》里那盏被小飞虫撞得丁丁作响的高脚煤油灯，就成为鲁迅离不开的光源。蓝色玻璃底座，透明的灯罩，为了增加亮度，鲁迅还自制纸罩，雪白雪白的，折出波浪纹的叠痕，一角还画出一枝猩红的栀子，吸引了那些"苍翠的英雄们在上面喘气休息"，非常美的意境。

就是在这张三屉桌上，就是用这样的金不换毛笔，就是在这盏煤油灯下，鲁迅先生完成了《野草》《华盖集》《华盖集续编》，写下了《彷徨》《朝花夕拾》《坟》中的部分精彩华章，总共200多篇。他还在这里翻译、备课、校改文稿，为文艺青年写序文。

当然，先生也在这里写过情书。

1925年3月11日，先生坐在这张桌前，拆开了一封意想不到的来信，是一个自称"就教的一个小学生"写来的，原来是那个上课最爱提问题的许广平同学。这个学霸女生的钢笔字特别漂亮，一股脑儿地在纸上向老师倾吐困惑和苦闷，请求明白的指引。鲁迅看后，当即拿起金不换毛笔，蘸墨复函。他恭敬地称对方"广平兄"。先生一边说自己要交白卷了，一边又潇洒地教给广平学霸如何混世防暗箭，比如，刺丛里姑且走走，壕堑战，还有瞎捣乱。先生聪明得很，给了法子，又说没有法子，那语气是，相信了我的人生指南，你很可能就找不到北了。

先生冷静、幽默而又深刻反省的文风，激发了许广平的思维像春天的花儿一样疯长。第二封信开头就抱怨信来得慢。第三封信自称小鬼。第五封信便开始介绍自己的成长经历，也引发了鲁迅热烈的追忆过往，通信话题不再限于社会时世和思想问题，转而面向自身，深入心灵，打算长聊下去了。

先生这次遇到了真正的谈话对手，与充满锐气的生力军互相砥砺，激发灵感。先生教给"广平兄"要韧性，——不是有钱任性的任性，个性解放就常被误读成"任性"，以为自由就是想干什么就干什么——先生说不要任性，不要热望，不要性急，这都是年轻人的特点。"广平兄"看鲁迅师也很透彻。

鲁迅说，我没啥本事，就是只能发发议论，编编文集，如果你感兴趣，快来帮我吧。许广平明确表白，愿意做一个十二三岁的小孩子，推着先生这驾大车向前行。同时，还给鲁迅编辑的《莽原》提出版面建议，写文章投稿。

4 月 12 日，许广平第一次来西三条登门拜访，是和同学一起来的，说是来探检"尊府"，看来是对先生的寓所向往久矣。她很喜欢老虎尾巴的大玻璃窗，不愧是国文系的才女，她说，在这里，可以听雨声之淅沥，窥月光之清幽，当枣树发叶结实的时候，则领略它微风振枝，熟果坠地……晨夕之间……徘徊俯仰，大有趣味……那时，鲁迅还在后院养了一只小刺猬。许广平和女生们特别爱逗弄它。

看了这篇可以打满分的作文，想必鲁迅师心花怒放，随即回信，亦出一题，曰：既然到后园探检过了，那我坐的有玻璃窗的房子的屋顶，是什么样子的？许广平同学机灵得很，用先生教的课和写的文章来作答。她当时修的文学史课程是鲁迅辑佚编写的《中国小说史》，修的文艺理论课程是鲁迅翻译的《苦闷的象征》。于是，她就说，屋顶平平而暗黑，和保存国粹一样，是旧式的建筑法。内部呢，则可以说是神秘的苦闷的象征。

鲁迅先生说话的风趣是有名的，比如，皮肤过敏了不说过敏，而说"满身痱子，犹如荔枝"；生无名肿毒了不说无名肿毒，而说"红肿之处，艳若桃花；溃烂之时，美如乳酪"。哭了，不说"哭"，而说"泪下四条"——除了两条眼泪，还有两条是鼻涕。瞧，先生多么风趣，可不是整天皱着眉头忧患，在女孩子心目中相当有魅力，圈粉无数。难怪广平学霸要给鲁迅师写信就教。

鲁许二人就这样你来我往，锻炼文笔。鲁迅有时写了五页还不尽兴，后面还要附言。许广平同学的文风也愈发像迅师了。从1925 年 3 月 11 日到 7 月底之间，他们共写了四十几封信。鲁迅都是在老虎尾巴三屉桌前的煤油灯下，展信阅读，信笔书写。深夜独坐，也不再觉得屋里森森然了。

到了 1929 年 6 月，鲁迅先生和许广平女士早已确定爱情关系，鸿雁传书也已达 135 封。其中 1929 年 5 月、1932 年 11 月，先生两次回北平探望母亲，也是在这里，给已经一起生活的许广平写信，传递相思。

1929 年 5 月 15 日鲁迅先生写的这封家书，特意挑选了精美的笺纸，一张印的图案是红色的枇杷，另一张印的是绿色的莲蓬。鲁迅在署名的地方还画了只萌萌哒小象，高高扬起长鼻子。许广平收到后开心得不得了，说，你知道我喜欢吃枇杷，精心挑选这么漂亮的笺纸给我写信，我太感动了。那时，许广平已经怀孕，鲁迅说，是精心挑选的，莲蓬中有莲子，所以取用，但也不是每封都挑，"小刺猬不要求之过深，以致神经过敏为要"。

女师大风潮时，许广平曾经被杨荫榆警示为害群。鲁迅就叫许广平"害群之马"，还替她剪去头发，凹了个造型。先生并即兴为她做了一幅漫画，一只稚气十足的小刺猬，撑着伞在走路，从此，许广平的"微信名"就成了小刺猬。

多么精美的艺术品，情书已经是难得一见的文化现象了，何况还是用毛笔写在制作如此精良的笺纸上。情书经历了一个不断粗鄙化的过程，乃至今天已经完全消失了。上个世纪八十年代还盛极一时，从九十年代开始，"我对你的爱，如滔滔江水，绵绵不绝"。而后，"我对你的爱，无以言表"。现在是一堆微信里的墨迹表情，最后简化成三个数字，520，情感大幅缩水，物质极度膨胀。而鲁迅和许广平不但写了这样有价值的情书，还如此工整漂亮地抄写出来，还要不停地校改，最后出版。

说起后来整理出版的《两地书》，曾被周作人讽刺为"情书一捆"，其实这么妙的词儿是鲁迅先说的，被周作人反引过来，是说自己的兄长在秀恩爱。《两地书》的确非常畅销，但绝不是因为谈风月，其实里面"既没有死呀活呀的热情，也没有花呀月呀的佳句"，平凡之中蕴含着深刻的思想，闪耀着真知灼见。你熟悉的很多警句，就出自这里。

有人说了，那是因为这是出版之后精心修订的。1998年《许广平文集》出版，大家看到了通信原件，发现果然是光明磊落中的两情绵绵，丝毫没有什么隐私。1933年4月，郁达夫从上海搬到杭州的第一晚，就彻夜细读刚刚出版的《两地书》，陶醉于先生诙谐愤俗的气概，许女士诚实庄严的风度。他说，这些长书短简，味中有味，言外有情。

1926年初，许广平发表散文诗《风子是我的爱……》，文中把鲁迅比拟作"风子"，也就是风之神，这是新女性公开发表的爱情宣言。

1936年深秋，先生去世后半个月，鲁老太太第一次给许广平写信，由衷地夸赞："你因佩服豫才，从以终身，现在豫才棺盖论定，博得各国文人推崇，你能识英雄于草昧，也不失为巾帼丈夫。"虽说是找人代笔写的，但一定是老太太口述授意，写得非常好，让人肃然起敬。"从以终身""识英雄于草昧""巾帼丈夫"，这些用词令人莞尔，可见老太太是饱读了《三国演义》和《水浒传》。新文学之父压根儿没想到，自己在母亲心底，还曾经是三国气、水浒气浓郁的草昧英雄。小说迷鲁瑞妈妈刷新了人们脑海中大先生横眉冷对的战士画风。

不过，话又说回来，许广平同学的确豪气满怀，曾经向鲁迅介绍了自己年少时对革命的浪漫幻想和热烈追求，并且表示愿意"作一个誓死不二的马前卒"。可是，鲁迅却说自己无拳无勇，唯有笔墨，志在开展的是思想革命，而不是实际行动。鲁迅借"学匪"之讽，以"绿林书屋"自嘲，却成为精神界之战士，思想界之盟主，对于许广平同学来说，这的确是，"绿林书屋识英雄"。从这个意义上讲，老太太的评价又是非常到位的。

（曾以《鲁迅的"绿林书屋"》为题刊发在

《传记文学》2021年第1期）

"教一点钟的讲师"

1920 年 8 月 6 日，鲁迅在日记里写下，"晚马幼渔来送大学聘书。"马幼渔即马裕藻，浙江鄞县人，和鲁迅算是同乡。1903 年考取官费留学日本，在日本帝国大学和早稻田大学就读。他曾经和鲁迅等人一起去听过章太炎讲文字音韵学。1911 年回国后，担任浙江教育司视学。1913—1915 年任北京大学文预科教授兼法预科教授、研究所国学门导师，讲授文字音韵学。马幼渔为鲁迅送来的正是北大讲师聘书。

> 敬聘周树人先生为本校讲师，此订。国立北京大学校长蔡元培。中华民国九年八月二日。第一百六十一号。

在由京师大学堂改革而来的北京大学，讲师并非比教授低一级的职位，而是非常设教席。根据教员担任教科钟点办法，教员中有官员身份的，不得为本校的专任教员。因而有些讲师的资格水平本来很高，但因为在其他机关有专任职务，每周只能来校担任几点钟的功课，也叫讲师。视所授课程的难易程度，讲师的待遇每小时 2 至 5 块银圆不等，不上课一般没有薪水。当时还住在宣武门外南半截胡同绍兴会馆的教育部佥事周树人自然属于此列。

红楼又叫沙滩大楼、大红楼，是北大废门改系后文法学院所在地的第一院，1916 年 6 月，向比利时仪品公司贷款 20 万元兴建而成。鲁迅自 1920 年 12 月 24 日始，每周抽出一个下午到红楼，讲一个钟点的"中国小说史"，因而自嘲为"教一点钟的讲师"。直到 1926 年 7 月离开北京去往南方，他前后为北大辛勤工作了六年。1929 年、1932 年两次北上探亲时，也曾应邀作讲演。

鲁迅在红楼授课的时候，刘毓盘讲词史，吴梅讲戏曲史，课程指导书上印的讲授小说史课程的教师名字是周树人。刚开始，报名上这门课的大概仅有十名学生。虽然 1918 年 5 月 15 日《狂人日记》在《新青年》首次以鲁迅的笔名发表，《新潮》第一时间发表评论，新文学从此发端，但鲁迅的名字还不那么为大众熟知。当知道就是在大教室讲中国小说史的周树人后，报这门课的学生越来越多，教室里两人一排的座位上，总是挤着四五个人，连门边走道内都站满了校内校外的正式和非正式的学生，讲台周围也不得不安置上位子，还是有很多学生只能旁立。

鲁迅仰着冷静苍白的面孔，走进大教室，刚才还是满耳喧闹声，立刻安静得只剩了呼吸。他站在讲桌边，用锐利的目光望一下听众后，开讲。课目虽然是小说史，其实也讲自己当时尚未正式出版的《苦闷的象征》的译文。偶尔生气时，他会用眼睛往下一掠，看着学生们，连没有直接听过他讲课的上海时期的萧红都能够通过后来的转述而强烈感受到这种目光怎样地投射出一个旷代智者的催逼。

冯至始终清晰地记得讲到莫泊桑的小说《项链》时，鲁迅"用沉重的声调读小说里重要的段落，不加任何评语，全教室里屏息无声，等读到那条失去的项链是假项链时，我好像是在乌云密布的寂静中忽然听到一声惊雷"。

做过旁听生的台静农晚年清楚地记得鲁迅讲课时不似周作人那样死盯着讲义，而是天马行空地发挥，使学生学到许多讲义上所没有的知识。他经常讲些笑话，又是蕴蓄着精辟见解，闪烁着智慧光芒的愤世之语。例如，吴佩孚失败，冯玉祥班师的时候，他说："中国人妥协性最大，前几天还读《易经》，现在要读 *Bible*（《圣经》）了。"同学们全都笑了，"笑声里混杂着欢乐与悲哀，爱恋与憎恨，羞惭与愤怒……"大教室里沸腾着青春的热情和蓬勃的朝气。在鲁迅入木三分的历史评论和社会分析中，同学们"仿佛听到了全人类的灵魂的历史"，这是在旁的地方难以听到的，因而学生们常常玩笑着说："鲁迅先生真叫座。"

鲁迅不好修饰，常穿一件朴素的中式长衫，头发不打理，像刷子一样直竖着，胡子不刮，像是隶书"一"字，皮鞋也不擦亮。要是有一天清清爽爽地进了大教室，同学们都会奇怪地笑起来。先生自己也不习惯地笑了。

不修边幅不知道是不是中国传统文人独特个性的体现，至少喜欢魏晋风度的鲁迅，大有嵇康"土木形骸，不自藻饰"的气质，他在著名散文《藤野先生》中用外在邋遢与内在圣洁的对比手法衬托教师心灵的美好，不惜将恩师形象描摹成穿衣模糊，不讲究，致使火车管理人员疑心其为扒手的寒酸相，特意舍弃了文质彬彬、整齐儒雅这样的西方绅士式知识分子形象的心理预期。后来的很多教师、文化人都纷纷效仿这样的审美格调，甚至是精心设计出来的不修边幅，乃至形成风气，其实，鲁迅本人那时未必有心境刻意为之，他在北京经受着重大的家庭变故，经常操心奔忙，生活没有那么滋润。

红楼二层大教室对面的一间屋子是国文教员休息室，也是学生们喜欢聚合的场所，这里经常散发着热情洋溢积极探讨问题的氛围，因而又被称为"群言堂"。鲁迅经常在课前半小时就已经坐在"群言堂"候着了。不过，比他来得更早的是不耻下问的学子们，先生一到，他们立刻上前围拢，这时，鲁迅便打开手巾包——这和经常夹着皮包的教授们比起来比较有特点。鲁迅把手巾包里整齐码好的许多请校阅、批评的稿件拿出来，仔细地讲解，散发，同时手里又添了未批改的新作。直到上课钟响时，他才在青年们的簇拥下上讲堂。下课了，同学们又紧跟着去发问，据说有的同学一连几个礼拜都没有机会挤到先生面前去求教，可见当年的"鲁粉"对先生迷恋的程度。

沙滩红楼一带经常出没着无法统计的偷听生。偷听生和旁听生是不一样的，他们不能参加考试，也没有任何证件，被称为"野学生"，但他们得益于北大自由公开的办学理念，可以去听任何一位先生的课，还可以向教授质疑问难，甚至拿长篇论文来请他教正。教授们则会很实在地带回去，很认真地看不止一遍，下一堂课带来还给偷听生，诚恳地告知自己的意见，甚至因此赏识他，到处为他宣扬。鲁迅便是如此，他曾经请偷听生课后一起吃牛奶面包，并在日记中记下："午后往北大讲。下午与维钧、品青、衣萍、钦文入一小茶店闲话。"

鲁迅的讲义《中国小说史》是自己多年默默钩沉搜集古小说逸文的积累，1923 年、1924 年北京大学新潮社分上下册印行《中国小说史略》；1925 年又由北新书局合印一册出版。该书的出版，结束了"中国小说自来无史"的历史。

1929 年 5 月 15 日，已定居上海的鲁迅第一次省亲回到北平，29 日在日记中记下："晚……七时往北京大学第二院演讲一小时。"在演讲开始前一小时，礼堂已被听众挤得水泄不通。北大国文学会只好临时决定将地址改至北河沿三院大礼堂。数百听众一时蜂拥而出，向第三院奔跑，争先恐后，唯恐不及。马神庙一带警察还以为出了什么事。到了三院大礼堂，听众仍然拥挤得很，鲁迅几乎无法走上讲台，只好绕到后台，但台上也挤满了人，连陪同鲁迅前来的人都只好站在幕布后面听讲。遗憾的是，鲁迅的这次演讲，讲题失记，讲稿失传。

1932 年 11 月，鲁迅因为母亲生病第二次回北平，逗留了 15 天，应邀发表了五次公开演讲，即著名的"北平五讲"。在北大的演讲是"五讲"中的第一讲，即 1932 年 11 月 22 日《鲁迅日记》所记："静农来，坐少顷，同往北京大学第二院演讲四十分钟。"

在这次演讲前，鲁迅曾要求听众只限于北大国文系的范围，所以学校在讲演前三小时才在红楼布告栏张贴了一张极小的布告，不注意的人不会看到，但还不到两点钟，礼堂中就挤满了听众。三点钟，穿着青布棉袍、黑裤子、胶鞋的鲁迅，沉静地走上讲台，在黑板上写下了讲题——"帮忙文学和帮闲文学"。这次演讲是鲁迅最后一次来北大。

在红楼任教期间，鲁迅还为该校《新潮》《学生会周刊》《文艺季刊》撰写过稿件，为《国学季刊》《歌谣》周刊纪念增刊设计封面，对北京大学的文学团体新潮社、春光社进行过热情的指导和帮助。

鲁迅对北大的贡献远不止于此，其实，在还没有到红楼授课前，鲁迅就应蔡元培之邀为北大设计了校徽。1917年8月7日，设计好的图案随信寄给蔡元培，是篆书体的圆形"北大"两个字，一上一下，取中国传统瓦当造型，用中国印章的格式构图，笔锋圆润，简洁却蕴含丰富。上部的"北"字恰似两人背靠背坐着，而下部的"大"字则像一个正面站立的人，耸起巨型的肩膀背负上面二人，正是"三人成众"，很容易使人想起鲁迅在《我们现在如何做父亲》中提倡的奉献精神——"肩住了黑暗的闸门，放他们到宽阔光明的地方去"，更会使人想起他后来对"中国的脊梁"的呼唤。鲁迅将校徽图样寄交蔡元培后即被北大采用，一直延续到1949年，后又因历史原因长期弃用，1980年代又重新使用。

（曾以《"鲁迅先生真叫座"——沙滩红楼趣话》

为题刊于《博览群书》2016年第6期）

宫门口周宅的一个春夜

主要人物 鲁迅　鲁瑞　许羡苏　朱安

时间：1926年的某个春夜

地点：西三条21号宫门口周宅

场景一：

（傍晚，客厅大门）

鲁迅（拎着漂亮的法国点心，面带微笑，出现在丁香树下，矫健地跨进门）："妩娘！我回来者！"

鲁老太太（从沉浸的故事中回过神来）："哦。"正斜倚在床头看《三国演义》，背后有一个二尺见方的靠背枕头，枕套用彩色线在白布上绣了四个孩子。她放下书，坐起身，摘下眼镜，两脚着地。

特写镜头，放到半大的天足。

鲁迅（神采飞扬）："阿娘！快来尝一尝，刚刚做好的法国点心，我从临记洋行买来的。"

鲁老太太（略带惊喜）："大，辛苦了，好看，一定很好吃。"挑了几样漂亮点心，放到精致的漆器点心盒里。

（朱安房间）

鲁迅（表情逐渐凝固），进门后略微颔首，将点心盒放到桌子上，做了个礼让的手势。朱安从座椅上缓缓起身。

朱安（脸上不易察觉的欣喜之色）："大先生回来了？"

特写镜头，小脚。

鲁迅点点头，目光并没有落在朱安的脸上。

朱安快速选了几样最小的点心。二人无话。

（客厅－书房）

鲁迅将选剩的点心放在大木柜内的朝珠盒内，来到书房，坐在藤椅上，点上一支烟。

场景二：

（晚饭后，约20点，母亲房间）

鲁迅右手端着茶碗，左手夹着烟卷，踱步来到母亲房间，将手里的盖杯放到桌上，上面是清秀的山水，和一叶扁舟。鲁迅坐在藤躺椅上，叼着烟卷儿慢慢躺下。

朱安靠在老太太床边的一个单人藤椅上，抽着水烟袋，表情郁闷。

许羡苏坐在老太太床另一头的一个小凳上织蓝色毛线围巾。

鲁迅（微笑）："阿娘，最近在看什么书？"

鲁老太太斜倚在床上，戴着眼镜，这次手里拿着的是《顺天报》。

鲁老太太："张作霖、冯玉祥、吴佩孚又打起来了？这次是怎么回事？"她的目光由镜片上方射过来。

鲁迅（气愤）："张作霖的飞机竟然投掷炸弹，北京八所大学都停课了。"

鲁老太太："这真是太过分了，应该抗议，可是学校又怎么能停课呢？"

许羡苏（停下织毛线）："我其实很想上课，可是学校里人心惶惶，老师同学都义愤填膺。"

鲁迅（抽了一口烟）："是啊，停课让学生的损失更大。"

鲁老太太（坐直了身子）："当然不能停课。上课的话，学生集中在一处，只要炸弹不落在学校里，学生反而安全；如果停课，学生势必分散，就有可能被炸死或炸伤了呀。如果是我，就坚决要求上课。"

鲁迅（语气充满佩服）："阿娘说得极是，您如果年轻二三十年，也许要成为女英雄呢！"

鲁老太太（神情由激昂转而平静，双目由睁大到垂下眼皮）："唉！大，我没书看了。又是《三国演义》，炒冷饭头了。"

鲁迅（赶忙立起身，忽然想起了什么，摸了摸衣服）："哦，对了。"快步回到老虎尾巴，从床上摊着的报纸中找到《世界晚报·副刊》，拿起回到母亲房间。

鲁迅（将报纸递给母亲）："阿娘，您要看的《春明外史》给您找到了。"

鲁老太太赶忙拿过来，迫不及待地读了起来，看了几行后，高兴地说："我就喜欢张恨水，这才是真正的小说。前些天，那个曙天姑娘给我一本叫什么《呐喊》的，让我看其中的一篇《故乡》，说是现在最好的小说了。"

鲁迅（回转身，略带惊讶）："哦，是吗？阿娘说说看。"边微笑着，边坐回藤椅中。

鲁老太太："我对她说，没啥好看，我们乡间，也有这样事情，这怎么也可以算小说呢？"

鲁迅笑得烟卷都要从手里掉下来了。

许羡苏抬起头看着鲁母，手里依然在织着毛线："太师母，您说，真的有阿Q这样一个人吗？"

鲁老太太（若有所思）："老家倒是有个叫阿桂的。"

许羡苏（表情兴奋）："哦，真的？"

鲁老太太："但《阿Q正传》写的事不都是他，有些是别人的事，那是许多人的事拼凑起来的故事。"

鲁迅顾自在躺椅里，吐着烟圈，微笑着听她们对话，不发一言。

朱安仍然闷闷地抽水烟袋。

镜头：西三条前院夜景，丁香树影婆娑，鲁母房间窗子透过的光逐渐变暗到熄灭。

（画外音）

鲁老太太："休息去吧，老大！"

鲁迅："您早些休息，晚安，阿娘！"

镜头：西三条后院，两株枣树，午夜清幽的月光，万籁俱寂，大玻璃窗内灯火通明。鲁迅陷在老虎尾巴的藤椅里，叼着烟卷，吐出烟圈，望着墙上的藤野先生照片。桌上摆着稿纸。玻璃煤油灯罩着雪白的波浪纹纸罩，一枝猩红的栀子花，斜伸出来。

2022 年 6 月 28 日

大先生，吃了吗？

　　鲁迅离京前共留下 14 年的日记（1922 年为许寿裳抄），在《鲁迅日记》中搜索关键字"买""购"，共出现 1037 条结果，也就是说，在北京时期，鲁迅平均每年约有 74 次购买行为，每五天就要去消费，其中最多的自然是美食，出门聚餐还没算在内。

　　民以食为天。在鲁迅这里，"食"仅仅是唉饭这么简单吗？且不说，饮食文化里的地域风情，各种菜系的来龙去脉，以生活方式之名，足以领新旧文化盛名之风骚，仅仅虑及鲁迅在北京多样的文化身份，其频繁出入于传统老字号的同饮雅集，西式餐厅的高效节奏，便足以驱使镜头去紧密追踪一个人、一座城，多维度观照浸润其间的文艺深味、尚古雅兴，乃至摩登律动。

（一）主妇缺席的绍兴会馆

　　鲁迅并不是内向、孤僻之人，他与教育部同僚往来热络，友人更是不少。居住山会邑馆时期，虽是已婚男人，过的却是单身生活，一日三餐因没有女主人操持，使得与友人共食成为常态。无论小聚、大聚，也无论部里上司邀约，还是人情往来，抑或知己小酌，均成为鲁迅一日三餐中的主调。否则岂不成了一人向隅、面壁独食，无趣无味？尽管这样的时刻也经常有之。换句话说，鲁迅以友朋饭局解决了家庭川流不息的吃饭问题，成为其 S 会馆七年非常耐人寻味的存在方式。

谈起吃来，北京完备得很，清末八大菜系鲁菜、粤菜、闽菜、川菜、江苏菜、浙江菜、湘菜、徽菜，一应俱全。另有贵州馆、山西馆、河南馆，仅江苏馆又分上海苏州帮、淮安扬州帮，至于号称北京菜的，往往是鲁菜。

一个人吃什么、怎么吃，并不能充分说明他是什么个性的人，但是，在什么地方用餐，往往能够显示他属于哪一阶层，而经过着意装饰的就餐环境更加彰显了这一点。老北京有名的大饭庄，有长安十二春、八大楼、八大居，其中的大陆春、宣南春、海天春、杏花春、四海春、玉壶春、金谷春、煤市街的玉楼春；东安市场的中兴楼、森隆饭庄、新丰楼、泰丰楼、宾宴楼、集贤楼、珠宝市的华宾楼；宣外的广和居、便宜坊、西四牌楼的同和居、致美斋、南味斋、漪澜堂、西吉庆、劝业场上之澄乐园、小有天，大栅栏的厚德福、陕西巷的醉琼林、鲜鱼口长巷头条的同丰堂、颐乡斋、东四牌楼的福全馆、燕寿堂，东长安街的中央饭店、东安饭店、西长安街的西安饭店、中山公园内的瑞记饭店、四宜轩、长美轩、来今雨轩……如此繁多的名馆都曾经留下过鲁迅的欢声笑语。有学者统计，鲁迅在北京宴饮过的地方有 57 处，仅在前门地区就有 17 处。

鲁迅日记中出现频次最高的便是位于宣武门外菜市口北半截胡同的广和居，达 66 次之多。1912 年 5 月 7 日，刚刚抵达北京的鲁迅，"夜饮于广和居"。这个原名"隆盛居"的大饭庄，开业于咸丰年间。当年有不少来自南方的京官，成为这里的常客，他们在此宴请亲朋、议论时政，几乎将此当成了俱乐部。戊戌变法时期，谭嗣同、杨深秀等人就常来此密会就餐。

教育部的伙食不好，绍兴会馆里的长班负责代办饭食，菜就叫长班的儿子随意去做，有客人来就叫外卖，叫的就是广和居。花上几吊钱，不叫什么潘氏清蒸鱼、沙锅豆腐、炒腰花、四川辣鱼粉皮、清蒸干贝等拿手好菜，而是炸丸子、酸辣汤，伙计用很破旧的碗装着就送过来了，谁都看不出来自广和居。除了叫外卖，还可按月包饭记账，鲁迅就在宣内大街的海天春包了半个月，口味愈来愈差，只好退出。

20 世纪初年，一种源自外国使馆区的休闲和娱乐方式与古老传统共同构成了北京城市文化的主调。除了上述传统的老字号外，西餐更有英法大菜、俄式小吃，当西式饭店和中国人的生活还很有距离时，鲁迅有一段时间热衷于去西餐馆，以及购物和娱乐场所。例如去前门临记洋行购买领结、革履；去东城的法国点心铺购买点心，与友人喝咖啡（文中记为加非）、食欧洲饼饵、薄荷糖、牛肉、面包等，偶尔也吸雪茄烟。

据日记载，自 1913 年冬至 1917 年间，鲁迅与友人常到位于西单大街一个叫做益锠的西餐馆消费，后来干脆包饭。1917 年 4

月 1 日周作人来京，鲁迅带他去很多自己常去的地方休闲，比如广和居饮酒、升平园洗浴、青云阁啜茗等，但第一个去的就是益锠。那是周作人来京后的第二天，鲁迅专门请假，带他去那里午餐，不难体会大哥急于带弟弟共同体验一种移植到北京的新生活方式的兴奋。

除益锠外，鲁迅还去过欧美同学会（餐厅）、撷英番菜馆、西车站食堂、华英饭店，与日本友人共饮于西长安街大陆饭店、石田料理店，崇文门内的法国饭店、东长安街的德国饭店等高档西餐厅。其中，交通部承办的"西车站食堂"以经营德国大菜而享有盛名。1919 年 3 月 29 日，鲁迅在这里与周作人、陈百年、刘叔雅、朱遏先、沈士远、沈尹默、刘半农、钱玄同、马幼渔等十位学者教授聚会，时距五四运动只有一个多月。

北京菜分小吃、日常菜、年节或犒劳菜三种，鲁迅逡巡于诸如骡马市的采买也便如此分类，常买的有香肠、熏鱼、中山松醪、豆腐干、勒鲞、白鲞、牛肉、牛舌、火腿、摩菰（蘑菇）等等。饮食口味呢，并不完全是南方式的，主食也不排斥面食，常吃馒头、糖包子、春卷、虾仁面合等，鸡鸭鱼肉大闸蟹没什么忌口，素食当然亦可。不仅如此，包子、馒头还成为鲁迅艺术之眼里非常具有象征意味的文学意象。《示众》里的胖孩子嘶嘎地喊着"热的包子咧！刚出屉的……"。旁边的破旧桌子上，却是毫无热气的二三十个馒头包子，冷冷地坐着。鲁迅的确一下买过十二个馒头回家，更在中央公园司徒乔个人画展上购买过其炭笔素描作品《馒头店门前》。

　　一面是为了适应北方饮食习惯，一面也难免时时思念浙东的家乡菜，但大先生的菜单明显透着对闽式菜系的不喜，觉其不甚适口，有所谓红糟者无甚美味。他其实是喜欢北方口味的，以至于到了上海后，许广平还想专门请一个北方厨子，但鲁迅以为开销太大，未采纳。

　　在鲁迅那里，食与饮是有分别的。食有共饭、同食，饮有夜饮、邀饮、同饮、小饮、略饮、大饮，既有呼朋唤友的招饮，亦有二人对酌、孤影独酌，更有不亚于"永和九年的那场醉"的经典雅集，当然也有颇醉、甚醉，乃至大醉，甚至"尽酒一瓶"的豪饮。"何以解忧，惟有杜康"。鲁迅都饮些什么酒呢？威士忌、五加皮等烈酒有之，麦酒、白玫瑰酒、薄荷酒、苦南酒等特色酒更不可或缺。

　　聚餐的方式如何呢？有时是被邀宴，有时是做东道主，有时各出份子，如同西方 AA 制，有时直接带佳肴到同乡或友人、同僚府上做客，主人治馔款待。鲁迅最常去蹭饭的是许寿裳府上，日记中"夜饮于季市之室"仅次于"招饮于广和居"，可见二人最具真情，十分不见外。1913 年 1 月 19 日星期天，"季市烹一鹜招我午饭，诗荃亦在"。自己动手烹制鸭子，不知道是什么做法。

　　饭局有不同的目的，工作上如为同事钱行、晋升、上司召集，自当慨然赴之。1912 年 7 月 22 日大雨天"晚饮于陈公猛家，为蔡子民饯别也，此外为蔡谷青、俞英厓、王叔眉、季市及余，肴膳皆素"。1912 年 8 月 22 日，鲁迅被任命为佥事。晚上与钱稻孙、许寿裳饮于广和居，每人均出资一元。1914 年 5 月 9 日晴。"晚夏司长治酒肴在部招饮，同坐有齐寿山、钱稻[孙]、戴螺舲、许季上，八时回寓。"1915 年 9 月 29 日，时任社会教育司司长的高阆仙请鲁迅及教育部统共 12 人在同和居聚餐饮酒。

生活中逢年过节，红白喜事，乔迁新居，老人做寿诞，小孩过生日，岂能不聚餐？中秋、七夕、端午，均留下美好的回忆。"开琼筵以坐花，飞羽觞而醉月"（唐李白《春夜宴从弟桃花园序》）1912 年 9 月 25 日"阴历中秋也。……晚铭伯、季市招饮，谈至十时返室，见圆月寒光皎然，如故乡焉，未知吾家仍以月饼祀之不。"思乡之情溢于言表。"十九日……旧历七夕，晚铭伯治酒招饮。""1917 年 9 月 30 日晴。星期休息。洙邻兄来。朱蓬仙、钱玄同来。张协和来。旧中秋也，烹鹜沽酒作夕餐，玄同饭后去。月色极佳。铭伯、季市各致肴二品。"看来已经越来越欣赏北方视角仰望的明月了，更何况配以骎游于街，平添苍凉之静美。

有一种说法是喜欢抽烟的人不喜欢吃水果。这在鲁迅身上不见效。葡萄、香蕉、杨桃、荔枝、柚子、苹果等等南北水果都是他可心的。来到北京的第一个夏末初秋，9 月 5 日午后，鲁迅和钱稻孙遛弯儿至什刹海饮茗，待喝透了茶，步行到杨家园子买葡萄，当即在棚下吃个痛快，回到山会邑馆已是薄暮时分。

鲁迅的胃并不好，但他还是经不住甜食的诱惑，经常到前门一带的食品店购买零嘴儿，常去的中式点心铺有前门内西美居、观音寺街稻香村、晋和祥、利远斋、鼎香村、信远斋等，西式的点心店多去临记洋行、益昌、滨来香。甚至有时以零食取代正餐，买饼饵、饮牛乳以代饭。有意思的是，1914 年 1 月 7 日午后，鲁迅与"同人以去年公宴余资买饼饵共食之"。

（二）八道湾之饭桌风云

在八道湾三代同居的国际大家庭，饭桌不只是现实主义，还是表现主义。朱安就曾经选择为婆婆做寿辰的那一天，穿戴整齐，待亲朋好友都落座后，在桌边跪下，来了一场"生是周家人，死是周家鬼"的宣誓与控诉。历史得以一瞥旧式妇女的心灵波涛。

和谁在一起吃饭，不只是填饱肚皮那么简单，它还是一种礼法，一种仪式。家庭饭桌文化可谓熔中国特色文化于一炉的综合表征，不然，曹雪芹也不会费那么多笔墨于刘姥姥三进大观园了，所谓食不厌精，脍不厌细，那令刘姥姥咂舌的茄子花式做法，让人品出多少复杂绵长的传统中国味儿。而周氏兄弟失和，最直接的陈述便是鲁迅7月14日日记中的"是夜始改在自室吃饭，自具一肴"，不能共桌同食，在中国便是亲情的决裂，后果很严重。

一顿饭的工夫，历史的车轮已经改辙。

此后，要到哪里去问："大先生，吃了吗？"

（三）砖塔胡同的少女甜点

对于吃，大先生从不会委屈自己，虽说是"有关本业的东西，是无论怎样节衣缩食也应该购买"，如同"绿林强盗，怎样不惜钱财以买盒子炮"，但烟酒糖茶嗜好之深，让这类日常消费比之本业的书籍拓片却更加并行不悖。

甜食，让大先生的生命图表分布了75次医牙经历，绵延而成23年的看牙史，在日本留学时就去长崎治牙了。大先生喜欢吃什么糖？花样还挺多的，有柠檬糖、薄荷糖、甘蔗糖、马尔顿糖，就像小孩子一样把糖果装在口袋里，随时掏出来满足味蕾。王尔德说得好："抵抗诱惑最好的办法就是屈服于它。"刚刚看完牙医回来的路上，大先生居然买甜点犒劳自己，谁说大师比一般人更自律？夜里偷吃荆有麟从河南汜水县带来的柿霜糖，这圆圆的黄棕色小薄片，本是用来搽嘴角，治口疮的，哪知一尝之下，却是又凉又细腻，好吃得很，生口疮的时候又不多，不如趁新鲜吃掉……这大概是大先生最具平民性，最最可爱之处了。我们知道，写作是很消耗能量的，喜欢吃什么其实就是生命机体需要什么。可可、牛奶、咖啡、饼饵、饴糖、蜜饯、果脯、梨膏、葡萄干、冰酪、萨其马、日本的鸡蛋方糕、杭州的条头糕等等，都曾经出现在大先生的文字记录和同时代人的回忆录里。不过，平常大先生吃得最多的是花生米和萨其马，常常是放在书架的铁筒里，方便拿取，尤其是深夜写作饿了的时候。

甜食指定是女生的最爱，租住砖塔胡同期间，俞家三姐妹同住一个大杂院。少女们一会儿来到大先生房间，请他画人头、做玩具，一会又请批改不通的文章，大先生无论多忙总是耐心完成任务，还经常买糖果、点心给她们吃。一次，送了一包奶油蛋糕，未曾想俞芬并没有给两个妹妹吃，而是独自收了起来。鲁迅知道了女孩子的小心思后，再送就细致地分成了三份，大包的给俞芬，小包的给俞芳、俞藻，她们还不满 11 岁呢。

北京的叫卖吆喝声是有名儿的，在寒白的冬日，更加有味道，常有小贩拉着长音喊："萝卜赛梨呦——辣了换~~"这时，女孩子们就会舌尖生津，顽皮如俞芬总是忍不住带头找鲁迅，"大先生，请客！请客！"她们的愿望当然会得到满足。

但如果是卖桂花元宵的小贩来吆喝，就不一定，大家也会比较隐忍，因为元宵要贵得多。一次，又是俞芬忍不住了，来暗示大先生还从来没有吃过桂花元宵呢，许是俞芬嘴巴甜，会讲话，也可能大先生那天心情无比地好，居然爽快地答应了，还买了九碗，不仅俞家三姐妹、母亲、朱安每人一碗，连周家的两个女工和俞家的女工也有。这下，小贩高兴坏了，第二天又到周家门口吆喝了好久。

朱安有没有从这桂花元宵里望见最好的人生？

食物就是表现力。

（四）宫门口周宅的新文学客厅

在古代，有朋自远方来必饮酒，契阔谈宴、畅叙幽情。而在近代，随着同人杂志的兴起，聚餐已非旧京文士雅集传统的原生态，亦非消费时代快餐店里签单的变相资本博弈，而成为一种传统与现代交织的新文化知识生产方式。

海明威《流动的盛宴》中的丁香园咖啡馆、里兹酒吧，带着浓郁的巴黎风情，聚拢了一代流亡文学艺术大师，在世界文学史上留下"迷惘的一代"。而同时期的北京宫门口周宅、上海的内山书店，自有东方文人生态群落的凝聚力。

大先生用鼓励的话语，犀利的眼神，好吃的零食，醇厚的烟酒，挖掘着一个个精力旺盛的文学生力军的写作潜能。擎着煤油灯将文学青年送出宫门口周宅大门的剪影，成为后世木刻家镌刻的主题，也是 1920 年代以北京为中心的新文学生态之艺术明证。宫门口周宅客厅的餐桌、绿林书屋的木板床，亦随之成为其文化符号、物质载体。

比如说荆有麟吧，那时便"常常——几乎是每天，出入于先生之门"。"因为《呐喊》出了版，使先生在青年界，引起了广大的访问者，烟哩，茶哩，点心咯，酒饭咯，也得时时招待。"（荆有麟：《鲁迅回忆断片》）先生常用稿费买大批咖啡糖请青年学生们品尝。而山西的朋友如高长虹、阮和森等，则往往会送汾酒过来。大先生既出入于名流雅集，又惦念着饥饿中人，到北大红楼讲课时，常常向迫于生计、身处困境的文学青年们伸出援手。

自从许广平出现在宫门口周宅，此间的饮食格调静悄悄地发生着变化，引动着情感的走向，这可是追随大先生的文学青年中独特的一匹"害马"。

1925 年 6 月 25 日端午节，鲁迅和许广平、许羡苏、俞芬、俞芳一众女生同游白塔寺庙会，然后一起聚饮，大先生喝得醉意阑珊，颇感尽兴，据说"击'房东'之拳，案小鬼之头"，女生们以为是老师耍酒疯，头罩绿纱，纷纷逃走，过后又以致歉信的方式来夸口取笑，那意思，我们不但没吐，还能游白塔寺，尊师可好，居然"想拿东西打人"，谁说鲁迅不会吹牛？他回信以训词的方式扬言，"这日二时以后，我又喝烧酒六杯，蒲桃酒五碗，游白塔寺四趟，可惜你们都已逃散，没有看见了。"尊师拳击"某籍"小姐两名之拳骨，决非仰仗酒力，而是早就计划好的，谁让你们依仗"太师母"之势力，日见跋扈，欺侮"老师"呢？"倘不令其喊痛，殊不足以保架子而维教育也。"并且相约到中秋节的时候，如果白塔寺还有庙会，仍当请客……果然那年的中秋，许广平"远远提着四盒月饼，跑来喝酒"。

更精彩的则是又一年后许广平毕业离京前的谢师宴了，其时，鲁迅也正接受了厦门大学国文系的聘请，准备南下。饯行宴安排了好几波。8月9日是黄鹏基、石珉、仲芸、荆有麟在北海公园琼华岛上的漪澜堂订的仿膳，这里是每年中秋节为皇太后们摆夜宴，观看太液池放河灯的地方。北京特色的小吃点心非常有名，栗子面小窝头、豌豆黄等。任它清宫御膳如何尊贵又亲民，德国饭店、来今雨轩多么高大上，哪一顿饭也赶不上许广平组织的谢师宴。

众所周知，女师大风潮中，带头的许广平曾被开除，后在教授们的声援下，才得以恢复学籍，鲁迅便因具名《对于北京女子师范大学风潮宣言》书，公开违抗教育部关于关停女师大的部令，而一度被章士钊免职。有感于马幼渔、沈士远、沈尹默、沈兼士、许寿裳、鲁迅等诸位先生恩泽，遗憾之后请益的机会不再，恋恋不舍的国文系三位同学于毕业前夕，诚邀举办谢师宴，略备酒馔，聊表敬意，拟请柬如下：

　　××先生函丈程门

　　　立雪承训多时幸

　　　循循之有方愧驽才之难教而乃年届结束南北东西虽尺素
　　　之能通或

　　　请益而不易言念及此不禁神伤吾
师倘能赦兹愚鲁使生得备薄馔于月×日午十二时

　　　假西长安街××饭店一叙俾罄愚诚不胜厚幸！肃清

　　　钧安

　　　　　　　　　　　　　　　　陆晶清

　　　　　　　　　　　　学生　许广平　谨启

　　　　　　　　　　　　　吕云章

　　1926 年 8 月 13 号中午，鲁迅参加了谢师宴，席间老师还有
徐旭生、朱希祖、沈士远、沈尹默、许寿裳。后来鲁迅在宫门口
周宅回请，戏拟了这封请柬，精彩如下：

　　景宋"女士"学席　程门

　　　飞雪，贻误多时。愧循循之无方，幸

　　骏才之易教。而乃年届结束，南北东西；虽尺素之能通，
　　或

　　下问之不易。言念及此，不禁泪下四条。吾

生倘能赦兹愚劣，使师得备薄馔，于月十六日午十二时，假宫
　　门口西三条胡同二十一号周宅一叙，俾罄愚诚，不胜厚
幸！顺颂
时绥。

　　　　　　　　　　　　师　鲁迅谨订
　　　　　　　　　　　　八月十五日早

　　"不禁神伤"戏仿为"不禁泪下四条"，如此机智与幽默的动
漫感——鲁迅在日本时购藏了不少漫画书，包括夏目漱石的《我
是猫》漫画版——大概是最打动许广平少女心的地方，后来她在
回忆录中说，"有时简直呼之曰：四条胡同，使我们常常因之大窘。"
看来在先生面前没少哭鼻子。
　　这大概是鲁迅与许广平共享的北京记忆中最好吃的一顿饭
吧。十天后，二人相伴离京南下。

隼：鲁迅的另类签名

1909 年，留日归来的鲁迅到浙江两级师范学堂教书。他在自己装订的《察罗堵斯德罗如是说》译稿本的封面上，手绘了一个独特的图案，在几乎同尺寸大小的采集植物的记录本封面上，也画上了这个图案。（译稿本与记录本现均藏国家图书馆）这个独特的手绘图后来经常被误读为蜜蜂乃至火鸟，其实是隼。

众所周知，留学日本时，鲁迅师从章太炎习文字学。在《说文解字》中，"隼，雕或从隹、一"，是一个"十"字加一个代表鸟雀类意思的字根"隹"，合之意为直接从空中猛扑而下的鸟，即鹰隼之类的猛禽。

查鸟类学专著，隼形目包括所有的鹰类和隼类，隼科属中小型日行性猛禽。喙短而强壮带钩，身体呈锥状，两翼尖长，尾较长，为圆尾或楔尾。常栖息于林缘和开阔之境，飞行迅速有力。隼科中的游隼，在我国广泛分布，其腹部具有清晰的横纹，有时在空中巡猎，发现猎物后快速俯冲追击，甚至会伸出双脚"攥拳"击打猎物。还有一种红腿小隼，捕食前常有点头动作。这些特点都形象地反映在了鲁迅设计的图案里。

鲁迅手绘"隼"　　　　"隼"的金文小篆　　"隼"的金文大篆

"隼"字的金文大篆、小篆写法，与鲁迅的设计非常相像，可见鲁迅是以之为底，稍加艺术处理。鲁迅手绘的图案里鸟的形象仿佛有一大一小两颗头，大的头部眼目清晰，距离观者较近，小的线条简单，距离较远，仿佛用视觉暂留现象展现疾飞，确有神速勇猛之态。

鲁迅在情感上是亲近狮虎鹰隼等猛兽猛禽的，甚至宁肯以身饲之，在《半夏小集》中，他如此写道：

　　　假使我的血肉该喂动物，我情愿喂狮虎鹰隼，却一点也不给癞皮狗们吃。养肥了狮虎鹰隼，它们在天空，岩角，大漠，丛莽里是伟美的壮观，捕来放在动物园里，打死制成标本，也令人看了神旺，消去鄙吝的心。

"隼"是鲁迅使用的笔名之一，寄托了希望、奋飞的凌云之志。鲁迅用笔名"隼"的首发文章为1934年9月30日作的《"以眼还眼"》，1935年又有七篇论"文人相轻"的杂文，均缀此笔名发表。1934—1936 年间与友人台静农、郑振铎、徐懋庸、黎烈文通信，署名多用"隼"。

由"隼"衍生而成的笔名还有"翁隼"、老健的鹰、"旅隼"、游击的鹰，这些笔名正是"迅""卂""迅行""令飞""神飞"等笔名的同义变体。许广平说："旅隼和鲁迅音相似，或者从同音蜕变。隼性急疾，则又为先生自喻之意。"鲁迅一生书斋漂泊，辗转各地，在上海时所作杂文，还署过"旅沪一记者""旅沪记者"等名。"旅隼"正似游隼，令人联想到搏击长空、深攻入敌、勇猛迅疾的战士。

更有意味的是，"隼"与"迅"的发音在绍兴方言里是一样的，"旅隼"即"鲁迅"，听上去是一个词。在 1927 年 8 月 17 日致章廷谦的信中，鲁迅写道："案迅即卂，卂实即隼之简笔，与禹与禺，也与它无异。"

所以，"隼"的设计图案，是鲁迅早在浙江两级师范学堂教书时便开始使用的另类签名。

（原刊《中华读书报》2021 年 10 月 29 日）

树人装

服饰是文化的象征和标志。自黄帝制定了服饰礼仪，紊乱无序的天下从此井然有序。所谓"垂衣裳而天下治"。儒家体系下，衣襟不可反，右衽乎？左衽乎？此乃夷夏之别，不可马虎行事。清人入关后强迫汉人剃发易服，坚信只有汉族在服饰上与之认同，才会戮力同心，消泯狄夷之歧视。

从这一文化统绪打量辛亥前夜第三次来到东京的鲁迅，其精神面貌令人为之一振。鲁迅的好友许寿裳1947年在《亡友鲁迅印象记》中告诉我们，1911年，亲往日本接新婚的周作人回国的鲁迅，"新置了一件外套，形式很像现今的中山装，这是他个人独出心裁，叫西服裁缝做成的"。

独出心裁？这难道不是春秋季节，每一个路遇男子都会穿的短风衣吗？且慢，还是将时间轴调到110年前，彼时革命如南社文人，还在幻想赶走满族，恢复汉官威仪，峨冠博带，广袖飘然；激进如剪辫留学生，西装革履地回到故园，却成了父老乡亲眼中的"假洋鬼子"；威严如北洋政府则颁布了《服制案》，将长袍马

《鲁迅全集》2005年版第15卷卷首照片，下署"在绍兴时摄（1912）"

褂列为男子常服之一……

那么，鲁迅是如何面对穿衣问题的呢？

翻开人民文学出版社2005年版《鲁迅全集》第15卷，卷首有张照片一目了然。青年鲁迅，短发平头，背手昂立，略微侧过脸庞，目光充满了希冀。他的衣襟没有严格遵循向左开还是向右开，而是直接当中开缝，对襟、暗扣，简洁、熨帖。照片下面注明"在绍兴时摄（1912）"。

实际上，这正是鲁迅第三次来到东京时所拍摄的。北京鲁迅博物馆收藏有一副装帧精良的照片，可看到同样着装的鲁迅半身照，衬页上写着"一九一一年在东京时照"。在小住东京的半个月时间里，鲁迅专门设计了这款服装，特意找到西装裁缝精心制作，然后穿着它到东京"中钵"照相馆，留影两张。我们不妨称之为"树人装"。

从悠长的历史看过来，"树人装"完全颠覆了先王教化，无视什么合乎礼仪，融合了日式学生装元素，很日常，很实用，乃至很时尚。日常到十几年后有了类似风格的中山装，实用到绵延一个世纪，中山装早成历史，而"树人装"仍占据各阶层普通男子的春秋衣橱。

鲁迅涉足服装设计，展示的不只是天赋巧思，而是以厚重的历史做底子，体现出不凡的文化眼光和超前的现代意识。由此可见，服饰不只是提供了某种个性化的外表，在某种程度上更是现代性的表达。

然而，纵览鲁迅短暂的一生，影像中的先生最常穿的却不是"树人装"，而是长袍、长衫，正像他用了整个后半世的金不换毛笔一样，成为一种文化姿态。而他设计的唯一的这款"树人装"甚至仅仅存在于这帧照片中。

"我坐在厦门的坟中间"印入《坟》了吗?

鲁迅离开厦门大学去广州之前,曾于 1927 年 1 月 2 日到位于南普陀的公共坟场拍下一组照片。当天日记记有:"下午照相"。当时鲁迅拍了两张单人照,一张合影。单人照片里的鲁迅,坐在洋灰的坟的祭桌上,前面是丛生的龙舌兰。他给许广平写信说自己"像一个皇帝",因为龙舌兰在北京只有皇宫御苑里才有;在赠给章廷谦的同版照片上,鲁迅题写了"我坐在厦门的坟中间"(本文以此为本照片名称);合影则是与林语堂以及泱泱社成员一起拍的,鲁迅明显处于 C 位,被文学青年簇拥,还靠在一个有"许"字的墓碑旁,留给后人无限遐想。这一组相片因为以坟为背景,一直为世人所瞩目,并被认为是鲁迅为杂文集《坟》的出版而摄。史实果真如此吗?

一

关于鲁迅题赠章廷谦相片一事,后者曾在《关于鲁迅手书司

马相如〈大人赋〉》一文中如是回忆:

> 鲁迅先生是在一九二七年一月十五日离开厦门的,那时
> 我到厦门刚二十天。当他将要离去厦门的时节,一月上旬吧,
> 他送给我一张在厦门刚照的相,在黏贴相片的硬纸板上角,
> 还写了"我坐在厦门的坟中间"九个字,又题了上下款,盖
> 了名章。(现存北京鲁迅博物馆)

而将"我坐在厦门的坟中间"这张照相与《坟》的付印联系
起来,源自一则被广泛征引的材料,即泱泱社成员俞荻的回忆。
他在发表于 1956 年 10 月号《文艺月报》的《回忆鲁迅先生在厦
门大学》一文中说:

> 鲁迅先生看到那种坟墓感到很有兴趣,因为他在不久之
> 前,编了一本杂文集,叫做《坟》,所以他要单独在坟边照个相。
> 我们全体拍了照之后,我就扶着他,走到那高低不平的龙舌
> 兰丛生的坟的祭桌上,他就在那儿照了一个相。他对我们说,
> 这张照片将寄到上海,赶印到那本《坟》上去。因为《坟》
> 里的文章,有几篇是用古文写的。这张照片就算表示那集子
> 里几篇杂文,是被埋葬了的坟。

此则回忆被收入鲁迅博物馆、鲁迅研究室编《鲁迅年谱(增
订本)》第 2 卷(人民文学出版社 1981 年版);人民文学出版社

2005 年版《鲁迅全集》关于 1927 年 1 月 2 日日记"下午照相"的注释亦以此为据：

> 鲁迅离开厦门大学前与俞念远等学生在南普陀西南小山岗坟墓间留影。后将此照片印入同年 3 月出版的杂文集《坟》。

显然这条注释在采信俞获回忆的同时，又误将鲁迅离开厦门前的唯一合影，即与林语堂和泱泱社成员的合影理解为印入《坟》的照片，也就是说，采信回忆录时仍有误读，甚至很有可能将之理解成了阶级斗争意识浓厚的年代里将林语堂 P 掉的那张鲁迅与厦大学生合影。

然而，俞获的回忆准确吗？有没有误记，或 1950 年代特有的某种建构痕迹，甚至是自己也没搞清楚事情真相的成分呢？其实，只要查阅一下《坟》的初版本，乃至鲁迅生前所有四版《坟》是否收入这两张照片即可。

《坟》1927 年 3 月由社址位于北京马神庙西老胡同一号的未名社初版。1930 年第三次印刷才是上海的北新书局，因此，"我坐在厦门的坟中间"这张照相不可能照完后"寄到上海，赶印到那本《坟》上去"。那么，俞获是不是仅仅将北京误记成了上海呢？

查 1927 年 3 月未名社初版本、1929 年 3 月未名社第二次印刷本、1930 年 4 月上海北新书局第三版，1933 年 4 月上海青光书局第四版，亦即鲁迅生前最后一版，均没有将"我坐在厦门的坟中间"这张照片印入，亦没有鲁迅与林语堂及泱泱社合影时斜靠"许"字墓碑的合影。周国伟编著《鲁迅著译版本研究编目》(上海文艺出版社 1996 年版)中也根本没有提及。

二

既然鲁迅生前出版的四版《坟》里均没有将这张照片印入,会否鲁迅曾经有过此设想,而没有实现,或是因故改变主意了呢?

在目前见到的鲁迅书信与日记中,未见提及要将与坟合拍的单照或合影印入《坟》的记录。在 1927 年 1 月 2 日给许广平的信中,鲁迅写道,"今天照了一个相,是在草莽丛中,坐在一个洋灰的坟的祭桌上,像一个皇帝,不知照得好否,要后天才知道。"也就是说,最快 1 月 4 日才能拿到照片。然而除了 1 月 2 日的日记中记下拍照外,此后一周鲁迅日记中都没有关于照片拿到后拍得如何的记录。由于行前事多,在给许广平的信中,鲁迅连连叫苦,想必无暇提及照片小事,何况很快就会相见,可以面呈。1 月 10 日,鲁迅又记下,"上午寄照象二张至京寓",应该是将单人照与合影均寄给了寓京西三条 21 号的母亲大人。日记中没有提寄给北京的其他友人。同天给韦素园的信里说,"想《坟》已出",并且"开出一单附上",拜托韦素园代为一一寄赠好友。

其实,1926 年 10 月《坟》的正文便已初印纸样,11 月 4 日鲁迅又寄去序、目录和扉页小画(《261104 致韦素园》),11 月 13 日再寄跋语,11 月底收到陶元庆作的书面,12 月未名社为之做全面最后的校订,因此,至少在 1 月 10 日之前,《坟》已正式付印发排。设若鲁迅 1 月 4 日即拿到照片，五六天的时间即便能寄到北京，也不一定能够赶上改变排版计划，添印到杂文集《坟》里。更何况，在与韦素园的书信往还中，初版本《坟》的排版，鲁迅颇费思量，反复沟通，特别是补充了《写在〈坟〉后面》所增加的排版与印制等琐细问题，诸如首尾样式、目录安排、空几行几格、铅字号数等等，对韦素园都一一交代。(《261113 致韦素园》)然而，却未见有片言只字关乎作者寄赠相片及将之放于文集何处的讨论。

不过，1927 年 4 月 9 日，鲁迅却承诺给未名社成员台静农寄奉"我坐在厦门的坟中间"相片。鲁迅在信中说道：

> 我的最近照相，只有去年冬天在厦门所照的一张，坐在一个坟的祭桌上，后面都是坟（厦门的山，几乎都如此）。日内当寄上，请转交柏君。或用陶君所画者未名社似有亦可，请他自由决定。

这时《坟》初版已付印一月。柏君乃苏联人柏烈威，曾任北京俄文专修馆教授、北京大学俄文系讲师，因计划翻译鲁迅的《阿Q正传》，需配作者像，台静农代为向鲁迅索要照片。鲁迅拟选"我坐在厦门的坟中间"这张照片，嘱台静农转交柏烈威。不过，柏烈威的译作最终未见出版。

一般情况下，鲁迅的作品被翻译成外文出版时，因为代表中国作家形象，鲁迅才会郑重地照相附上。在国内所有作品文集的初版本中,仅发现1933年3月天马书店印行的《鲁迅自选集》刊有作者照片,其他均只有至简的文字,连《坟》附的小画都是唯一的。1928年,诗人李金发曾向鲁迅约稿并请照片刊登,鲁迅在5月4日的回信中说,"将照相印在刊物上,自省未免太僭。"杂志尚且如此,有审美洁癖而又洞悉读者接受心理的鲁迅,在《坟》中附上自己坐在坟中的照片,岂不更是僭越了读者的审美想象,折扣了审美期待吗?

三

为《坟》的初版本设计封面的是鲁迅最欣赏的青年画家陶元庆。封面上方分三行书为"鲁迅　坟　1907—1925",这是鲁迅的授意。下面的画,鲁迅原本设想的却并不是坟,而是"只要和'坟'的意义绝无关系的装饰就好。"(《19261029致陶元庆》)

不过,我们看到的面画是,云朵样的草绿色块,内中一大一小两个青灰色的三角形,显然是坟包,相交处为白色;左首应是一棵树,树干棕黄色,两个雨点似的落笔,分明是叶子;右首上方还有两棵树,树干变短,点变小,分明在远处;略大的坟前有一个白色的棺椁。整个构图简洁而有层次,采用了坟的意象,却毫无荒凉萧瑟之感,很符合鲁迅伴随着"淡淡的哀愁"告别旧我那自然平和的心境,可以说非常高妙地以坟的艺术符号呈现了鲁迅的意旨。《坟》的书面采用三色版石印,鲁迅专门请校三色板经验丰富的许钦文校订。(《261123致李霁野》)

翻开《坟》初版本的书衣，先是两张白色衬页，而后是鲁迅设计手绘的内封小画，锌版印制。仿佛是一个正方形的镜框，框内书写"鲁迅 坟"，方框右上角是一只可爱的猫头鹰，歪着脑袋，睁着一只大大的圆眼睛，很像是许广平的化身，因为鲁迅说"我对于名声，地位，什么都不要，只要枭蛇鬼怪够了"（《两地书一一二》），枭蛇鬼怪代指许广平；也可以理解成鲁迅，因为先生的绰号便是猫头鹰。方框边由六种不同的图案组成，雨、天、树、月、云，以及数字"1907–25"，这是《坟》所收作品的创作时间。月与夜还有象征二人之间爱情的典故。这幅小画，寓意丰富，远比与坟合影的照片更加含蓄、隽永，可以生发无限的解读空间和美学沉思。《坟》初版本整个审美基调余裕、雅洁，鲁迅在厦门与坟所照的一组照片，无论放在何处都显突兀、因坐实而破坏淡然、蕴藉、幽远之美。它压根儿不可能出现在鲁迅的设计预想中。

四

在乱坟岗间照相，真是地地道道的摆拍了，这在鲁迅倒不是什么特立独行，因为坟在厦门很常见——"空地上就是坟"，临别和文学青年去照相，很自然地就走进了这样的景观。鲁迅也不是追求什么名士风。他很明确地说，"专爱瞻仰皇陵""喜欢凭吊荒冢"那是正人君子之流的"名士"做派，类似于"刘伶喝得酒气熏天，使人荷锸跟在后面，道：死便埋我"，故作放达。而在自己，只不过就是"将糟粕收敛起来，造成一座小小的新坟，一面是埋葬，一面也是留恋"（《〈坟〉题记》）。亦谓告别速朽的文字与生活的陈迹，如此而已，完全是一种现代情怀。难道鲁迅会将"我坐在厦门的坟中间"的单照，或是斜靠"许"字墓碑与林语堂及泱泱社成员的合影，印到杂文集《坟》上，以示"放达"吗？想必更不会如此宣告他与 Miss 许的爱情，并且是有林语堂在的合影中。

直到今天，我们也很少看到，有多少人愿意去和坟合影。不敢与坟墓合影，暴露了世人的恐惧、迷信心理，没有人不认为这样做是自找晦气。其实，鲁迅也不是没有往这方面想。后来大胆向他提出这个疑问的，是一个叫长尾景和的日本人。他回忆在上海期间曾到鲁迅府上拜访，鲁迅当时便拿出一些照片给他看：

> 其中有一张是鲁迅先生穿着中国长袍站在墓穴里，一具棺材放在他身旁的稀有的照片。我看了说："这是一张难得的照片呀！"鲁迅先生说："中国因为有许多迷信，所以中国人是不喜欢拍这种照片的。"我说："日本人也讨厌在墓穴里和棺材一同拍照片的。世界上不论哪里，恐怕没有一个国家会喜欢的。"说完两人便哈哈大笑起来。（[日] 长尾景和，《在上海"花园庄"我认识了鲁迅》，载 1956 年《文艺报》第 19 号）

因为记忆不准确或理解偏差，长尾景和把坟场描述成了旁边有一具棺材的墓穴。看来，记忆的偏差、曲解乃至故意夸大，这种现象在人性中广泛存在。无论是《鲁迅年谱》还是《鲁迅全集》注释，将他人的回忆作为铁证而尽信，实为不可取。

鲁迅逝世后，"我坐在厦门的坟中间"这张照片曾经以"在厦门大学讲学时代之鲁迅先生"为图说标题，发表在黎烈文主编的《中流》1936 年第 1 卷第 5 期的"哀悼鲁迅先生专号"。此后，纵览各个版本的《鲁迅全集》，从 1938 年鲁迅全集出版社普及本开始收录此照片，但并未印在《坟》所在的第二卷，而是收《华盖集》《华盖集续编》《而已集》的第三卷，图说为"1926 年秋摄于厦门"；1956 年人民文学出版社版同此；人民文学出版社 1981 年版、2005 年版《鲁迅全集》亦将此照片收在没有《坟》的第三卷，图说为"在厦门时摄（1927）"。

（原刊《中华读书报》2020 年 6 月 10 日第 5 版）

鲁迅看日本：那最冷静与最敏锐的神经

鲁迅与日本的关系是很密切的。早年他到日本留学，从那里开始广泛接触西方文化，也是在那里开始文艺活动，逐渐形成了自己独立的思想。此后，他与日本人民始终保持着友好往来，对日本民族认真、善于学习等特点是很欣赏的。但这并不意味着鲁迅对日本军国主义是宽容的，后者甚至点燃了其日后弃医从文，用文艺改造国民性的终生理想。

早在仙台医专时，鲁迅就在时事幻灯片里目睹了日俄战争中日本人杀害俘虏的残酷景象，这使他深受刺激：被杀害的是替俄国人做侦探的自己的同胞，围观的竟也是自己的同胞，而教室里的同学们更是热烈地鉴赏着这有趣的场面，不时地拍掌欢呼！这对立志学医的鲁迅来说，是个空前的打击，他忽然感到国民的体格再健壮也是没有用的，倘若不改变他们的精神，将只能做毫无意义的示众的材料和看客，永远受到外族欺凌。从此，鲁迅致力于"改造国民性"的启蒙伟业，提倡文艺运动。

上个世纪三十年代，日本帝国主义由觊觎中国到步步入侵，作为一个文学家和思想家,鲁迅在自己的领域不遗余力地开展救亡运动,这种救亡以其特有的启蒙基调展现出来,渗透着"民族魂"的深沉忧患,然而,鲁迅的用心良苦和超越时代拘囿的勇气却总是被庸人误解,"汉奸"的骂名甚至直到今天仍可在互联网上时有所见。

这样的误解基本上是指责鲁迅当时的言论过于暴露黑暗,太悲观消极,起不到鼓舞民心的作用。实际上,鲁迅从来都不是一个肤浅的急功近利的救亡论者,他始终把国家民族的沦亡与民众精神的沦亡相联系,把以笔为旗的救亡行动与国民批判,尤其是腐败的国民政府的批判相联系。

试看,面对强敌的入侵,我们的国民政府是如何表现的呢?

1931年9月,震惊中外的九一八事变爆发。南京、上海等地的爱国学生,多次向国民党反动派请愿示威,强烈要求出兵抗日,却遭到军警的疯狂射击,珍珠桥边血流满地。血腥暴行的第二天,国民政府竟然发了一个电文,说学生们破坏社会秩序,叫嚷什么"友邦人士,莫名惊诧,长此以往,国将不国"。激愤中的鲁迅挥笔写就著名的《"友邦惊诧"论》,怒不可遏地喝道:"好个'友邦人士'!"

> 日本帝国主义的兵队强占了辽吉,炮轰机关,他们不惊诧;阻断铁路,追炸客车,捕禁官吏,枪毙人民,他们不惊诧;中国国民党治下的连年内战,空前水灾,卖儿救穷,砍头示众,秘密杀戮,电刑逼供,他们也不惊诧;在学生的请愿中有一

点纷扰，他们就惊诧了！

这极其精粹的短句，概括了日本帝国主义的侵略暴行和国民党反动派黑暗统治的大量事实，一针见血地指出所谓"友邦"，实际上是出卖祖国的国民党政府的"友邦"，对广大人民来说，却是死敌。

鲁迅晚年的杂文，大部分都是这样并行抨击国内反动派和日本帝国主义互相勾结，屠杀人民的罪行的匕首与投枪。《漫与》记道："'九·一八'的纪念日，则华界但有囚车随着武装巡捕梭巡，这囚车并非'意图'拘禁敌人或汉奸，而是专为'意图乘机捣乱'的'反动分子'所预设的宝座。"因此，所谓"攘外必先安内"，其实质不过是"安内而不必攘外"，说得更直截一些，就是"外就是内，本无可攘"了。鲁迅对这种"宁赠友邦，不予家奴"的汉奸哲学分析得鞭辟入里，把反动派假抗日、真反共的本质完全暴露在光天化日之下。

昏庸腐败的政府不能依靠，国民又是如何争气的呢？鲁迅痛心疾首地发现，在当时的中国除了麻木卑怯的庸众，就是投机做戏的"中国式的'堂·吉诃德'"。当日军几乎侵占了我国东北的全部领土时，上海的一些青年组织了"青年援马团"，要求参加东北的抗日军队，但是由于缺少坚决的斗争精神和切实的办法，加之国民党反动派的阻挠破坏，这个团体不久就涣散了。对此种儿戏般的救国行为，鲁迅有形象的描绘：

不是兵，他们偏要上战场；政府要诉诸国联，他们偏要自己动手；政府不准去，他们偏要去；中国现在总算有一点铁路了，他们偏要一步一步的走过去；北方是冷的，他们偏只着重精神。这一切等等，确是十分"堂·吉诃德"的了。然而究竟是中国的"堂·吉诃德"，所以他只一个，他们是一团；送他的是嘲笑，送他们的是欢呼；迎他的是诧异，而迎他们的也是欢呼；他驻扎在深山中，他们驻扎在真茹镇；他在磨坊里打风磨，他们在常州玩梳篦，又见美女，何幸如之。其苦乐之不同，有如此者，呜呼！（《二心集·中华民国的新"堂·吉诃德"们》）

除此之外，《摩登式的救国青年》、《宣传与做戏》、《真假堂·吉诃德》等杂文都是痛斥这些无异于沙上建塔，只能聊以自欺的救国行径，这于国于民没有任何帮助，徒增悲哀罢了。

九一八的炮火刚刚停歇，上海又燃起了熊熊战火。1932 年"一·二八"事变爆发时，鲁迅住在上海北四川路底的公寓，正面对日本海军陆战队的司令部。这天晚上，一颗子弹突然呼啸着穿过桌前窗户，把写字台后面他时常坐的一把椅子打穿了。幸好那天鲁迅没有写作，否则正中他的胸膛。"飞丸入室"打破了鲁迅平静的生活，转瞬间，他与家人陷入闸北火线，眼见中国人纷纷因为逃走或死亡而绝迹，自己也不得不避入英租界。后来，等到日本兵不打了，鲁迅就搬了回去，不想，有一天形势又忽地紧张起来，原来，那天是月蚀，按照中国旧俗，老百姓哗哗剥剥地放起鞭炮来，结果引起日本人的恐慌，以为是在开枪反抗。这种现实真是让人感到无奈和荒诞，鲁迅叹道："在日本人意中以为在这样的时光，中国人一定全忙于救中国抑救上海，万想不到中国人却救的那样远，去救月亮去了。"因此，他去北平辅仁大学演讲时，谈到日本的侵略行径，并没有照惯常思路去开口大骂日本，而是拿日本人和中国人作比较，说日本人凡事都很认真，中国人却松松垮垮："这样不认真的同认真的碰在一起，倒霉是必然的。"（《集外集拾遗·今春的两种感想》）

鲁迅这样讲一点都不过分，就在"一·二八"隆隆的炮声中，上海的马路上竟然到处都在卖《推背图》；1934年，"华北华南同濒危急"，上海又流传发售"科学灵乩图"，可以问试卷、奖券、亡魂，并声称是"纯用科学方法构就"，一时间，社会上沉滓泛起，封建迷信大行其道。面对这样令人失望的政府和愚昧的民众，有人把灾难中的国家寄希望于大学生，并指责北平的大学生不赴难抗日。鲁迅向来不主张盲目的爱国，国难当头，他坚决主张大学生们应该逃难，而不是"赴难"，他认为大学生的本职就是学习，既没有组织，又没有经过训练，也没听说前线的军人缺少，上级下令召集，为什么要去充当无谓的炮灰呢？况且——

现在中国的兵警尚且不抵抗，大学生能抵抗么？我们虽然也看见过许多慷慨激昂的诗，什么用死尸堵住敌人的炮口呀，用热血胶住倭奴的刀枪呀，但是，先生，这是'诗'呵！事实并不这样的，死的比蚂蚁还不如，炮口也堵不住，刀枪也胶不住。

这一切都是国民党一贯"用诰谕，用刀枪，用书报，用煅炼，用逮捕，用拷问"来"教育"学生的结果。"施以狮虎式的教育，他们就能用爪牙，施以牛羊式的教育，他们到万分危急时还会用一对可怜的角。然而我们所施的是什么式的教育呢，连小小的角也不能有，则大难临头，惟有兔子似的逃跑而已。"不过，鲁迅也没有单方面将责任归咎于国家教育，而同时提醒大学生"逃了之后，却应该想想此后怎样才可以不至于单是逃，脱出诗境，踏上实地去。"（《论"赴难"和"逃难"·南腔北调集》）

不仅如此，鲁迅更是关注儿童的身心是否能健康成长。有一次，不知道为什么，鲁迅爱子周海婴在外面玩耍时，竟被同胞当成是日本孩子而挨打。这引起了鲁迅的反思，他觉得中国人有一种错误的速断法：温文尔雅，不大言笑，不大动弹的，是中国孩子；健壮活泼，不怕生人，大叫大跳的，是日本孩子。但奇怪的是，鲁迅曾在日本人开的照相馆里给海婴照过相，满脸顽皮，确实像日本孩子，后来又在中国人开的照相馆里照了一张相，穿着同样的衣服，却很拘谨、驯良，是个地道的中国孩子。由此，鲁迅认为问题不在孩子身上，而是出在照相师身上，照相师所指示的站或坐的姿势不同，自认为捕捉的孩子的表情也不同。说到底，还是我们民族的教育观念和思维方式不同导致的。（《且介亭杂文·从孩子的照相说起》）中国思维教育下长大的孩子，总是低眉顺眼，很"乖"的样子，其实是不敢反抗，少有血性，而民族的积弱之深正缘于此。

所有这些其实都是鲁迅在五四时期就时常思考的启蒙主题，在民族存亡的关键时刻，他仍能时刻保持清醒的头脑，以自己特有的方式参与到救亡运动中，成为中华民族最敏锐和最冷静的神经。鲁迅一再提醒说："即使那老师是我们的仇敌罢，我们也应该向他学习。"不难想象，一个值得学习的民族成为自己民族的侵略者，这对"绝望中抗战"的鲁迅来说，其所掀起的内心痛苦比那些盲目狭隘的爱国者要深沉复杂得多。

反过来说，日本为什么就不能成为我们学习的对象呢？日本对于中国的研究远远超过中国人自己，甚至当时国人用的本国地图都是日本绘制得最详细，具体到中国每一个村庄的每一口井。九一八事变之后，中国也曾出现一股日本研究热，但除了一些站在狭隘的、赌气式的"民族主义"立场上散布的低能言论外，稍微有点内容的，却都是从日本人对自己的研究著作中剽窃过来的。针对这一现象，鲁迅写了《"日本研究"之外·集外集拾遗补编》，说道：

> 在这排日声中，我敢坚决的向中国的青年进一个忠告，就是：日本人是很有值得我们效法之处的。譬如关于他的本国和东三省，他们平时就有很多的书……关于外国的，那自然更不消说。我们自己有什么？除了墨子为飞机鼻祖，中国是四千年的古国这些没出息的梦话而外，所有的是什么呢？
>
> 我们当然要研究日本，但也要研究别国，免得西藏失掉

了再来研究英吉利（照前例，那时就改称"英夷"），云南危急了再来研究法兰西。也可以注意些现在好像和我们毫无关系的德，奥，匈，比……尤其是应该研究自己：我们的政治怎样，经济怎样，文化怎样，社会怎样，经了连年的内战和"正法"，究竟可还有四万万人了？

在一片反日抗日的时代浪潮中大声疾呼要向日本学习，这样做，本身需要很大的勇气，也会冒着被辱骂的危险的，但鲁迅能够穿越时代，看到救亡之根本，那就是国民的愚昧懦弱招致了外敌的入侵，而作为一个不可能上前线冲锋陷阵，而是在从事思想文化事业的作家鲁迅来说，这是我们应该佩服的其所能达到的最高境界。

实际上，鲁迅时刻在警惕日本对我们的意识形态演变，学习固然是一个方面，亲善却是决不可能的。鲁迅预感到日本占领中国后，一定会致力于对中华民族治心的，后来的事实也果然不出所料。1935年，在平津危急、华北危急之际，日本帝国主义高唱什么"王道仁政"，鼓吹所谓"日中亲善，经济提携"。尽管鲁迅本人为发展中日人民之间的友谊和文化交流贡献了很大的力量，但在日本帝国主义妄图吞并整个中国的时候，两国之间的友好就毫无基础。因此，在同一位日本人士的谈话中，鲁迅把这层意思说得很透彻：

　　我认为中日亲善和调和，要在中国军备达到了日本军备

的水准时，才会有结果，……譬如，一个懦弱的孩子和一个
强横的孩子二人在一起，一定会吵起来，然而要是懦弱的孩
子也长大强壮起来，则就会不再吵闹，而反能很友好的玩着。
（奥田杏花：《我们最后的谈话》，载《鲁迅先生纪念集》）

无论鲁迅同日本友人的情谊如何深厚，也不论鲁迅怎样客观
地批判本民族的劣根性，号召向敌人学习，一旦涉及民族尊严和
利益的原则问题，鲁迅从来都是立场坚定，旗帜鲜明的。他坚守
民族气节，以实际行动进行不卑不亢的斗争，赢得了中国人民的
景仰和日本友人的赞誉。

为使抗战宣传深入群众，鲁迅曾主编时事和文艺的普及性小
型报刊《十字街头》；"一·二八"事变后，他和茅盾、胡愈之等
43 人，联名发表《上海文化界告世界书》，抗议日本帝国主义侵
略上海，反对中国政府对日妥协；当从东北救亡前线回来的青年
萧红、萧军出版了描写东北人民抗日斗争的小说《生死场》和《八
月的乡村》，却在国民党控制的上海难以公开销售时，鲁迅毅然
为之作序；1936 年，抗日救国运动在全国各地兴起，北平文化界
也发表宣言，鲁迅特别注意与之决裂的弟弟周作人有没有在上面
签名。就在他临终前几天，还对周建人谈到他对这件事的看法。
他希望周作人"不可过于后退"，应该记住自己是一个中国人而
有所作为。可惜周作人置若罔闻，我行我素，终于成了民族的罪人。

在国际交往的场合中，鲁迅更是严峻地表达过自己的民族尊
严和感情。1935 年 10 月，日本诗人野口米次郎访问印度经过上海，

通过内山完造求见鲁迅。不曾想，会见过程中，他竟以殖民主义者自居，公然提出一个十分荒唐的问题："鲁迅先生，中国的政客和军阀，总不能使中国太平，而英国替印度管理军事政治，倒还太平，中国不是也可以请日本来帮忙管理军事政治吗？"对于这种猖狂的挑衅，鲁迅从容而机智地微笑说："这是个感情问题吧！同是把财产弄光，与其让强盗抢走，还是不如让败家子败光。同是让人杀，还是让自己人杀，不要让外国人来砍头。"这掷地有声的话语驳得野口面红耳赤，哑口无言。（内山完造：《回忆鲁迅的一件小事》，载 1957 年 10 月 7 日上海《劳动报》）

作为一个"荷戟独彷徨"的自由知识分子，真正使鲁迅看到光明，心灵得到慰藉的是中国共产党的出现。当红军长征胜利时，鲁迅发去了祝贺电报："在你们身上，寄托着人类和中国的将来。"党中央也评价鲁迅是革命的硬骨头，党外的布尔什维克。鲁迅了解到陕北生活艰苦，曾特地买了两只火腿，通过地下交通站带往陕北，送给毛泽东和周恩来。后来，张闻天、周恩来致信冯雪峰，转述了对鲁迅的问候、关切、敬重和信任之情，肯定了其为抗日救国的努力。正是从这里，鲁迅感受到了中国共产党的真实存在，并从中找到了与自己的思想合榫的地方。他于 1936 年 8 月发表《答徐懋庸并关于抗日统一战线问题》的长信，明确表示：

> 中国目前的革命的政党向全国人民所提出的抗日统一战
> 线的政策，我是看见的，我是拥护的，我无条件地加入这战线，
> 那理由就因为我不但是一个作家，而且是一个中国人，所以

这政策在我是认为非常正确的。

在"民族革命战争的大众文学"的口号下，鲁迅对于左翼作家和其他作家也寄予了殷切希望：

> 民族革命战争的大众文学决不是只局限于写义勇军打仗，学生请愿示威……等等的作品。这些当然是最好的，但不应这样狭窄。它广泛得多，广泛到包括描写现在中国各种生活和斗争的意识的一切文学。因为现在中国最大的问题，人人所共的问题，是民族生存的问题。（**论现在我们的文学运动·且介亭杂文末编**）

1936 年 10 月，由鲁迅、郭沫若、茅盾、巴金等 21 人，代表当时文艺界的各个方面，发表了《文艺界同人为团结御侮与言行自由宣言》，中国文艺界抗日统一战线终于初步形成。可惜的是，就在此后不久，鲁迅即因过度劳累，致使肺病恶化而与世长辞。他有幸没有目睹抗日战争的全面爆发，也令人遗憾地没有看到中国革命的最终胜利。

（原刊《大学生》2005 年第 7 期）

"留下一个真相"

——鲁迅与姚克

一

鲁迅与姚克，1933 年 5 月 26 日摄于上海雪怀照相馆

鲁迅留下的照片中少有双人合影，但有这样一帧：他旁边站着的是一位身材高峻、西装革履、发型一丝不苟的年轻人。这人是谁？许多熟悉现代文学的读者都觉得陌生。其实，他就是鲁迅最后几年交往频繁的姚克（1905—1991）先生。他比鲁迅小二十四岁，作为鲁迅小友，后来成为鲁迅葬礼上的抬棺人之一。

鲁迅与姚克交往的许多信息保留在存世的三十三封书信中。

打开这些信札，时光倒流至一九三三年三月五日，如同晴空的云朵向世间投下多情的影子，缓缓流过上海滩的街道、电车、洋楼屋顶……最后定格在一九三六年四月二十日。

发黄的信封上显示，收信人经常搬家，并且还在京沪两地奔波。"本埠法租界福照路邻圣坊六号""本埠麦特赫司脱路第四十巷第七号""北平煤渣胡同二十一号""北平西堂子胡同中华公寓四十七号""本埠静安寺路静安别墅六号""本埠霞飞路葆仁里二十一号"……

偶尔会看到编号，恐是怕寄信丢失而想的法儿。误投、丢信在上个世纪三十年代是常有的事情，更有无缘无故的检查、没收。于是，有的被贴上了"当地官长委员检查重封"的铅字条。有"鲁寄"，有"周寄"，更有"许寄"，即便就是鲁迅本人换着名称书写的，也可看出许广平为之费了不少心神。信札中，还出现了制作精美的请柬，含有贝多芬、莫扎特名曲的英文节目单……笔墨之外的文人雅集、文艺盛会，今人已无法穿越而身临其境，只有浮想联翩。

这是鲁迅先生一个人的叙说，他那用了一世的金不换毛笔，时而于尺素，时而在花笺，写下姚克先生、莘农先生、Y.K.先生、Y先生的抬头，我们却无法直接听到最初展信而读的那个年轻人，面对落款自称"鲁迅、豫才、迅"的文坛前辈，絮絮说了些什么。

现存第一封鲁迅致姚克短简，写在印有橘色线条、垂目静思的弓背罗汉的笺纸上，从抱怨北新书局办事散漫开始说起。看得出，这位姚克先生在一九三二年十二月四日给鲁迅先生写过一封信，委托北新书局转交。未曾想，载着满满期待的信笺静待了三个月，无人关注。三个月后，鲁迅又连着收到姚克两封来信，于是，立马给了对方确切的通讯地址，定了见面地点，要当面答复对方信中所提出的关于一本书的疑问。

三个月的等待，是什么样的心情？是什么书让先生愿意在内山书店与这位年轻人相见呢？

很快，就在先生回信的字里行间，读者领会到这位年轻人的热情、执着和认真劲儿。鲁迅告知自己的时间表，虽繁忙而欣然接受短暂见面，答复问题。同时知悉先生做事的细致和周全。刚刚寄去请柬，即刻再度写信告知。一次设在福建路大马路口知味观杭菜馆的隆重宴请行将开始，主要客人是"莘农先生"及"令弟"（即姚志曾）。

鲁迅开始主动邀约这位随后站在自己身边合影的年轻人。老地方北四川路底内山书店，不见不散。

一九三三年六月十八日，译文和照片等实质性话题浮现。社会形势颇严峻，"现在是常常有人不见了"。读历史大事记可知，中国民权保障同盟总干事杨杏佛即于此日惨遭暗杀。国民党特务发出的黑名单里，鲁迅的名字赫然在册。然而，先生在信中仅轻描淡写曰："近来天气大不佳。"对方在猜测报上所读到的文章是否为先生所写，关心先生是否一切安好。先生安慰道，虽有人受了恐吓，然而并不是自己，无须担心，因为"比先前更不常出外"。

贴了铅条的信封成为永远的隐喻——在检查制度和创造性思想之间，永远没有共同的尺度。

姚克去了北平。"未知何日南归"，先生有了淡淡的思念，信的内容也愈加丰富起来,"京派"与"海派"比较的灼见,闪现其间。

S君(即美国记者埃德加·斯诺)出场,使二人的话题更多处于中外文化比较的视野之下。

一九三三年十一月五日,非常长的一封信,写满四页素纸。对方关心的是评传,而先生却大谈与施蛰存的笔墨官司。鲁迅在信里说——"在古书中找活字,是欺人之谈"。姚克很期待先生再创作小说,先生难得地推心置腹:"多年和社会隔绝,不在漩涡中心,写不了小说了。"后附详细的对于评传之意见,可知是关于先生的评传。而先生秉持客观严谨的态度,细节一一纠正。比如,"我只编《莽原》,《语丝》是周作人编的,我只投稿。"又回答了对方三个关于小说译本的问题。

看来姚克是在翻译先生的作品,自己还要用英文作小说。对于后者,鲁迅极为夸赞,用了一连串"极好""极对的""极意先睹为快",并说,"中国的事情,总要中国人做来,才可以见真相。"先生平日里很少用"极"字,他的最高评价,往往就是"不坏""是好的"。能让"极"字在先生笔下高频出现的人,一定是让先生特别欣赏的青年才俊。

论小说,论诗,论美术,谈历史,谈治学,谈世象,面对这个视域宽广的二十几岁的小友的不断发问,五十出头的鲁迅兴致勃勃,灵感如同喷发的烟火,金句频频而现。要为先生的作品配插画,姚克是这么说的,"好的插画,比大油画之力为大。"鲁迅被深深触动了,不觉将之视为知己。先生极力提倡"末技",并溯源至汉画像,向对方和盘托出了多年的愿望——打算出版汉画像选集。而姚克主动请缨，希望译为英文，将中国这一独特的艺术遗产介绍到海外。先生殊为惊喜。

看得出，姚克交际十分广泛，结识不少国际友人，S君且不说，法国谭丽德女士、奥国魏璐诗（Ruth Weiss）女士，均引荐给先生。还有本国的美术青年王钧初、梁以俅等等。渐渐地，先生需要译成英文的文字，几乎都找姚克帮忙，包括赴巴黎木刻展作品目录、给寓居苏联的德国美术家巴惠尔·艾丁格尔（P.Ettinger）的信等。乃至给S君夫妇写信，需要怎样的礼仪、格式，也会让姚克先写出个样子来，照抄。

除了三十三封信笺，另有几个已经找不到当年信笺的空信封，其中一件用毛笔竖写着"本埠麦特赫斯托路四十巷第七号 姚莘农先生 周寄 五月二十八日"，比普通信封略大，像是寄贺卡用的。另一件用小楷毛笔横写着静安寺路的英文地址，虽然不小心被墨汁弄污，仍可辨认出姚克中文名与 Edgar Snow 的英文名共具其上。最后一件，用钢笔竖写着"棋盘街商务印书馆编译部 姚莘农先生 周乔峰 寄 六月二日"。

这是些什么内容的信笺呢？未知的谜底有待探究。

二

由信札堆起的团团疑云，不妨先到鲁迅日记里去释放。姚克，也被写作姚君、姚莘农、莘农、姚惺农、惺农，在日记中被鲁迅反复书写了一百四十四次。每一次用视线点击这些符号，脑海中的画面都会由模糊而愈加清晰。日常的生活流代入了镜头感。

初次约见时，先生正忙于筹划搬家，见面第二天，他便到施高塔一带看屋去了，准备迁居。在知味观杭菜馆的隆重宴请，是一个起风的晴朗之夜，鲁迅正式将姚君介绍给上海文学界，席间有郁达夫等，共十二人。某个夏日午后，姚克冒着酷热带来两帧照片，带走先生的《野草》《两地书》等二十余本著作。某个隆冬寒夜，鲁迅复信姚君，手指冻僵，装上火炉以取暖。某次姚克访大陆新村，前脚离开，黎烈文、萧军、萧红后脚迈进——一种人生状态浸入更为广大的生命群体中，互放的光亮……

信札与日记的互动又带出了更加具体复杂的问题：一九三二年十一月三十日，先生赴京探母后归来沪上，便见到了姚克的第一封信，并于十二月三日上午写了回信，可惜此信已不存世。还有，一九三三年五月二十八日，旧历端午，先生"以照相二枚寄姚克"，如今只剩下空信封，寄的是哪两张照片呢？

流水账似的日记原本就是有限呈现的艺术品，日常生活的表层之下，掩藏着无数深深的潜流。大量空白的存在，使得鲁迅与姚克数次见面时的场景、神态、心情、动作以及言语之外的默契，这越来越多的未知被更深层次地唤起，让人内心鼓涨着期待之帆。特别是一九三三年三月七日的首次见面和一九三六年九月二十二日的最后一面，是怎样的情境？

回忆录与信札、日记隔空对话，事件脉络、细枝末节渐渐彰显。主人公的着装、仪态、语调、动作、眼神、表情，这一切最先在先生逝世十天后，随着姚克沉痛的笔调逐渐明晰。

初见时的先生，身着藏青色哔叽袍子，宽大的袖口处，露出了内里绿色的绒线衫，脚蹬一双黑帆布橡胶底鞋。眼珠转动敏捷，看人时定直而尖锐，鼻子挺直，鼻孔宽大，颚肌坚韧，双唇紧阔，暗示着坚强正直的性格和百折不挠的精神。

而穿着崭新洋服、头发梳得精光的姚克，手里捧着笔记册，毕恭毕敬地端坐着，认真倾听先生抑扬顿挫的绍兴官话，努力理解着，思考着，原来那封被北新书局耽搁了的信札中所提到的书，正是中国现代短篇小说集 *Living China*，即《活的中国》。作为这本书的英译者之一，姚克的疑问甚多，比如，《阿 Q 正传》中的"三百大钱九二串"，《故乡》里的"猹"，这些蕴含着浙东风俗的称谓，用英语该如何表现，才能更好地传达神韵呢？

先生通过姚克手中的笔告诉我们，"三百大钱九二串"是绍兴乡下的一种陋俗，名义上是三百大钱，事实上每串只有九十二文，三串合着是二百七十六文，差不多打了一个九折。"猹"字是照绍兴土音创造的俗字，状如小狗，跑得很快，常在瓜田里偷西瓜吃。既不是獾猪，也不是刺猬、黄鼠狼，更不是绍兴独有的什么珍禽异兽，想起来大概只有"狗獾"足以当之，译成 badger 大抵是不错的。

镜头切换至鲁迅逝世三十一周年，香港九龙，姚克在书房"坐忘斋"奋笔疾书，思绪再次回到一九三三年的上海内山书店。而台北《纯文学》主编林海音大胆冲破当时台湾不能正面谈论鲁迅的禁忌，配鲁迅油画像刊发了姚克的回忆录《从憧憬到初见》，且高调评价这是一篇出自当代"文章高手"、难得的谈论鲁迅的文字。又一批新的读者清晰地明白了鲁、姚第一封信的去向，以及第一次见面时的详细过程。

鲁迅写于一九三二年十二月三日的第一封复信，姚克其实是很快就收到了的。那是用白纸小洋信封装着的素笺，先生用挺秀的行书，简洁直爽的措辞，客气地答应了授予其作品英文版权的请求。

原来，鲁迅日记中的"施乐君"，就是书信中的 S 君，美国记者埃德加·斯诺，后来以《西行漫记》一书闻名中外。斯诺于淞沪会战前夕结识姚克。为了向欧美世界介绍真实的、急剧变迁中的中国，斯诺决定翻译中国新文学，姚克提议首选鲁迅小说集《呐喊》《彷徨》中的作品。二人决定合作，首先需要征得鲁迅同意，没想到很快就得到先生的许可。兴奋的斯诺着急将鲁迅第一封回信作为著作权授权凭据寄往美国的出版社，忘记了影印副本，以致今人无从见到这封信。

至于被北新书局耽搁的第二封信，是因为翻译中遇到的问题非当面请教先生不可，然而，姚克在三个月的等待中，对未曾谋面的大文豪之心态，揣摩了良久。马上去信催询，未免显得浮躁，不如继续耐心等待。只是斯诺从北平来信一再催促，姚克才又给先生写了第三封信。

其实，《活的中国》并未收入《阿 Q 正传》和《故乡》。这书分为上下两部：第一部全为鲁迅作品，一共七篇，分别是小说《药》《一件小事》《孔乙己》《祝福》《离婚》和散文诗《风筝》，还有一篇意想不到的杂文《论"他妈的！"》；第二部遴选十四位左翼作家的十七篇作品，是采纳了鲁迅的建议而选入。

斯诺与姚克在翻译鲁迅作品时，合作方式就像东京时期的周氏兄弟。姚克先尽量忠实地将鲁迅作品翻成"直译稿"，再由斯诺修改成流畅的"二稿"，然后两人将二稿和原文勘对，逐字逐句地推敲，反复修改，务求忠实流畅兼而有之。不谙中文的斯诺称姚克为"能干的合作者"，"一位有才能的青年评论家、剧作家和散文家，并且是鲁迅的知友"。翻译正在进行期间，斯诺要到日本东京结婚，而且统一报社（Consolidated Press）也要调他去北平。此后，这项工作便更加仰赖姚克与鲁迅的密切联系。斯诺为翻译鲁迅作品而研究鲁迅生平，写了《鲁迅评传》，姚克将之译成中文后寄给鲁迅审阅，于是，便有了信札中鲁迅认真提出的十一条修改意见。《活的中国》于一九三六年十月由英国伦敦乔治·哈拉普书局出版。美国出版商是约翰·戴公司，老板是赛珍珠的第二任丈夫理查德·沃尔什。遗憾的是，鲁迅恰于此时病逝，未能见到该书问世。

综合信札和回忆录，可以推断，鲁迅对照片上这个"小布"气的年轻人印象非常好。能读出他的小说在形式上学习了西方，在人物塑造方面却传承了中国传统小说笔法，这可不是一般的文学眼力，看来姚克对英语和中国传统文化都很精通，特别是那股不弄明白问题决不罢休的执着劲儿，很有可能让鲁迅回想起了三十年前自己在日本东京的隐读岁月。那时候，兄弟怡怡，专注翻译异域文学，披荆斩棘，乐而忘忧。巧合的是，与姚君的初次晤面，来者并非一人，而是结伴的姚氏兄弟。

当年，为了避免反动当局对邮件的检查，鲁、姚往还信札常常通过在上海实业银行工作的姚克六弟姚志曾转寄。姚克来信里的译文，特别是英文稿件，鲁迅也常请姚志曾再做打字校订，或请其英译给国际友人的问候信。鲁迅日记中的姚志曾，多写作"省吾"，共出现十一次，一般是为传递信函，或者陪同姚克而来。

在上个世纪八十年代大陆纪念鲁迅逝世五十周年的活动中，姚志曾发表《伟大的形象 难忘的回忆》一文，其中提及鲁迅与姚氏兄弟一九三三年四月十三日第一次共饭，是在麦特赫斯脱路兄弟二人合住的寓所。二人用绍兴太雕和苏式菜肴招待鲁迅，先生本答应为 *Aisa* 杂志刊登作者相而来拍摄照片的，结果三人谈兴甚浓，不知不觉天色已暗，竟都忘记了饭后照相的大事。因此，才又有了五月二十六日的照相计划。

第一次共饭一周后，即四月二十二日，鲁迅张罗了知味观的宴请，是对姚家兄弟的回请，也是将姚克介绍给上海文坛的特意安排。鲁迅在自己设计的请柬上写下"令弟亦希惠临为幸 鲁迅并托"。姚克回忆在场的有茅盾、黎烈文、田汉、丁玲、郁达夫、楼适夷等十几位当时的文坛名家。同去的姚志曾晚年更追忆了先生席间谈话的风采——先生兴高采烈，纵谈时事，锋利地抨击权门、市侩，语调激昂，甚至站立起来，脱去长袍，只穿着短袄和毛背心，提高嗓门，继续谈论。先生特别提到"吊膀子"一词，让在坐者感到十分新鲜。后来写到《新秋杂识三》里边，发表于《申报·自由谈》。而那次宴请后，结识了黎烈文的姚克在《申报·自由谈》先后发表了《美国人目中的中国》《读古书商榷》《北平印象》等文章，鲁迅在书信中均郑重告知自己曾认真读过。由此可见，先生是如何真诚热心地鼓励和提携文学青年。

三

实际上，彼时的姚克已非文坛新人，只不过发力领域在英语世界。其母校东吴大学校刊《老少年》称赞其"著作等身，海内交誉"，盖因姚克在上海世界书局任编辑时，不但英译《茶花女》等著作，还编辑《大学英文选》，风行海内。一九三三年七月十三日，美国黑人作家伦斯敦·休士造访上海，现代杂志社、文学社等团体曾举行欢迎座谈会，由姚克担任翻译。休士赠送姚克短篇小说集《白人们的行迹》（*The Way of White Folks*），姚克选译了《圣诞老人》《好差事没了》等几篇刊于《译文》。

鲁迅逝世后不久，一些外国人正是通过杂志 *The China Critic*（《中国评论周报》）刊登的姚克英文文章 *Lu Hsün: As I Know Him*（《我所了解的鲁迅》），认识了我们的民族魂。姚克发表于 *T'ien Hsia Monthly*（《天下月刊》）的 *Lu Hsün: His Life and Works*（《鲁迅的生平与作品》），又让他们认识到鲁迅在中国新文学史上的地位——发现了中国新文学的"新大陆"，现代中国第一位人民作家——其小说中主要人物大都是古代文人不屑作为文学艺术表现对象的农民及普通人；同时知晓了鲁迅晚年"久藏心头"而未曾实现的三大愿望：一是从新的阐释角度书写中国文学史；二是编一套完整的汉唐石刻摹拓本；第三，也是最重要的，是写一大本回忆录，将现代中国历史上最动荡时期的戏剧性史实事件悉数收入。

那么，姚克何时正式到鲁迅的上海大陆新村寓所拜访的呢？所有的文献均显示是在二人相识一年之后的一九三四年五月。是月二十四日，由北平返沪的姚克留条内山书店，告知鲁迅先生自己的近况，此时的通讯地址是静安寺路静安别墅六号。鲁迅当晚回复，并邀请对方二十七日下午五点钟，惠临"施高塔路大陆新邨第一弄第九号"，"拟略设菲酌，藉作长谈"。二十七日晚，姚克果然在周宅夜饭，席间茅盾作陪。此后，深受先生信赖的姚克成了周家常客之一。

从一九三四年八月三十一日的信看，姚克复又返回北平，通讯地址是海淀，此后有一年的信件缺失。信件缺失的半年期间，先生日记中仍断续记下致信省吾，可见与姚克是间接保持联络的，只不过信件没有保存至今。自一九三五年一月开始，又有半年时间，姚氏兄弟双双未曾出现在鲁迅日记中。这一年秋天，姚克重回上海后，通讯地址固定在霞飞路葆仁里二十一号五号房。本年通信仅存两封。

重返上海滩的姚克参与编辑英文月刊《天下》，英译曹禺的代表作《雷雨》（连载于1936年1月至4月《天下》第2卷第1至4期），还担任明星影片公司编剧委员会副主任，是电影《清明时节》的编剧。特别值得一提的是，他加盟鲁迅、黄源主持的"译文丛书"编译队伍，翻译了萧伯纳的剧本 The Devil's Disciples（《魔鬼的门徒》）。一九三五年十月二十日的信中，鲁迅在催促姚克交稿，转给出版社付印。

一九三六年九月二十二日的最后一面，姚克带去周宅的正是《魔鬼的门徒》特印本，五十本中的第一号。先生正虚弱地躺在藤椅上，手指间仍夹着烟卷。他由衷地称赞书的装订和铜版之精，特别是中国锦的封面，在国内出版的新书中鲜有其匹。翻开书封，是姚克清秀的题字："鲁迅先生诲正 莘农，上海一九三六，九，一八"。

一九七七年，身在香港的姚克仍满怀深情地追念着最后一面时的先生，如何对他殷殷关切：加入明星公司后工作是否愉快？身兼英文《天下》月刊编辑，负担是否太重？而他在劝慰先生以身体为重的同时，只能遗憾地告知，*Living China* 已见于本年英国秋季新书目录中，至于何时能够寄到上海，尚未可知。

未料想，先生没有等到亲见《活的中国》面世，便永远离开了人间。肉身可泯，著作不朽。一九六九年，《活的中国》出版三十三年，也是鲁迅先生逝世三十三周年之际，日本东京有出版商愿重印该书，用于美国的中国文学和语言课程。于是，移居瑞士后的斯诺致函姚克，再度联手，鼓励姚克为再版写序文。

回首开篇提到的鲁迅与姚克在上海南京路雪怀照相馆的合影，其实，进入古稀之年后的姚公曾自言当年如何"小布"气："摄影时穿着一套那时最时式的西服，浑身'小布'气（那时'小资产阶级'文艺界通称为'小布尔乔亚'，简称'小布'），但鲁迅先生却并不因此而嫌弃我，可见他不是一个以貌取人的皮相者。"

而与这张合影同时拍摄的鲁迅半身单照——鲁迅影像史上最

传神民族魂写真，最早与斯诺撰写的《鲁迅评传》一起刊登在
一九三五年一月出版的美国 *Asia*(《亚细亚》)杂志，后刊于《活
的中国》扉页。

鲁迅逝世后，这幅照片被选为遗像，放大后摆在万国殡仪馆
供人吊唁。万分悲痛的姚克与斯诺一同署名，敬献挽联：

鲁迅先生不死

译著尚未成书，惊闻陨星，中国何人领呐喊；

先生已经作古，痛忆旧友，文坛从此感彷徨。

姚莘农、Edgar Snow 敬挽

在当时的报刊报道和新闻照片中，你会看到姚克作为鲁迅先
生治丧委员会"治丧办事处"工作人员，担任祭礼司仪，胸戴白花，
站在宋庆龄身边；看到他为先生抬棺扶灵，被称为"鲁门十二钗
之一"；看到他与欧阳予倩率领明星影片公司为先生的葬仪留下
珍贵的纪录片，并招待中外记者……

即便是当事人的回忆录，下笔写来也不可能完全客观至摆脱
对于历史的再想象。其实，关于如何在写作时遥想过去，鲁迅致
姚克信札中的议论非常精彩，至今仍广为征引。他一再鼓励后来
曾翻译京剧，并创作历史剧作的姚克，在编剧时尽量参照第一手
资料，譬如秦代的典章文物、汉时的生活习俗等，应多参看汉画像，
特别是《武梁祠画像》《朱鲔石室画像》。

鲁迅鼓励姚克——

·诚实写作，凭良心写作……为了能做到这一点，你必须直面现实，并且通过自己的经历获取对种种现实的了解。

·世界上洋热昏一定很多，淋一桶冷水，给清楚一点，对于华洋两面，都有益处的。

·只要写出实情，即于中国有益，是非曲直，昭然具在，揭其障蔽，便是公道耳。

四

先生去世后的姚克，辗转上海、欧洲、香港和美国，人们可以从旧报刊的报道中约略勾勒出他的人生概况。他留下的电影剧本、译著，以及后来浮现的回忆录和研究文章等材料亦透露了他肉身与思想的踪迹。早年有"小布"之称的姚克，一度成为上海滩小报炒作对象，但纵观其一生，有那么多扎实的剧作和译著，还有跨界的研究著作，实在是可告慰对他殷殷期待的先生。

抗战前夕，姚克去往苏联参加莫斯科戏剧节，其间战争爆发，只好先去英国讲学，后转往美国耶鲁大学戏剧系学习。一九四〇年，姚克回到孤岛上海，与黄佐临、吴仞之创办上海职业剧团。他导演的剧作有苏联剧作家柯泰耶夫的喜剧《新婚曲》，有王尔德的《少奶奶的扇子》，有杨绛编剧的《游戏人间》，还有自己编剧的《清宫怨》《楚霸王》和《美人计》等。他应邀在圣约翰大学、复旦大学等高校任教，讲授外国戏剧。一九四八年姚克南下香港，担任永华影业公司编剧,编写《清宫秘史》《玫瑰玫瑰我爱你》《豪门孽债》《此恨绵绵》《一代妖姬》《陋巷》等电影剧本,曾执教于香港新亚书院、联合书院、中文大学,并担任丽的电视台戏剧顾问。值得一提的是,一九六二年,姚克将鲁迅的中篇小说《阿Q正传》改编成电影。一九六五年,姚克再度赴美,先后在加州大学、太平洋大学、夏威夷大学任教。可以说,姚克是唯一在大陆、香港及英语世界不遗余力宣传鲁迅精神的传承者。

上个世纪五六十年代,由于大陆对《清宫秘史》展开了大规模的批判。侨居海外的姚克在大陆文艺界的视野中消失了,他与鲁迅合影中的形象也被抹去。

一九九一年九月二十六日,姚克在大洋彼岸给弟弟姚志曾的最后一封信中,写下这样一段话:

> 长吉的"小槽酒滴真珠红",李白的"吴姬压酒劝客赏",现今只见过开啤酒瓶的青年,怎能想像得出这是怎么一回事呢?此外,还有唐朝的地图若干幅,标示唐帝国疆域之变迁以及长安、洛阳的宫殿,街道、坊里、寺观、名胜,市区、郊区、陵墓……等等。例如,翰林院、梨园、教坊、平康里、灞桥、曲江池、慈恩寺……还有长吉任奉礼郎的太常寺,他居住的崇义里……都在那里?非有图示不能有具体的认识。还有官吏的服装,妇女的化妆……等等也非得有图片不可,因为现代人所常见的仕女画和舞台上的装束,都不是唐朝的时式妆,如果凭这些假古董来想像唐人之风貌,就差以千里了。

当时，从大学退休的姚克已经潜心李贺研究十四年，著有李贺新传，编有李贺年谱，并打算出一本《李贺锦囊歌诗集》。对于如何想象中唐，秉持了最大限度求真的严谨态度。

三个月后，亦即一九九一年十二月十八日，姚克心怀终于可以回到祖国的希望，却令人遗憾地病逝于旧金山，坟墓隔岸遥望故土。

"留下一个真相"，这与先生当年通信时所获的教益，贯穿了姚克的余生！

（原刊《书城》2020 年第 10 期）

跋涉者萧红

一只藤条箱、一个小皮箱，一件皮草，一本手抄诗集，两份出版合同，这一组藏于北京鲁迅博物馆的文物足以勾勒一个完整的萧红。

她是漂泊的——从异乡又奔向异乡。为了冲破封建桎梏，背叛了自己的根，去寻求自由，却注定命如蓬蒿，与孤独流浪相伴一生。

呼兰镇—哈尔滨—北平—哈尔滨—青岛—上海—东京—上海—北平—上海—武汉—临汾—西安—武汉—重庆—香港。

从离开家乡上中学算起，短短 14 年间，辗转 11 个城市，她必须随时收拾行囊。如今的行囊空了，却是装满了故事：贫穷的，饿着的，流血的，凄婉的……

她是美丽的——从外表到心灵，一双纤细的巧手裁制过美丽的衣裳，烹饪过美味的饭菜，更拾起灵动的笔，去深情描画人间苦难，寄予穷苦的生命最广大的同情。那是生的坚强，死的挣扎。作品的画面时而灰白，时而黯沉，时而也如印象派绘画般清丽变幻，一如微笑时她的面庞。

她来自寒冷的北方——原白色的裙式皮草，触之暖心，透着波西米亚气质。在南方不会再用得着了，再也不会回到那给了她梦魇与磨砺的哈尔滨，再也不要回到屈辱的伪满洲。

她的裙裾虽没有张爱玲的精致，却是在北方原野迎风飞扬过的。难怪鲁迅临终前经常喜欢看那样一幅木刻插图——一个穿大长裙子，飞着头发的女人在大风里奔跑，在她旁边的地面上还有小小的红玫瑰……多么具有萧红的气质，那正是鲁迅心所向往的美，也是他在上海的书斋生活中所一直欠缺的。

她有诗情——时时弥漫在散文、小说间，更是挥洒在羁留日本期间的手抄诗本上。粉色的笔记本《私の文集》，是很普通的日本式，封面右下角画着两只茶壶、一个苹果，内面就是折起来的十几页稿纸，已经泛黄，这是她的情感私语。一位 25 岁的正爱着的姑娘，谁没有这样一个神秘的本子呢？

蘸着蓝色墨水写下的钢笔字细腻、娟秀，柔中带刚，如同她的个性。诗行款款，抄下曾经的初恋，相思，纯真……为男性美深深迷恋——粗暴中也会有娇羞的一瞬，爱的踟蹰中，正有无限的风月……抒发异域的孤独，寂寞——"蜘蛛晚餐的时候，也正是我晚餐的时候。"……倾听无奈的叹息，幽怨的哭泣——"泪到眼边流回去，流着回去浸食我的心吧！"……深情悼念逝去的导师，牺牲的战友……

她又是幸运的——被唤作三郎的侠义文人、潦倒编辑，为了她不顾一切，将自己的命运和她的不幸捆绑在一起，她终于走出晦暗，沐浴在阳光下，从此充分施展文艺才华；她又有著名作家鲁迅先生的提携，父爱般的呵护，精神的哺育，倚靠的力量，恰恰都是她所欠缺而渴求的。她成长得飞快。

她很勤奋——流着清涕，在严冬徒有墙壁的旅馆里，用冻僵了的手不停地抄写。因了天赋和多难的经历，作品畅销。《商市街》《桥》在生活出版社的版税高达百分之十五，签名萧红，被用斜杠子划掉了，下面再写着的是悄吟。

"桌子可以吃吗？草褥子可以吃吗？"饥饿的呼喊，戳痛了读者的心。1936 年 8 月中，写着这样流浪着饿着的散文集《商市街》初版，短短一个月即再版。而前一年，鲁迅为之作序的《生死场》已经印行，观察细致，笔致越轨，她成为"30 年代的文学洛神"。

淞沪战争爆发了，她离开上海，去往大后方，行前将自己爱惜的东西交给了许广平保管（1937 年 9 月 29 日）。直到 1941 年病逝香港，再也没有回来。在珍藏了近 20 年后，许广平又将这些物件连同鲁迅的遗物一并捐赠给北京鲁迅博物馆（1956 年 3 月 21 日）。

日日飞向异乡的燕子终于停止了流浪。如同流星划过天际，又如同这美丽的小诗，不能宛曲尽致，却短促精粹，气韵隽永，闪烁着璀璨光华。

斯人已逝，她成为先生遗产不可分割的一部分。

（原刊《中华读书报》2017 年 2 月 15 日）

朱安：谁说我是礼物？

鲁迅与朱安的结婚，真是不必多说了，一个因为假装大脚，人还没下花轿，塞了棉花的绣花鞋就先掉了出来。另一个呢？虽说曾满怀豪情地在日本断发，回乡结婚时却要装个假辫子，压在红缨大帽底下，慌乱中，也让亲友们踏掉了鞋子。老辈们都说，不吉利啊。

大婚之夜，新郎抹眼泪儿到天亮，第二天搬出新房，到母亲房中去睡了，看来也是个妈宝。第四天，便带上弟弟周作人去了日本，把新娘还给了老妈。从此之后，郁闷的朱安就每天吸水烟袋。

鲁迅先生有发表权，后来他发了条微博说，"这是母亲送我的礼物，我只能好好地供养它，爱情是我所不知道的。"

跟帖里哭声一片。

先生的这句话能量太强了，从此之后，一提到朱安，人人脑海里就是一个没有情感，不会说话，不能被退还的礼物。话说宋代的唐琬被陆游休掉，都可以再嫁，不然就不会有沈园重逢题写《钗头凤》的千古唱和，生活在中华民国的朱安，假如回到娘家，难道就一定没有出路吗？答案只有一个，朱安深爱着大先生，不愿意离开。在她的心目中，大先生无论说什么，做什么，全都是正确。

还记得《故乡》的结尾吗？鲁迅写道："我躺着，听船底潺潺的水声，知道我在走我的路。"其实，躺着的不止鲁迅一个人，还有朱安，一个比他更迷茫的不识字的小脚女子。那一年她已经40岁，随鲁迅北上，从此再也没有回到故乡。

这是一次义无反顾的无路的选择。

1923年7月，兄弟失和后，鲁迅决定搬出八道湾，决绝地表明态度，"凡归我负责任的人，全随我走。"就是说，再不会走进八道湾一步。

他问朱安，你怎么看？留在八道湾，还是回绍兴朱家。如果回绍兴，我按月寄钱给你。

朱安想了想说，八道湾我不能住，你搬出去，娘娘迟早也要跟你去，我自个儿跟着叔婶侄儿侄女过，算什么呢？再说婶婶是日本人，话都听不懂，日子不好过啊。绍兴朱家我也不想去，你搬到砖塔胡同，横竖总要人替你烧饭、缝补、洗衣、扫地的，这些事我可以做，我想和你一起搬出去……

听着多么地扎心啊。

饶是鲁迅再言语犀利，此时感到的恐怕也是开口的空虚。看来这已经不是新婚时那一张白纸的朱安了，不知不觉，已经成长为大文豪的谈话对手，也算是没白在先生身边耳濡目染。

实际上，这是鲁迅第一次有机会表达两人分开的意愿。大家庭不是散伙了吗？大家庭的规矩也就不必再遵守了。这就是委婉地说要休妻，他心中是希望朱安回到绍兴老家的，然而，朱安却拒绝出走，让鲁迅负责。

这又是一次坚定的爱的选择。

无奈中，鲁迅只好带朱安到砖塔胡同 61 号租房子住，一住就是九个月。这九个月，对于鲁迅来说太漫长太难熬了，对于朱安来说，却是太幸福太短暂了。

鲁迅不愿和朱安说话，为了省得开口，他想了个法儿，把一只柳条箱的底和盖分开，箱底放在自己的床下，里面放上换下来的要洗的衣服，箱盖放在朱安的屋门右手，里面放朱安给他洗好的干净衣裤；箱底、箱盖上面各盖着一块白布，这样外人就看不出来了。

朱安心里话，打哑谜呢？那好吧。从此学会了暗中观察。今天晚餐，某道菜吃得精光，嗯，看来是大先生喜欢，下次多做点。明天的晚餐，某道菜基本没怎么动，嗯，大先生不喜欢，下次换个花样。所以说，善解人意从来都不是天生的，而是历久锤炼的结果。

丈夫读书写作，妻子收拾家务，没有家长干预，没有孩子吵闹，没有亲戚打扰，丈夫的生活终于全权由她来做主了，这岂不是太幸福了？鲁迅后来有篇小说就叫《幸福的家庭》。朱安无微不至地照顾着身体每况愈下的鲁迅，邻居学生吵闹，她上前制止，不要打扰了先生写作。年轻女孩子做体操，她也跟着去练习。

虽说是牙病、肺病、发热、腹泻、肋膜炎、神经痛，什么都犯过了，还吐了血，鲁迅在这九个月里，还是创作了小说《祝福》《在酒楼上》《幸福的家庭》《肥皂》，发表了《娜拉走后怎样》的演讲，写完了《中国小说史略》下卷，并编辑出版了小说集《呐喊》。

砖塔胡同的屋子很小，没有书房，先生这一系列劳作是在哪里完成的呢？并不是客厅，而是朱安女士的房间。其实，朱安对鲁迅的影响，不仅仅表现在照顾他的生活，在身后保存先生的遗物，还以自己的方式进入了鲁迅文学——《祝福》里的祥林嫂，《幸福的家庭》里那个很"尬"的"劈柴"太太，连同后来写于西三条老虎尾巴的《伤逝》里的吉兆胡同，都可以看到朱安的影子。甚至就连刚结婚时让鲁迅反感至极的假装大脚的行为，还在近三十年后的上海，进入鲁迅杂文，添亮一笔讽刺："古人比今人聪明，她决不至于缠小脚而穿大鞋子，里面塞些棉花，使自己走得一步一拐。"（《由中国女人的脚，推定中国人之非中庸，又由此推定孔夫子有胃病》）

朱安可不知道自己还有这么大作用，她自顾自寻思着，只要好好服侍丈夫，孝敬婆婆，终有一天会感动大先生，发现从前是错待了她。她自比是一只蜗牛，从墙底一点一点往上爬，爬得虽慢，总有一天会爬到墙顶的。这句话就是她坐在西三条21号北房的台阶上，对晚辈同乡俞芳说的。

然而，从1906年结婚到1926年离开，二十年里，大先生和朱安女士之间始终保持着最最纯洁的男女友谊。当老太太嫌朱安没有儿子时，朱安和别人抱怨说，大先生终年不同我讲话，怎么会生儿子呢？

朱安也不是没刷过存在感。有一次，还是在八道湾的时候，鲁老太太寿诞，请了很多宾客来开家宴。开席之前，朱安穿戴得整整齐齐，慢慢从房间走出来，忽然，"扑通"一声跪在亲友面前，说道：我来周家已经许多年了，大先生不很理我，但我也不会离开周家，我活是周家的人，死是周家的鬼，后半生，我就是侍奉我的婆母。说完话，叩了头，退回房去。在场的人无不震惊。

五四一代的新女性受了教育，有了话语权，特别是留过洋的新女性，喜欢 annouce，宣告个性解放，宣告自由恋爱，订婚、结婚都要登报发声明。

朱安的这一举动，让人看到，一个没有受过教育的旧式妇女，是如何确认和宣告自己的价值的。虽然只是有限的几个亲友，但这样的场合，对于只能在厨房忙碌的朱安来讲，是一个自我宣泄和释放的机会。餐桌，就是她的社交媒体啊，她，就是这样，来抗议合法的丈夫如何把妻子当空气。

朱安的微博点击量剧增。鲁迅对朋友说，"你看，中国的旧式妇女也很厉害，从此所有的同情，都被她争取了去，大家都批评我不好。"拉仇恨有效果。周作人就承认，大家都可怜朱安。

女人"生是某家人，死是某家鬼"，男人"二十年后又是一条好汉"，这就是"万恶的旧社会"那些不识字的苍生们"从来如此便对"的金句。

朱安的怨恨有多深，爱就有多深。

真的搞不懂，像鲁瑞那么开明的女性，自己都能够读各种新旧小说，甚至看日本人办的中文报纸，在晚清天足浪潮中，是家族里第一个放开大脚的，却要给最疼爱的留洋日本的长子，找一个不识字的小脚女子，做终生伴侣，难道是怕儿媳妇跑得比自己还要快吗？

鲁迅太难了。大才子虽然这期间针对易卜生的《傀儡家庭》，发表了《娜拉走后怎样》的演讲，在女性解放这个话题上，思考独特，观念先行，然而，他的真正意思其实是说，娜拉一摔门，"不是堕落，就是回来"，"还有一条，饿死了。"

20年之后，新文学第三代作家、大才女张爱玲，拈起新文学之父的话头，嫣然一笑，更加机敏犀利地嘲弄了这个潇洒苍凉的手势，"走，走到楼上去——开饭的时候，一声呼唤，他们就会下来的。"

一个经济上不能独立的女性，永远不要谈什么解放。从这个意义上讲，鲁迅对朱安的供养，给了她最大的安全感。西三条21号就是分家后鲁迅给予朱安的港湾，当然，这是给母亲养老的地方。但是，这处不动产，无论从法律还是伦理的层面，显然，朱安是名正言顺的女主人。而且她在这里生活的时间最久，23年的韶华流逝。

北京鲁迅博物馆现藏鲁迅亲笔记的家用账三本，体现了鲁迅与朱安之间的经济维系。家用账采用农历，符合中国人的生活习惯，传统节日的时候方便安排。三本家用账总共35页360条，时间分别为癸亥年、甲子年、乙丑年，即公历1923年8月2日至1926年2月11日，前后有两年半，横跨了鲁迅租住砖塔胡同和从西三条离开这个时间段。

　　家用账只记大项，旧历十一月十九日有拜寿钱一项，这一天是鲁老太太的生日，安排了庆祝活动。看得出，朱安选择在老太太寿诞之日当众表白，是早已酝酿好的计划，也是怨气积聚的总爆发。

　　家用账还显示，周家年中过节有节赏，年底有"年犒"，是给女工和车夫的。还有一项是零用。1924 年 5 月 25 日鲁迅携朱安从砖塔胡同搬来西三条，9 月时记有煤油一项，说明这时可以点煤油灯了，之前三个月都是用蜡烛来照明。最初，朱安每月生活费 150 元，零花钱是 5 元，后来增加到 10 元，1932 年后，身体不太好，加到 15 元。母亲鲁瑞一直是每月 20 元。

　　甲子年家用账在农历六月初四之后，写的是"以下失记"，这是怎么回事呢？原来，1924 年 7 月 7 日，鲁迅离京赴西安，暑期讲学一个月。农历八月初一，先生回来，又开始记账了。

　　账本中钱数的记法，和现在也不一样，小数点后面有三位数，代表着"角、分、匣"，可以看出当时的币制，有铜圆，还以"吊"计价。家用账月有小结，年终有总结算，体现出鲁迅勤俭的家风。真是笔笔的柴米油盐，妥妥的现世安稳。

　　虽说鲁迅与朱安，各有各的人生，鲁迅对朱家，却始终以礼相待，不但帮助朱安弟弟的儿子找工作，还不时寄钱资助朱家。鲁迅离开后，西三条全由朱安当家开支，俞芳帮她记账。先生承认朱安的家庭地位，经济方面非常信任，尽了一个丈夫应尽的责任。

　　鲁迅去世后，婆媳相依为命，生活来源主要靠上海寄来的鲁迅著作版税。鲁老太太去世后，落水的周作人负担着长嫂的部分费用，最初是每月 100 元，随着物价上升而涨到 200 元。朱安并不愿收这笔钱，因为鲁迅生前，绝不会要周作人一分钱。并且这笔钱也解决不了她贫困的生活，上海那边一度断了经济供应后，她听从周作人的建议，决定出售鲁迅的藏书。

许广平得知这一消息后，心急如焚，给朱安写信劝阻，委托律师在《申报》上发表声明。上海文化界进步人士匆忙北上，前去制止。

1944 年 10 月 14 日下午四点，鲁迅学生宋紫佩带领唐弢、刘哲民直奔宫门口西三条 21 号，前来劝阻朱安。朱安正在堂屋用晚饭。碗里是汤水似的稀粥，桌上碟子里只有几块酱萝卜。

看到老人凄凉的晚景，来者语气和缓地说明了来意。朱安先是一言不发，后来掷地有声地说：

"你们总说鲁迅遗物，要保存，要保存，我也是鲁迅遗物，你们也得保存保存我呀！"

当朱安了解了日本宪兵逮捕许广平的经过，了解了上海的难处，也就释然了。她说很想看看海婴，因为大先生就这块心头肉了。

有了持续稳定的生活费供给后，朱安女士自然就不再出售藏书，而是更加尽责地保护好鲁迅的遗物，直到 1947 年 6 月 29 日在这里病逝。她所精心守候的先生的藏书、拓片成为北京鲁迅博物馆馆藏的主体。

（原刊《青岛文学》2020 年第 10 期）

鲁迅，在你必经的路旁

假如你喜欢在都市中漫游，却忽略了光顾博物馆，你的损失不能不说是令人遗憾的。

假如你喜欢到书海中遨游，内心深处肯定有过很多感动和追忆会与"鲁迅"这个名字紧密相联。

那么，不妨在一个气朗天清的秋日，到鲁迅博物馆寻觅先生的足迹，你收获的将是意想不到的丰饶。

坐落在阜成门内（宫门口二条 19 号）的鲁迅博物馆，是一个闹中取静的传统园林式庭院。这里绿草如茵，佳木葱茏。先生的白色半身雕像伫立在风中，长长的围巾似乎翩然起舞，触动着你的思绪翻飞。他侧目凝视着东南方——那是故乡浙江绍兴的方向。他的脸部线条呈现出一贯的硬朗，双眉微蹙，好像直到今天也一刻没有停止过思索。

民国时期漂泊在北京的鲁迅，居无定所，先后搬家四次。在宣武门外南半截胡同的绍兴会馆住了七年后，他卖掉故乡老屋，在西城区八道湾首次置业，过了四年稳定的大家庭生活，然而却因与周作人失和不得已迁出，又在砖塔胡同临时租住九个月。1924 年他终于再次筹款买下了阜成门内西三条一所幽静的小四合院，即现在的鲁迅故居，直到 1926 年南下前，先生一直居住在这里。

故居内最有特点的是被戏称为"老虎尾巴"的书房，又叫作"绿林书屋"。还记得平易近人的藤野先生吗？至今他的照片仍悬挂在鲁迅书桌对面的墙壁上。另外还有一张司徒乔先生作的炭画《五个警察和一个○》。画面展现的是当时反动统治区五个警察驱逐一个带孩子的讨饭孕妇的悲惨情景。鲁迅偶然发现这幅画后，立即买下来，将其挂在床前，至今未动。这足以看出人吃人的世间疾苦给鲁迅带来的是怎样深入骨髓的震撼。就在"绿林书屋"内，先生完成了《坟》、《野草》、《华盖集》、《华盖集续编》和《彷徨》中的部分篇章，翻译了许多外国文学作品，取得了非凡的艺术成就。

八十个寒暑过去了，故居内鲁迅亲手种植的丁香树早已亭亭如盖。她们倾听过先生的谆谆教诲和青年人的欢声笑语，每到春天，就绽放出烂漫的花簇，昭示着曾经的似火年华。当你驻足园内，屏息静听，风里云里，若远若近，互相传唤着的，竟好像是那些与先生交流时不再困惑的，年轻而热烈的声音呢！

鲁迅先生希望自己的文字"速朽"，却无意间留下了中国现代文学史上最丰富的精神遗产。从 1950 年至今，鲁迅博物馆已收藏文物藏品 3 万余件，其中先生的文物就有 21258 件，包括文稿、书信、日记、译稿及先生的藏书、汉画像砖、墓志拓片等收藏品。先生的手迹淡雅圆润，清新洁净，有着鲜活的生命光泽；而同时代人萧军、萧红、瞿秋白、许寿裳、钱玄同等人的遗物，亦散发着厚重的历史感。这一切与鲁迅"在绍兴"、"在日本"、"在北京"、"在上海"的大型生平陈列一起，共同再现了上世纪初的文化情境，点燃你对昔日峥嵘岁月的想象。

当下，以鲁迅为话题的争论早成众声喧哗，无论褒贬都日益验证着这一精神存在所带来的整个世纪的激情。而将鲁迅还原至人间烟火，在他日常生活的痕迹中，仍有很多线索，足以引发你的深思。面对他浩瀚的藏书和丰厚的著述，面对他俭朴的生活环境，和仅仅 55 年的短暂一生，你会惊叹，同样是普通的一个人，却可以做到如此的不普通。鲁迅正是以自己独特的人格魅力显示出了不朽。

所以说，鲁迅从来就没有离开过我们，他一直就伫立在你必经的路旁。对于我们的眼睛和心灵来说，千万不要错过了"发现"。

"无穷的远方，无数的人们，都和我有关"

北京鲁迅博物馆鲁迅生平陈列以"鲁迅的道路"为主旨原点，以先生一生足迹所至为时空坐标，分割出绍兴、南京、日本、归国、北京、厦门、广州、上海八个版块。每个版块以鲁迅诗句点题，概括其心路历程和精神底色。

整个展览内容框架基于人物传记式叙述，使之具体化的是以518件文物文献、600余幅图像等传统纸质文物为主体支撑起来的丰富展品群，内含珍贵的国家一级文物。展厅分为上下两层，以1400平米的容量，500米长的展线，高度浓缩了横跨晚清民国两种制度，一个世纪以来，一代新文化先驱的生平史、精神史。

展陈设计独具匠心，展示类别除了标配展板展柜，还包括艺术装置、场景复原、多媒体互动、背景音乐、听觉漫步等等多姿多彩的呈现方式，尽可能多地采用传统与现代的各式组合。

博物馆是一个象征空间，在这个象征空间里，所有的文物和展品已然成为逝去历史的符号。那些从历史背景中散落下来的一件件见证物，被置于一种新的联系和秩序当中，同时也是观照历史的再维度化和再语境化。就鲁迅的一生而言，入学文件、毕业执照、聘书、薪俸收据、家用账、便条、名片、合同、修书工具等等物件，已经不可能再回到过往的时光流，带着温度，依次出场。它们必然会被纳入某个结构，以零度情感召唤多种可能。而作为世界文豪，鲁迅的文化伟绩主要体现在由一个个文字、一张张手稿、一本本巨著垒积起来的宏大文化工程，这些成果则以版本墙的方式集中呈现，给观众带来强烈的视觉冲击和心灵震撼。

走进序厅，环顾四周，可见以坚韧的野草为装饰的墙面，"野蓟经了几乎致命的摧折，还要开一朵小花"。大量的留白正是鲁迅所欣赏的艺术形式，而亲笔手书的小传在正前方赫然出现，走近后，可以看清先生以独有的质朴洒脱的书法、简明有力的语言高度洗练地概括了自己的大半生。

序厅正中央是一座几何造型的金属镂空装置，仿佛一束光直冲天际，主体部分由鲁迅语汇组成，醒目的有"民魂""生命"等等字眼儿，你还可以找到更多更多，在探索和寻觅中充分体味中国现代语言大师如何开创了我们的新文学。装置中间嵌入了一个满是铁锈的正方体，令人不难想到鲁迅在《〈呐喊〉自序》当中曾如此写道："假如一间铁屋子，是绝无窗户而万难破毁的……"从整体造型来看，是铸剑？是桅杆？是如椽大笔？是雷峰塔的倒掉？还是立体主义思潮？观众会在各自的脑海中形成更多的意象。这样的艺术装置也彰显了鲁迅一贯的试验性和先锋姿态。

进入主厅，映入眼帘的是巨幅折角画作，一望无际的茫茫原野，曲折蜿蜒的道路逐渐廓清，展现在世人面前。视线所及并非具象的拓荒者披荆斩棘、勇往前行的步伐，而是首先获得一种辽阔感，穿越到不可见的过去与未来，增强对于展览主题"鲁迅的道路"的敏感度，打开进入历史的新通道。

接下来便是三维时空里的鲁迅生平，以所历时代为经，地理为纬，以人物生活、业绩为突出向量，八个板块次第展开。绍兴17年，南京4年，日本7年，归国3年，北京14年，厦门4个月，广州8个月，上海9年，55岁的短暂一生，却是仰之弥高的永恒之巅。先生的童年是亮丽的，青春是葱茏的，爱情是浪漫的，著述是宏富的，人生是多彩的，虽然历史遗留下来的照片是黑白的、文物是沧桑的。仔细观察就会发现，每一个版块都选用了与之相应的颜色和地域特色建筑、风俗画虚化为底纹来烘托那一段独特的岁月。

第一层，首先打开的是故乡绍兴，同时也打开了一个美丽的悠悠水乡。迷人的百草园，难忘的外婆家，遭遇冷眼的当铺，高高在上的药店，被囚禁的祖父，魂牵梦系的《山海经》，刻板然而自有乐趣的三味书屋……天真烂漫的迅哥儿一路跌跌撞撞走来，终于不得不十八岁出门远行，走异路，逃异地，寻求别样的人们，南京承载了戎马书生周树人的青春年少；东渡扶桑，负笈远学，断发明志、弃医从文，"我以我血荐轩辕"，日本成为鲁迅一生的转折点，也成为中国走向现代无法绕过的他者；辛亥革命胜利，江河为之色变，共和旗帜下，故国的教育事业任重而道远；革命后的北京仍是"炎天凛夜长"，几经沉寂，几番曲折，终于迎来新文化运动的滚滚春雷，而以创作实绩被誉为旗手与主将的鲁迅，也只有在这里才会遇见自己的终身伴侣。

循着鲁迅南下的轨迹，等待观众的是旋转而下的楼梯以及四周墙壁上绘制的南下路线场景图——前门火车站、天津浦口车站，上海外滩万国建筑群和厦门鼓浪屿海面上的帆船，步步代入。

负一层，四个月厦门大学教书的不快，伴随着爱情的倾诉，迎来了创作的高峰和明丽期；血色广州"城头变幻大王旗"，竟不料在革命的策源地遭逢大时代的血雨腥风；上海"十年携手共艰危""寒凝大地发春华"，于家庭，于同道，于文艺，于学术，皆走向人生的巅峰，然而，先生是一个普通的人，有幸福时刻，有激情时刻，有深思时刻，也有孤独时刻，更有衰弱时刻……在去世前十一天，他留下唯一的面带笑容的照片后，终于渐行渐远，永离我们而去了。

如果说，展墙上的照片是静态的、不可触及的，那么，新媒体则以动态的图像形式，拉近与观众的距离。鲁迅相关影像资料不间断地滚动播出，点击屏幕，便可查阅先生生前小说、诗作和杂文的影印版文献资料，以及他所收藏的几千幅金石拓片。与新媒体结合的还有空间场景，鲁迅就读仙台医专期间细菌学课堂上曾经使用过的反映日俄战争的幻灯片与当时的新闻照片瞬间闪回，强烈冲击目力，令人驻足反思。上海部分专门布置了一个亭子间，观众可以坐下来打卡拍照，既可以休息，又增强了临场感，在观众内心架起一座主体和物体、当下与过去的桥梁。

如果一个历史人物的生平展仅仅由生硬的史料贯串连缀而成，仅仅是将丰富性压缩为一句话、进行上图下说的概述叠加，它和一本合上的厚厚的文献书无异，是无心接纳更多更宽广的心灵的。展览需要对话，需要多视角地融入与情感的浸润。音效装置可以将人们无法看到的历史深处，无法抵达的心灵深处的东西诱导、召唤出来。"鲁迅的道路"背景音乐采用了以普希金的诗歌《暴风雪》为主题创作的同名交响套曲。普希金被誉为俄罗斯文学之父、俄罗斯诗歌的太阳，也是鲁迅最早接受和喜爱的外国作家之一。无穷的远方，无数的人们，如何在沉痛地呼号，无边的夜里如何孕育而生战斗檄文……所幸，人类有不需要听懂语言而获得沟通的文艺方式。有心的观众还会发现鲁迅唯一的散文诗集《野草》的有声朗读音频，扫描二维码后即可开启听觉漫步。

纪念厅以"又为斯民哭健儿"为题，呈现了鲁迅逝世后下葬的场面，《鲁迅全集》传世的各种版本，以及后世艺术家创作的多幅鲁迅的面容木刻作品墙。整个纪念厅没有引导性评论，没有预设结论性的诠释，没有结合成简单的历史学教学课，或者是纪念仪式，而是通过由作品的不断再版，不断被改编成的各种文艺形式，不断以各种语种在全球的传播，不断产出的研究成果，以无限生长的方式，邀请观众自己建立与民族魂鲁迅的精神关联。

大屏幕前，再次回顾鲁迅一生的道路，也是中国由传统走向现代的道路。

"其实地上本没有路，走的人多了，也便成了路。"

（原刊《中国文物报》2021年11月23日第5版）

鲁迅手稿的独白

上世纪，有一个人，用"金不换"毛笔，轻蘸墨汁，在我四方的躯体上，自右至左，由上而下，顿挫游移，挥洒轻灵的腕舞。我感到阵阵清凉，亦感到波波颤栗，不由得涌起了皱褶。他盯着我思考的目光太过犀利，常使我感到被穿透的疼痛。

他在我的身上画下了什么样的符咒？如今我也100岁了，他早已离开我，不再正襟危坐在我的面前，均匀地呼吸，偶尔叹息；不再摩挲我，用手指捏着我的一角，对着我抑扬顿挫地说出我听不懂的话，我只有随着他发声的节奏，轻轻颤抖。他倾注了心力反复描画在我身上的印痕，成了我生命的肌理。干结的墨汁，删改的标记，独有的清香，使我从无数同样的宣纸中长成，我活了。

对于自己的诞生，我高兴非常。我甚至会思考阿Q的故事，活在他的故事当中。

很多人说他并不在意我们，曾经无情地将我的兄弟丢弃。用我们擦桌子，包油条。对此，我早已选择性地遗忘。我只记得他爱惜我的洁净，担心排字工人将我弄脏，为此而写信给书局老板

"乞请掷还",甚至不舍得将我寄出,而不吝精力地再抄一份。于是,我有了叫做"清稿"的姊妹。只有现在叫做电脑的东西才会自动备份,而我们"原稿"与"清稿"却是一母双胞,即使难以区分,也是两个有血有肉的生命体。

我能分辨出他和除他之外的任何一双手,爱人的,朋友的,编辑的,校对的,手民的,后人的,……我从他的案头辗转流落到多个地方,很多学者文人在我的身上留下各自的题跋,我甚至知道他们子孙的名字。

我家族中的大部分先后来到了档案馆、博物馆、图书馆、纪念馆,尽管分散各地,却因分担了风险而更加安全。工作人员戴上白手套,将我们一一装进套封,轻轻放置。我们在最终的家庭里渐渐变老。因为免受灰尘、光线、高温、潮湿、烟雾、虫蛀之苦,我们衰老得缓慢而健康。

还会有人来看我,读我,欣赏我,对我的诞生考订再三,将我与铅字排印本对勘比较,更或者在我仍然柔韧的躯体里寻找记忆,真诚地向我询问。真想说,他还活在我的身体里,用人的语言,可我所能做的只有用植物特征默默传递——我所经历的许多生命,所拥有的许多灵魂。让我惊喜的是,有的人接收到了,爱上了我的丰富,甚至爱上了我的瑕疵和晕渍,以为那里散发出了最浓郁的思想芬芳,铭刻下了最隽永的历史选择。我们仿佛热恋了,愉快地迎来每一次初见,厚重的研究成果就是他们写给我的一封封情书。

有时,我休眠在寂寞的库房;有时,我清醒在透明的展柜;

有时，我栖身于皮箱，漂洋过海，来到另外一个国度，在别样的人们面前展示他们眼中别样的我——用中国毛笔写在中国纸上的中国故事。我听到了他活着时没有听到的赞叹。

我的家族命运多舛，战乱时有被日本宪兵搜去的，即使承平时期来到了博物馆，也有被强行调走，下落不明的，为此，他的她忧心如焚，遽然辞世。我的家也不得不被派驻部队守卫，实行了军管。十几年后，散失的亲人方才团聚。如今，我们还会进入拍卖行，身价不菲，被一掷千金者拍下秘藏。

我们当然会死去，化作片片，随尘土飞扬，直至消失殆尽，据说在人类的知识范畴内，今天还没有任何挽救如我族类的"无痛"方法。我们是所有植物产品中的贵族——纸质文物，国家一级。对于我们的收藏与保护，成了一种生态关怀。为此，那些热恋我们的人，面对新生视觉媒体、互联网、电子书、有声书的汹涌，为我们的衰容再唱深情的挽歌。他们不堪忍受将我们粗糙地翻印在书页上，那是一件残忍的事。于是，我们被夹在高亮的扫描仪内，在强光下不断复制，又或者被反复拍照，以影印后的簇新形象去面见公众。我的寿命延长了吗？仿佛是数度重生——穿上华丽的珂罗版线装，一函函神气地立在那里，限量发行为绝对奢侈品。然而，他当初留下的墨香温润早已日渐飘散，无可追寻。

他叫鲁迅，他在我们的躯体上画下的是共同的胎记——"民族魂"。

（原刊《中国文物报》2015 年 3 月 17 日第 2 版）

栖居在鲁迅的结构里

鲁迅是 20 世纪中国文化史上的丰碑式人物，一位深受景仰的现代文化宗师。他思想广博精深，对世事洞察深刻，无论为人、为学、为文，都给后人树立了楷模。他对中国现代文化的开拓奠基，对人性光辉的不懈追求，吸引和聚拢了众多追随者。

时至今日，他那"背着因袭重担，肩住黑暗闸门"的担当精神、"踏了铁蒺藜向前进"的硬骨头精神、"改造国民性"的启蒙精神、"从没有路的地方开辟出路来的"拓荒精神、"深沉的韧性的"战斗精神、"俯首甘为孺子牛"的奉献精神，已成为凝聚中华民族的向心力。他的"立人"主张、"一要生存，二要温饱，三要发展"的改革观点、"人类彼此不隔膜，相关心"的文艺理想、"拿来主义"的文化交流观念，业已成为全球化时代多元文化冲击下的稳定层面和文化差异中的和谐音符。

在中国现代文学史中，他以新文学之父的地位，占据第一章；他给中国人留下了多少难忘的文学记忆，每次重读他的作品都像是初读那样会有新的发现。他运用的语言简洁、洗练，是最具真正"中国味儿"的优秀现代白话文的典范。他营造的文学世界既给人以苦涩的回味，也给人以慰藉和启迪。他对人生困境的洞察和直言不讳的揭示，令人震撼。他所探讨的具有人类普遍性、长期未解决的问题，永远具有现实意义。

鲁迅在各个文化领域的深刻造诣和奠基地位，使得许多教育机构以鲁迅的名字命名，比如，延安鲁迅艺术文学院，鲁迅美术学院，鲁迅文学院，等等。全国各大出版社每年的出版物中，关于鲁迅的书籍可独占一个专柜；在全国社科研究规划中，以鲁迅为核心辐射的立项课题占有极大的比重；在中学教材里，他入选的篇目最多；在博物馆，他留下的遗产成为国家一级文物；在美术界，他的肖像成为美术家争相创作的表现主题。当然，时尚坊间也有以他的形象制作成的新锐文化产品，这些都充分证明了社会各界对鲁迅文化业绩的认同和他持久的影响力。

尽管如此，很多青年反叛过鲁迅，迫不及待地宣告鲁迅过时。鲁迅活着的时候自不必说。在他身后，从 1984 年莽汉派诗人李亚伟在代表作《中文系》中讽刺文学教授"把鲁迅存进银行，吃他的利息"，到 1998 年新生代作家朱文、韩东发出"断裂"问卷，要搬掉"鲁迅这块老石头"；从 1999 年葛红兵发表《为二十世纪中国文学写一份悼词》，宣称"鲁迅实际上是一个半成品的大师"，到如今 80 后知名作家韩寒面对媒体表达"我个人并不很喜欢鲁迅"……敢不敢反叛鲁迅似乎成了公众敢不敢说话的标志，成了一个写作者能够走出"影响的焦虑"的成功指数。

如果活到今天，鲁迅已经 130 岁了。然而，他去世早已 75 年。

在漫长而又短暂的时光隧道里，他被各界人士左看右看，看了又看；前评后评，评了再评。"看鲁""说鲁"，被掺入了过多时代情感和个人情绪，一度成为社会的晴雨表和风向标。大众心目中的鲁迅已偏向于固定化的脸谱印象。卓越的事物亦被滥用。套用专业术语说，鲁迅是被过度阐释了。但凡有独立性的年轻人，总要对积累下来的传统观点抱有异议，至少在姿态上要与之脊背相向，否则便有被目为不富创见的危险。其实，鲁迅是喜欢这样的青年的。他们身上流淌着的难道不正是他那挣脱束缚，去除羁绊的文化血脉吗？尽管他们也许不打算承认自己正栖居在鲁迅的结构里。

我身边还有这样的年轻朋友，提起鲁迅，便不假思索地贴出一串标签：心胸狭窄，睚眦必报，喜欢骂人。在对事物了解不全面的时候，最容易下断语，把叛逆当个性。这样的朋友其实并没有真正地遇见鲁迅，尽管也许他们读了很多关于鲁迅的文章。力量在阐释之外。除了阅读文本，还是要带上一颗诚挚的心和宝贵的成长经历，到博物馆和纪念馆中来驻足、流连、探索，这样会更加完整地理解鲁迅，贴近鲁迅，和他鲜活的生命一起脉动。

面对先生的遗稿手泽，亲手摩挲批阅、装订修补过的藏书，亲自装帧题签的著作、编选的文集，精心设计翻建的居所、书房，用心打格子描画的账本、日记，一丝不苟记录下来的医学笔记，兴致盎然中栽植的花草树木……全身心浸入他的真实经历和文学世界，全然融入他的所思所想，乃至嗜好品味，领悟他的孤独绝望，倾听他的沉思絮语，感受他"火的冰"式的激情投入……

如此，你方会领略，经典是如何生成的，为何如此长盛不衰？才会深入理解，文学艺术如何与现实社会发生交锋，又如何紧密融合；才会幡然觉察，一个人做过公务员、编辑、教师、学者、作家、翻译家、艺术批评家，并不难得。难得的是，在做每件事情的时候，都那么勤奋精进，呕心沥血；你才会不可遏止地持久思索：如何能像他那样用炽热的心来感应世界？如何清醒地面对现实？如何明察自我、重塑心灵？

慢慢地，你已与他心领神会，宛如挚友，并感同身受：他曾经那样生动地在人间活过，他对人生有着那样深沉热烈的爱！

最后，你细细端详他留下的几十张照片，如镌刻般的脸庞，横眉冷对，鲜有笑容，坚毅的目光中传递出内心蕴含着的无边热力。他原封不动地等在与你真正遇见的地方，而此前的你只不过是在寻找自己。

为纪念鲁迅诞辰 130 周年而作

（以《遇见鲁迅是一种荣幸》为题刊于

2011 年 9 月 27 日《人民日报》）

追随鲁迅永远的心

与任何一本书的相遇，都是一个和作者共想、共情的过程，甚至不只是文学作品的幻想世界，现实生活中，走到一起的人，往往都有一个共想，即共同拥有，或说认同一样的梦想。所谓同人、圈子，所谓文友、笔友、网友、微友，实际上都是因了那份共同的想象的吸引凝聚而来。不同的称谓只是彰显了科技不断进步中，时代对汉语的工具性筛选。

我认同自我奋斗，所以为他或她的雄心和成功鼓与呼；我认同世间情重，所以为他或她的悲欢离合哭和笑；我认同彼岸世界，所以为他或她的幻觉憧憬沉与醉。直到有一天，这样的痴迷止住，因为与鲁迅相逢。构筑在内心的繁华世界忽然轰毁，一种当下的反省，深度的观照，缓缓升腾，诸多纷飞妄念，不再起起落落。

自 2004 年来到北京鲁迅博物馆工作，十年光阴，倏忽而过，大部分日子都从鲁迅故居"老虎尾巴"的外墙走过，已经远远超过了先生在此居住的时间。一个世纪，一墙之隔，不要问我鲁迅与许广平是在哪个房间定情的，先生吸烟的时候又是惯用拇指与食指捏着烟卷呢，还是拇指与中指，更不要说什么"鲁迅的守灵人""鲁迅文化的传播者"这些令人生畏的称呼。虽然我的工作已然离不开这一符号，打开电脑，所有的文件夹都冠以鲁迅的名目，鲁迅会议、鲁迅研究月刊、鲁迅论文、鲁迅图片……就连在院内散步，绕到静僻的角落，蓦然发现浓荫蔽日下的燃气装置上居然还是执着地印着"鲁迅中压A2箱"……

杰出人物被符号化，是他的影响绵延。鲁迅当然有着自己独特的魅力，他文字的力度，思想的敏锐，心灵的纯粹，知识的多闻，胸怀的练达，对事物真相的认知与把握，促成了他以"民族魂"的高度贯穿古今。我有幸经由鲁迅开启问学之路，得以与这样一个伟大的灵魂贯通体验，有时不免将一切都源于他，有时又幻觉在借他理想的翅翼飞翔，这是一个不断调伏驰散的心，在持续的纠偏中接近真理的探索过程。

纪伯伦在《先知》中说："在你的孤独里，你曾守卫我们的白日，在你的清醒里，你曾倾听我们睡梦中的哭泣与欢笑。现在请把我们的'真我'披露给我们，告诉我们你所知道的关于生和死中间的一切。"

无意去证明鲁迅是先知，只知道，他为我们讲说爱——"创作总根于爱！"凯绥·珂勒惠支"以深广的慈母之爱，为一切被侮辱和损害者悲哀，抗议，愤怒，斗争"；大爱鲁迅，用自己灵魂的气息，来充满所创制的一切；用劳作不息，来证明对生命的负责与担当。

不愿仅将其当作研究对象，只听到，他为我们讲说真——"取下假面，真诚地，深入地，大胆地看取人生并且写出他的血和肉来"，"只有真的声音，才能感动中国的人和世界的人；必须有了真的声音，才能和世界的人同在世界上生活"。大勇鲁迅，点燃生命为光，自照照人，通达无我中，不断扬起匕首投枪，以至于似乎人人都过分关注到了他的焦灼、激愤和尖刻，而没有觉知他的浑厚、宁静和宽广；以至于似乎人人都主观确认他一刻也没有静止下来，去深观万物，而错失了他那"野草"式的"独与天地精神往来"。

我自有我的悦意，能够成为对等的生命个体，与先生展开深度对话，"问什么荆棘塞途的老路，寻什么乌烟瘴气的鸟导师！"鲁迅亲手助后人甩开了将其作为"引路人"和"导师"的包袱，丝毫不在乎自我是否得到他人的体认，而引你到自己心灵的门口。

醒悟，并不表示对世间的憎恶，而是心的清清楚楚。去追随鲁迅那颗永远的心，问学之途就不会是钻进牛角尖和将一切固化僵化，所开启的也必将是愈加开阔的境地。

（原载《70 后鲁迅研究学人论文集》，

上海三联书店 2014 年版，第 45—47 页）

爱诗的人总会相逢

诞生自中国的禅宗，经由日本在世界各地开花，尤其是随着佛教和禅诗的传播而盛行于南亚诸国。尼泊尔当代诗人奎师纳·普拉赛（Krishna Prasai）用带有尼泊尔土壤芬芳的地方色彩来创作禅诗，沉浸于本国古老哲学的神圣知识之中，使其灌注了本土血统。

冥想哲学是古老人类经验的表达，在向内探索的心灵之旅中，奎师纳捕捉到来自源头的无意识海洋里产生的初次脉动。他双手捧着盛开的杜鹃花，从静穆的喜马拉雅山麓向世界走来。天空蔚蓝、雪山纯白，生命的晨曦自清新山丘弥漫开，一切无不遵守造物主的法则而律动，享用命运所赐，显示生命的本然。

诗人在精练的诗句中，充分体验每一朵花、每一个生命、每一片刻的美，以高纯净度的禅意、最简练的文字，表达最丰富的情思，历经有限而探寻无限，突破生存的边界，回归宇宙和生命的源头。

奎师纳相信用生命吟唱的歌可以自达崇高，而不必指向任何

"主义"或时代色彩，人为的矫揉造作最终只能破坏诗歌所体现的终极真理。

对于当代人而言，每时每刻头脑里都会有各种念头袭来，层层叠叠覆盖，已永远感知不到第一脉动，而只能受制于第 N 个冲动。从第一脉动发展成第 N 个冲动，就像宁静不知何时变成了勃然愤怒一样，整个过程中心灵已经丧失了太多，是谓麻木。

如何放下思维，超越记忆、判断、惯性等陋习，放弃名利、谋略、世事的负担，战胜大脑每天产生的垃圾，掌控情绪，止住心念，明心见性，悠游自在，进入更加浩瀚的宇宙？这是焦虑忙碌的当代人难以企及的境界。

奎师纳是一位瑜伽修士，他心相清净，觉察深入，创作的禅诗以生命的纯然，和对真源的潜心体悟，仿佛打开别样的法门，为你带来片刻的神醉。奎师纳的禅诗被译成英语、德语、印地语、缅甸语、日语、韩语、俄语等十几种语言，特别在南亚诸国有着广泛的信众，能与中国读者见面，对于中、尼文化交流与禅宗的传播均有着重要意义。

一颗尼泊尔的神圣心灵，响彻世界最高峰珠穆朗玛的天籁，来自佛祖故乡蓝毗尼的内在觉照，将使你获得内心持久的和平与安宁、无限的喜悦。

2018 年 3 月 1—5 日，北京鲁迅博物馆与尼泊尔"德夫科塔—鲁迅学会"联合举办的"鲁迅的杂文：政治与社会意义"国际学术研讨会在加德满都举行。此次盛会中，我有幸结识了该学会的组织者之一、诗人奎师纳·普拉赛，他是位热心好客、幽默爽朗的尼泊尔诗人。他在加德满都的家，名为 Stone House，这里经常举办文艺和学术沙龙，聚拢了尼泊尔及南亚的众多艺术家、作家、诗人和学者。学术研讨会后，中、尼双方的会议代表也来到这所著名的石屋，继续热烈地讨论鲁迅和南亚的延伸话题。

启程回国之前，奎师纳赠送我他的诗集 *Sun-Shower*，是尼、英双语对照版。在飞机上随手翻看，这些穿越语言阻隔、流淌着生命之爱的短小禅诗，一点点消融着沉重肉身包裹着的粗糙灵魂。回国后，带着最初阅读时的辽阔感，尝试将其译成汉语。翻译是艰苦的心之旅，愈是凝练的小诗，愈考验文字功夫。因为不通尼泊尔语，经英语转译，中译底子又薄，希望没有诗尽散逸，尚有不仰赖语言的禅味在焉。

爱诗的人总会相逢，希望有心人喜欢。

2020 年 4 月 11 日于北京崇文门

（原刊《沐泽晖晖》，香江出版社 2020 年 5 月版；

《书屋》2020 年第 10 期）

站在歧路中间：作为书生的周作人

周作人（1885—1967）是一个多重面相的复杂存在，也是一个充满魅力的学术话题。作为五四新文化运动的一名健将，他的博识妙文，他的先锋思想，他与日本复杂的关系，乃至后来遇刺历险，附逆落水，高墙铁窗，抄家批斗，……诸种命运浮沉，无不牵动着研究者与关注者的思绪。特别是，他独特的文学感觉与美学趣味，深深影响了 20 世纪中国文学的走向。

自五四新文化运动落潮，周作人站在了歧路的中间，此后选择的严峻考验仿佛成为魅影，在大历史的转折关头总是拣选着他，不但使其命运多舛，更使其文字在各个阶段打上时代的烙印，为启蒙，为艺术，为稻粱，为生存，……而其中最可爱的面相当属其前半生为启蒙、为艺术的书生身影。

（一）东洋人的悲哀

1911 年初春，躲在日本东京麻布赤羽桥边小楼上逃课看小说的周作人，给已回绍兴老家两年的大哥鲁迅写信，说要略习法文，不想回国。时为浙江两级师范学堂生理化学教员的鲁迅，催促已在南京学过英语，在东瀛游学六年中又学过日语、希腊语、梵语、俄语的二弟速返，告曰：法文不能变米肉。

虽然已详陈祖宗留下的祭田卖绝，资亦早罄，无力维持继续读书。鲁迅仍需亲自上日本劝说，敦促。1911 年 9 月，26 岁的周作人方偕日本夫人羽太信子，回到浙江绍兴。

生长于中国越地的周作人，终其一生毫不掩饰对于明治晚期旧东京的喜爱，从生活方式到文学艺术，由良风美俗到人情物色……在周作人看来，日本的房屋简易，清疏有致，店铺招牌，唐风犹存。日本青年清洁，有礼，洒脱，毫无道学的假正经；日本少女白足行走于室内席上，清新婉约。就连邻家夜不归宿的不良少女，都让其觉得健全真实而美得多。总之，初来此邦，虽言语不通，并不感到孤独困苦，只惊艳于大汉民族的古昔，还健全地活着。很快就与之协和，为之喜悦，乃至迎娶新妇，远游不思归了。

倘不是无论什么事，最初都由大哥代办，用不着费心，在兄长羽翼下过着无忧日子的周作人，不会轻言不孤独；倘不是来东京三年后，即与租住"伍舍"时供应伙食的日本下女羽太信子结婚，得以以市民身份，居于中国人极少的麻布区森元町一带，已无大哥引领的清国留学生周作人，不会轻言不困苦。

与大四岁的长兄鲁迅的使命感不同，周家行二的作人喜安闲，尚游惰，精于美食。闲来啜一杯自然之妙味茶，抿一口非耽溺的清酒，尝一块形色优雅的豆米点心，喝一盅寒乞相的清汤，文学俳味，常出此出，正是非通透如周作人之文人情怀者莫属。

然而，周作人最初被大清国批准赴日是去学建筑的，后来改进法政大学特别预科，主要学日语和一些浅近学科，再后来又名列立教大学。对于周作人而言，真正的学问在课堂之外，逛书店，看闲书，浏览杂志，做翻译，博览杂学。众所周知，周氏兄弟合编的两册《域外小说集》，开辟了东欧弱小民族文学的领地，而周作人的英语起到了很大作用，坊间却从来没有类似于鲁迅"弃医从文"模式的周作人"弃理从文"之说。周作人与"文"仿佛天然就融在一起似的，丝毫不需要任何意义图解。

1910 年 11 月，成家后的周作人搬出了上层绅士居多的本乡区（山手），搬到底层平民聚居的麻布区，像个真正的东京市民一样，开始体验普通日本百姓的生活。这是鲁迅留日生涯中所欠缺的生动内容。和鲁迅为躲避中国留学生而独自出走仙台学医不同，溢出鲁迅气场的周作人，以日本女婿的身份完全浸润于东京市民文化当中去了，此后，他为社会上流动着的日本语所包围，萦绕于眼耳鼻舌身意的，不再只是教科书中的他国符号。

对于山手与麻布的社会阶层面貌之不同，周作人有过精彩的描述：在本乡居住的时候，似乎坐在二等火车上，各自摆出绅士的架子，彼此不相接谈。而在森元町，大家都是火车里的三等乘客，无什么间隙，看见就打招呼，说话也随便。一些市井的琐闻俗事，也就传了进来。以一个外国人的视角，而能同时感受两个阶层的文化差异种种，于后来发展为文学教授的周作人而言，可谓铺垫及时，剧情契合。两个"鬼"的文化心理，待由此出。

周作人非常喜欢的日本文学家永井荷风，出身于山手的武士阶层，却偏偏喜欢下层江户时代的文化，盖出于自身环境中所不可能产生的文化新质素的吸引。深受其影响的周作人，亦由其视野中的浮世绘取径，感得了"东洋人的悲哀"。

在一般留学生而言，能够深入民间，渐入佳境地理解和使用日本口语，已是难得的满足。周作人则在去寄席（杂耍场）听落语（单口说笑话），欣赏川柳（狂句）——江户社会底层町人文化里生长出来的风俗诗品种——接触谐趣横生的活的语言的同时，还能体悟到如同浴后茗香熏烟般的通透舒畅，以至于常常喟叹道学与八股下的汉民族幽默力的匮乏，时时反省虽粗俗油滑而不显优美的川柳，能在世相的映现中，流露出真率坦荡的态度，这对于纲常明教的国度是一种怎样的冲击。

当精神世界由知识堆砌而成的周作人，开始不得不打量日常生活的时候，免不了会带上审视的目光。他后来在文字中奉劝我们，观日本，不要只端相神道、忠君那些宏大的尊容，而要去看日本人如何吃茶弄花草，如何在许多不愉快的事物中间时时发现一点光辉和美，如此，才能解其润泽的心情，知其本真面目。

（二）新村理想

1917 年春天，应北大校长蔡元培的邀请，32 岁的周作人自绍兴北上到北京大学担任教职。鲁迅已于 1912 年就任北洋政府教育部社会教育司佥事。

五四运动爆发的 1919 年，周家的头等大事是卖掉绍兴老家的房子，举家搬迁至北京八道湾。这年 4 月份，周作人就向北大告假先回绍兴，而后将妻子儿女送往日本东京母家。安顿妥当回到北京时，已是 5 月 18 日，大学生天安门集会示威游行已经过去十几天了。但他亲眼目睹了"六三"后军警驱散学生的场面，留下《前门遇马队记》等文章。

当中国各界排日最盛的 7 月，周作人再次来到日本，此次却是访问新村，所接触非理论与实践的侵略家，如新闻记者，官僚，学者，政治家，军阀，等，而是安分爱和平的小商人，手艺人，劳动者，农夫。在周作人看来，在某种意义上，他们也是被侵略的平民。

所谓新村，是 1918 年日本白桦派作家、思想家武者小路实笃在九州宫崎县日向国儿汤郡石河内建立的空想社会主义实验基地。周作人全心赞成武者小路氏所倡导的新村理想——人的生活，协力的劳作，互助独立的精神。他觉得个人虽不那么强大，但大家都能信托理性，互相帮助的话，就会改变社会。用武者小路的话说，就是"国家与国家，纵使交情不好，人与人的交情，仍然可以好的，我们当为人的缘故，互相扶助而作事"。

周作人在日向国新村住了四天，宿于武者小路先生家的小楼之上。他亲眼目睹了头戴圆笠的妇女出坂劳作的情景，在新村会员的热情相待中，深深感受到同类之爱，甚至不忍食动物的肉了。逗留于万山之间，每日以书相伴的周作人也扛起锄头，开始掘地，种植薯苗了，虽说不一会便腰酸背痛，手掌起泡，却融醉其间，几乎忘返。有了浮生半日超越世间善恶，略识"人的生活"之幸福的周作人，随后又顺路访问了大阪京都滨松东京各新村支部，兴致盎然中结束了十天的日本之旅。

回国后，面对汹涌的社会运动，周作人踯躅于风沙扑面的十字街头，歧路彷徨。与其他新文化人不同的是，他对于俄国十月革命并不乐观，所虑在于，万一发生暴力革命，难免有牺牲者，因此，退守至个人主义，希望能够回避暴力革命而实现和平，并为之积极鼓吹和组织中国的新村运动。此举深深影响了中国早期马克思主义者李大钊，还有后来中国革命的领袖毛泽东。

周作人对于新村主义的吸收是有所取舍的。武者小路实笃为践行新村理想，完全忘我地奉献，将自己的财产捐出来贡献给新村实验。对此，周作人的访问记仅有一句提到他的孙子卖掉新筑的屋，将款项投入新村建设，其他均没有具体展开讲述。而要让周作人在中国倡导新村运动时也这么做，基本上是不可能的。1919 年周家举家北上，其中一个重要环节就是将绍兴老家带不走的家当全都变卖给别人，而不是赠送。也就是说，周作人在观念上接受了武者小路实笃的新村理论，但在实际操作层面却远远不及，这也是那时整个中国大环境使然。

当然，武者小路氏也非普通平民，他之所以能够在九州建起规模不小的新村，与之和天皇有血缘关系密不可分。当时，很多人觉得他建新村的行为怪异，当地警察还商量要不要去抓捕他，后来得知是天皇的远亲，也就作罢了。

从后来中国革命的历史走向来看，周作人的理想难免太脆弱，他之所谓新村理想、和平主义仅体现为思想层面的某种价值。缠绕在周作人现象之上的种种思潮话语，多限于文事，当由文学的视角出发而观之。

1920 年以后，周作人深感新村主义只能满足于一己之趣味，而无多大觉世效力，渐渐远离了这一运动。而日本宫崎县的新村至今仍有余声，虽然难以为继，却也存在了一个世纪。

（三）两个鬼："叛徒"与"隐士"

周作人曾经多次提到，心头住着"两个鬼"，一个是绅士鬼，一个是流氓鬼，或说是"叛徒"和"隐士"。这里的"鬼"出自于日本语境，融合了希腊语汇，并不是中国文化里人死后所化成的鬼，也不是西方宗教上的魔，善神与恶神，善天使与恶天使，更远非所谓良心，良知或是灵魂，而是出于为之所迷的状态而言，又与苍生有着密切的关系，是谓有情。周作人公开发表的文字中所呈现的自己，一言一行为这"两个鬼"指挥，像个钟摆在中间摇着……

在周作人那里，绅士的态度与流氓的精神，不止于文学上的雅俗趣味，更有思想上的叛逆、斗争和隐逸、超脱的分野，而这些均来自现实生活中对于阶层鸿沟的深刻体味。所谓绅士鬼，即隐士，谓之写写闲适小品，聊以消遣的周作人。其实，周作人更乐于做隐士，碍于火热的社会现实，却只能偶尔涉笔。俳句小诗捕捉瞬间情思，神醉于刹那哀美，最嫌忌市俗之气，于此而言，你可以原谅绅士不肯"叫一个铲子是铲子"，倘若叫了便流出市侩的恶俗味。然而，如在生活中永是不肯叫铲子，那便是失之于迂。

在周作人看来，一个贵族看人好像是看一张碟子，周身散发着冰冷的空气，这是阶级壁垒对于人性的扭曲，那么，写文章端架子，道貌岸然，从肚脐画一大圈禁忌之地，已经是假道学的气味了，而要将肉麻当作有趣，则何其伪善卑劣乃尔。

对于卑劣，就要拿出"叛徒"的流氓气。周作人的浮躁凌厉不独指新文化启蒙早期所写下的反抗旧礼教，提倡思想革命等的正经文章，当列名于《对于北京女子师范大学风潮宣言》，被陈源视为暗中鼓动的"某籍某系的人"时，忍无可忍的周作人即露出"流氓气"的一面。他大声怒斥现代评论派诸绅士之"卑劣"，"压根儿就没有一点人气，还亏他们恬然自居于正人之列"。1926年的"三一八"惨案中，自己的学生献出了年轻的生命，而绅士们却在做帮凶。周作人文字里一个掷地有声，重拳抨击的"叛徒"，呼之欲出。不过，他无论如何也想不到，40年后的自己会急切地要抓住当年与之争锋相对的章士钊来做保护伞。现实和文学有时真的无法分清，到底谁在讽喻谁。

在周作人身上，"两个鬼"并非截然分得很清，而是错综间隔。他的理想是希望二者能够结合，生长出理想的平民文学。从为其所迷的角度引来鬼的说法，与其说是思想沉重，人格分裂，毋宁说是一种文化精神上的通达，至少对于1920年代的周作人来讲，可做如是观。

今天的我们再次面对周作人的"两个鬼"时，要回到新文化的语境中，在文学革命与思想革命的框架下，体贴入微地理解"叛徒"与"隐士"的特别意味和逻辑连带。如果非要在周作人1930—1940年代的文章里去看他如何扮演了这"两个鬼"的角色，尤其是将这个"叛徒"与落水附逆的周作人联系起来，就将文学逼进了死胡同，无话可说了。

（原刊《法制日报》2019 年 7 月 9 日）

苦雨斋里的前尘影事

一个人和他的书斋，在茫茫时空中听来如微尘般渺小，它对文化史究竟能有多大影响？读了《周作人和他的苦雨斋》(孙郁著，人民文学出版社，2003 年 7 月第 1 版)，会引起你的深深思索。

打开此书，随即就打开了与"苦雨斋"所有文图并茂的相关链接。这里有谈笑的鸿儒，又有琐碎的生活；有性情的抒发，亦有师生的恩怨；有文艺的曼咏，更不乏学理建设；……

正像作者在自序中所言，周作人是一个杂色，要写好这杂色谈何容易！然而，作者拈起"苦雨斋"这一浑然天成的文化符号，牵来缕缕可供探讨的人文话题，对往来于此的文人做一番绣像。不仅展现了周作人和他的弟子、同道、友人之间鲜活的文化互动，更时时以周氏兄弟迥异的思想追求相应照，字里行间跳跃闪回着作者个性化的见地，使人在轻松阅读中，不知不觉追溯浏览了 20 世纪中国文化的一道另类奇观。

作为京派文人的重镇，苦雨斋里弥漫着浓厚的士大夫气息，同时又保有五四初期的纯净。主人既冲淡空灵，往来之人亦不俗。其弟子如古怪朴讷的废名，温文尔雅的江绍原，略显生硬的沈启无，温厚真挚的俞平伯，特立独行的顾随；同道有慷慨激昂的钱玄同，性情天真的刘半农，以及沈尹默、沈士远、沈兼士三兄弟，等。他们在这里品味书香，切磋学问，远离时尚熏染，呈自由洒脱之状，在学术顿悟中寻求心灵慰藉，孕育新学科的萌芽，形成了特有的文化流脉。当然，他们也喜欢将简单的人生繁复化，将严肃的学理趣味化，透着些许自恋和造作的赏玩感。不过，在阶级斗争日趋激烈的年代里，能以从容快慰的文字，让人赏心悦目，自然也透出现代中国动荡时期沙龙文化的多样性。难怪其他流派的友人也常常被吸引光顾于此，如自由激进的胡适，惊世骇俗的郁达夫，浪漫如斯的徐志摩，……

周作人和他的苦雨斋相依相伴了四十余载，他曾在这里读书冥想，翻译作文，研究民俗，辑录笑话；与友人啜茗谈天，坐而论道，游戏笔墨，鸿雁传书；每每流连于花鸟虫鱼，驻足于人类精神产品之林，听来似乎是无尽晴空下的闲云野鹤，常发出清绝逆俗之鸣。然而，太执着于清静反而不能够清静，当主人选择"苦雨"这一意象为其书斋命名时，大概只缘于审美偏好，不料想会预示后来命运的无常吧。美好时光自上个世纪40年代开始便不复存在，当读到关于其附逆和凄凉晚景的叙述时，你会忍不住掩卷叹息。周作人尽管性情平和，也会失意忘形，有轻浮骂人、缺少雅量的时候；不但经受了牢狱历练，亦有忍饥挨饿和大烦恼的日常生活，可见，任文学境界再超然开朗，周作人也一样地心为形役，难脱苦海飘零的困境。他的埋头著书立说以及令人称道的美文便有了逃避的意味。这真是一个有着人间情怀的凡夫周作人，同时又是上过天堂下过地狱的苦僧周作人……

"苦雨斋由盛而衰，折射出文化上的阴晴圆缺。"然而，其注重学识又讲求审美格调的内在精神于今却渐成传统，很多当代学者和作家正无形中受到恩泽。孙郁先生以他特有的追索式随笔，在对此文化现象的无限感怀中，捧出解读周氏传统的吉光片羽。这里没有生硬的评判，只有融入其中的独特体验；这里对诸多问题深解义趣，又执意不去说破，预留了很多可供思考的空间。不过，从形式上看，全书章品之分若能再留意些，整体架构当更显精致。

作为女性读者，我一直盼着苦雨斋中能够出现几个倩影，可惜自始至终都是沉重的男性脚步。是啊，20 世纪初期，中国的妇女解放潮流还刚刚开始，即便是知识女性也不会潇洒地出入自由。但是对中国文化而言，无论哪一种知识群落，若没有女性话语参与其间，总不能说是健全优良的文化生态。尽管周作人多年一以贯之地为女性尊严说话，很多理论相当精辟大胆，但本人却与女性接触甚少，与冰心、林徽因也交情平平。这就是学理通达又仅仅限于学理的周作人。他冷眼将任何事物当成客观研究的对象，而不投入其间。由此推及其他，是否也会对周作人的理解有新的启发呢？

个人思考可以到此为止，而文本的影响没有止境。无论对学院派研究，还是普通读者，孙郁先生关于中国现代文学和思想史独有的言说方式，正日益显露出弘扬文化的绝佳思路。即便兴趣浓厚，也并不意味着谁都有勇气走进尘封的历史。孙郁先生以其严谨求实的态度细细爬梳资料，又以灵动鲜活的方式娓娓说给公众听，使其从中获益，愿这样的好书多多涌现。

《胡适留学日记》手稿本：
学贯中西的大师如何养成

目前在学界，关于《胡适留学日记》的研究其实还有很大的空间。我简单检索了一下这方面的论文，发现有不少研究者从日记中提炼出文学生活、美国形象、学术成长等等主题展开来阐释，而从文献本身出发研究的比较少，那么，今天我就简单谈一下直接面对原始《胡适留学日记》手稿本的感受，我认为这部文献比较突出地呈现了以下两个特点：

第一，中西文化融合的典型物证

《胡适留学日记》写于一个世纪之前，作为纸质文物能够如此完好地保存到今天，真是太不容易了。我们看文物形态方面反映出的信息：

（一）书写工具。首先，我注意到胡适用的是很普通的美国笔记本，上面印着 Name、Grade、School、Class。美国的基础教育是从 K 到 12 年级，一个大学生应该不会再填 Grade，也就是多少年级，所以这很有可能就是美国中学生普遍使用的本子。有意思的是，胡适的书写方式是中国式的，他将本子横过来用，自右向左翻页，写的时候是自右至左竖写。

其次，在用笔方面，大多时候，胡适用的是西式蘸水笔，这和钢笔还不一样，我们看胡适的日记主体部分，有时书写到最后一笔，力度大的时候有一种分叉的痕迹，显然，只有蘸水笔才会这样。还有少部分日记是用毛笔、钢笔书写的，这部分大都是在归国日记当中。书写所用墨汁的颜色也有很多种，有深蓝、浅蓝、黑色、红色等等。可以看出，红笔多用作批注来用。

最后，看所用语言。胡适在书写中以汉语为主体，夹杂着英文，汉语有时用文言，有时用白话。文本中还有很多中西各种符号。

（二）内容呈现。《胡适留学日记》所用材料非常广泛，有剪报、照片、通信、便签，还有与友人对谈的记录等等，其中加了不少具备当时时代特征的印刷品、宣传页，涉猎面十分广博，全面展现了他的求学、日常生活、娱乐、观戏、郊游等等丰富多彩的经历。有时，胡适还给日记提炼题名，比如，"自课""朋友篇"。虽然胡适已经很注重编排了，但因为是随时记录下来的，内容又如此丰富，文本难免显得庞杂，乃至无章法可循。今天看来，这种记录模式有点手账的意味，这正是历史现场感的体现，恰恰是文献原始的意义之所在，也是胡适最初出版日记时采用"札记"这一名称的原因。

我们知道，1939 年《胡适留学日记》在亚东图书馆初版时是经过了摘录的，这样就过滤掉了很多原始信息，同时也流失了文物独特的形态元素，也就是我们今天所感受到的现场感。比如，胡适是如何搜集材料的，又如何对材料进行整合、裁剪和修改；他思考问题的步骤、得出结论的过程，这些在手稿本上都是有迹可循的。

原始稿本《胡适留学日记》不是一个写满字的普通的日记本，而是增厚的、延伸了很多副文本信息的超文本，特别是一百年前一些美国印刷品夹页，显然是当时的中国社会所缺乏的内容。因而，这整套文献无论从书写方式还是内容呈现上来看，都可以称之为东西文化融合的典型物证。

第二，中西文化比较的思维方式

实际上，胡适拓展了日记这一文体的功能，他把这十八卷本叫作"Thinking Aloud"，也就是"自言自语的思想草稿"，其实这并不是私密日记，也不是文学性日记，而是以读书札记为主的思想随笔、文化记录，是一种综合性文体。从中可以看出，胡适有强烈的求知欲和表达欲，有时，他一天写几千字，思路非常通达流畅。不过，我很奇怪在七年的留学时光里，胡适并不完全写英文日记，而是坚持主要用汉语，他为什么要这样做？我想，是为了要记下这特别的留学经历。从最初下笔那一刻起，他内心期待的读者就是自己的同胞，就感到了向祖国报道作为第二批庚子赔款留美学生，是如何浸润在西方文明当中，有哪些新鲜的所见所闻、感想记录，他预感到这样的文本将非常有价值。所以，我们后来看到它最初其实就是在《新青年》先部分发表。那么，在今天这样一个新媒体发达的时代回望，你会觉得，胡适的札记书写类似于现在的博客和个人微信公众号，除了不能加入小视频，和即时互动之外，其他方面的功用在当下是有传承的，可以说是新媒体写作的前身。

《胡适留学日记》还显示出美国教育体系对胡适的深刻影响，如何一点一滴地形塑了学贯中西的大师，这一点，如果与他的课表、作业联系起来考察，会更加全面。美国教育注重培养学生独立思考的能力，面对任何社会现象要有自己的观点，鼓励互动交流，多运动，强调演讲的重要性。在阅读方面，不仅要求海量，还要求速读，方式有精读、泛读、深度阅读等等。

胡适非常有意识地训练自己上述各方面的能力，从一个不爱运动、不爱社交的内向孩子成长为非常阳光自信、充满活力的留学生。他不仅与其他中国留学生讨论出了"文学革命"这一名词，还追踪时事新闻，报道美国总统大选情况，写下自己对中西不同政体的看法。我们知道，回国后的胡适发表了很多时评文章，是这类写作的高手，其实就是这样有意训练出来的。这些都体现在了留学日记里，尤其体现在他所做的剪报、粘贴的照片等等延伸性的副文本材料。

胡适在阅读时自觉引入比较的视野，与在国内读书时方法发生了很大的变化。他特别喜欢中西文学对读，今天读中国传统文学作品，明天肯定要读西方文学作品，后天再读中国传统文学。具体说，今天读的是《左传》，那么明天就读狄更斯；今天读《古诗十九首》，明天就读莎士比亚，就这样逐渐养成了中西文化比较的自觉意识。他把《安娜传》与《石头记》、《罗密欧与朱丽叶》和《西厢记》比较，锻炼从一种语言迅速切换到另一种语言的感受力，不仅如此，读完后他还当即写下评论，训练自己的书评式写作，这是中国古典文学里缺乏的一种现代文体。在这样的读写训练过程当中，胡适的思维方式就不断从禁锢走向敞开，从一维走向多元。所以，我们发现，愈是在留学期间，胡适的中国文学功底反而愈是深厚。可见，对于研究胡适的中外阅读史，留学日记也是不可多得的一手材料。

通过这样独特的留学日记，我们对学贯中西的大师是如何养成的，有了最直观的感受。实际上，胡适思想草创期所呈现的丰富多元的思想从排印本中是不难总结出来的，然而手稿这种现场感和原始性，却是排印本无法取代的。《胡适留学日记》整部十八册文献，无论从物态形式，还是到内容主旨，不仅是胡适传记和思想研究的第一手资料，更是不可多得的庚子赔款时代留美学生的第一手史料，在某种程度上，完全可以支撑中国近现代思想史的发生学研究，具备源头的意义。

（2020 年 8 月 25 日在"陈独秀、胡适与他们的时代——
纪念新文化运动 105 周年"主题学术研讨会上的发言）

汪曾祺：这个老头儿挺别致

今年 5 月 16 日是汪曾祺先生逝世 10 周年纪念日，作为中国最后一个纯粹的文人和抒情性的人道主义者，汪先生本真为人，本色为文，其身上所特有的深刻而又平和的古典精神，是当今文坛非常稀缺的品质。关于汪曾祺的佳话已有很多，这里撷取点滴，足以使我们重逢一种久违了的真性情。

无论怎么打量，这都是一个长得蛮精致的老头儿，浑身上下透着中国传统水墨画才有的古朴淡雅劲儿。

87 年前的正月十五，肯定是个气朗天清的好日子，在江苏水乡高邮，诞生了以传统书香门第方式养育的最后一个才子文人，这就是汪曾祺。

汪曾祺的祖父是清朝末科的"拔贡"，功名略高于秀才。家里大概有两三千亩田产，还开着两家药店，一家布店。祖父很喜欢汪曾祺，据汪曾祺回忆，有一次，他不停地打嗝，祖父将他叫到一边，忽然说，我吩咐你的事，你做好了没有？汪曾祺使劲想了半天，也没想起是什么事，但却不打嗝了。祖父教汪曾祺读《论语》，写初步的八股文，自豪地夸赞自己的孙子，如果是在清朝，肯定会中秀才，并赏给他一个紫色的端砚，和好几本名贵的原拓本字帖。

汪曾祺的父亲汪菊生更是多才多艺，不仅金石书画皆通，还练过中国武术，是一个擅长单杠的体操运动员，一名足球健将。笙箫管笛、琵琶古琴，父亲样样在行，甚至还会制冥衣，糊风筝。平时在家养蟋蟀、金铃子，来了兴致，会与儿女们在麦田里尽情奔跑，用琴弦放风筝。

在汪曾祺的印象里，父亲以"懒"出名。他那裱糊的四白落地的画室里，堆积了很多求画人送来的宣纸，上面都贴了红签："敬求法绘，赐乎 ××"。母亲有时提醒："这几张纸，你该给人家画画了。"父亲看看红签，说："这人已经死了。"汪曾祺从小就喜欢站在父亲旁边看他作画，看他如何伸着长长的指甲在宣纸上划印，比来比去地构图、布局，这深深影响了汪曾祺的审美意识。

汪曾祺很崇拜自己的父亲，尤其喜欢他的率性、没有长辈架子。"多年父子成兄弟"是汪菊生的名言。17 岁时，汪曾祺有了朦胧的初恋，放暑假了，待在家里写情书，给父亲看见了，他不但不阻止儿子，还站在一旁帮着出主意。沐浴在这样一个宽容平和的父辈之爱里，可以想象，汪曾祺成长得多么自在。

对汪曾祺来说，大概唯一的遗憾就是没有见到自己的亲生母亲。在他很小的时候，母亲就得了肺病，在另一个房间里隔离着。不久就告别人世。但后来的两任继母，对汪曾祺都是疼爱有加，对他像对待自己的亲生骨肉一样。

浓浓的亲情伴着汪曾祺长大成人，幸运女神对他依然情有独钟。在上个世纪烽火乱世的 30 年代，他考入西南联大中文系，授课的老师全都是来自北大、清华、南开的名家。朱自清、金岳霖、闻一多、吴宓、沈从文等皆成为汪曾祺的老师。刚刚走出书香门第，便直接步入国学殿堂，汪曾祺直接传承了大师们身上深厚的国学功底，可以说，中华传统文化底蕴在汪曾祺身上是浑然天成的。

自西南联大毕业后，汪曾祺曾到建设中学任教，并在那里结识了施松卿女士。这个比汪曾祺大两岁的女孩后来成为他的妻子。她也是西南联大的高才生，开始在物理系，后转入英语系。1946年，二人来到上海，正值内战期间，环境恶劣，因为找不到职业，汪曾祺情绪很坏，沈从文写信骂他："为了一时的困难，就这样哭哭啼啼的，甚至想到要自杀，真是没出息！你手中有一支笔，怕什么！"在沈从文的鼓励和帮助下，汪曾祺后来辗转来到北平，在历史博物馆谋了个馆员差事。

汪曾祺一生的故事没有跌宕起伏的情节，最大的坎儿莫过于1958年因为指标不够，被"补打"成右派了。连他自己都解嘲地说，"我当了一回右派，真是三生有幸。要不然，我这一生就更加平淡了。"1958 年，他被下放到张家口沙岭子劳动四年，在位于高寒地区沽源坝上的"马铃薯研究站"，终日画《中国马铃薯图谱》和《口蘑图谱》，这样寂寞单调的生活，他却回味无穷，感叹"真是神仙过的日子。没有领导，不用开会，就我一个人，自己管自己"。而且，"像我一样吃过那么多品种的马铃薯的，全国盖无第二人"。铁凝特别为汪曾祺的这段经历感动，她说，一个对土豆这么有感情的人，他对生活该有怎样的耐心和爱！汪老从容地东张西望地走在自己的路上，抚慰着这个焦躁不安的世界，把他孤独而优秀的灵魂，回赠给了我们这些活在世上的人。可惜，《中国马铃薯图谱》这部奇特著作的原稿在"文革"时被毁掉了。

别看老头儿恬淡，其实有着异常刚性、清醒的一面。当年，邓友梅、林斤澜被打成右派，平时与邻居打个照面都不敢搭腔，而彼时的汪曾祺正被江青赏识，成为样板戏《沙家浜》剧本改编的主笔。逢年过节，汪曾祺把林邓二人接到西郊自己家中，亲自下厨，做几个菜，招待老朋友。邓友梅就问汪曾祺："你现在是大红人，和我们俩搅在一起，不怕沾包儿啊？"汪曾祺说："咳，江青用我，就是用我的文字，我心里呀，跟明镜似的。"邓友梅感激地说，在那个年代唯一接待我们俩的就是汪曾祺。

据邓友梅回忆，很多当年写样板戏远远不如汪曾祺的人，后来都替样板戏说话，说是文化人自己干的，江青并没有干涉多少，只是换换题目而已。唯一站出来，指出江青如何干扰样板戏，如何在她的指导下写作的是汪曾祺，是汪曾祺自己揭露了当时样板戏的"四人帮"后台，这让人十分钦佩。因为这是别人想避都避不开的事情。这种人格力量足以穿透人心。"文革"过后，有出版社要出一批北京作家的作品选，当时没有汪曾祺，林斤澜立刻回绝，说，没有汪曾祺，这本书我们谁也不参加。

生逢乱世，怎么可能没有苦难和窘境，实际上，是汪老将一切青云与低谷完全看淡了，举重若轻，而不是真的人生如坦途。平淡是个很不容易实现的境界，大部分人都是误将平庸做平淡，即便经历丰富，也是庸庸碌碌了此生。问题的关键在心态。

汪老这个人，很通感，这样说不知是否合适？但我确实感受到他敏锐的触角，在生活与艺术之间可爱地伸来伸去，传递着几多眷恋与多情。创作的时候，他经常用美食做比喻，比如，他说，"使用语言，譬如揉面。""抒情就像菜里的味精一样，不能多放。"而在苦闷生活中，他常常用超然的艺术美来愉悦自我。他把批判当成是在出演一部荒诞喜剧，他把检查材料当成一篇篇美文来书写。平淡是汪老的压轴菜，让人从中品出人生的隽永。

通感更进一步就是通达。汪老一生随遇而安，知足常乐，从不怨天尤人。到老也没有自己的房子，不是住爱人单位的，就是住儿子单位的，从来没享受什么局级干部待遇，但他也从来没有在乎过。老之将至，很多人都直呼他"老头儿"。潘旭澜头一次听到这样的称呼，很忿忿，说，怎么能叫人家老头儿，这在南方来讲，是不礼貌的，不尊重人。但在汪老家，从夫人到儿女，乃至孙子孙女都可以这样叫他。"多年父子成兄弟"也是汪老对待子孙的态度，无论何时何地，对待晚辈，对待年轻作家，他都是平和亲切、顾盼有情的，洋溢着一股其乐融融的祥和气。

向汪曾祺求书画，是件很容易的事情。老头儿一高兴，就会自投罗网，主动说："我给你画幅画好吗？""我给你写幅字好吗？"

很多人弄不明白，为什么有很多女孩子喜欢汪曾祺。外出开会，无论走到哪儿，总有一群小姑娘围着他，趋之若鹜地向他讨画，甚至到了半夜12点钟了还不走。北京作协名誉副主席、作家赵大年当年没敢向汪曾祺讨画，却扮演过为他轰赶女孩子的角色，嘴里还不停抱怨着："看把老人家给累得。"

有一次开会间隙，大家到温州某地划船，六七个人一条船，赵大年的船上都是男的，汪曾祺的船上却都是美女。这让赵大年纳罕至今，琢磨来琢磨去，大概是因为汪老的文章有人情味，有人性，有爱心。爱人者，人见人爱。沈从文与汪曾祺的文章深受女孩子喜欢。为什么？因为他们都善待无雕饰的人性之美。

文如其人这句话并不是用在谁身上都合适的，但对汪老却再合适不过。汪老手中这支别致的笔，必须碰到和他一样别致的伯乐，才能给中国文坛带来别致的风景。

1961 年，《人民文学》杂志社编辑崔道怡在一堆来稿里看到了《羊舍一夕》，不禁眼睛一亮。这篇小说，题目充满诗意，内容更有味道。当时崔道怡不知道汪曾祺的政治处境如何，仅从作品角度出发，他找到同事，也是沈从文的夫人张兆和，请她看看并提建议。张兆和当时就说，很好，最好找画家黄永玉做插图。很快，《羊舍一夕》刊登在《人民文学》上。18 年后，汪曾祺又写出《受戒》，这篇小说宛如一块温润的碧玉，给焦躁不安的中国当代文坛带来了久违的清新和亮色，带来了安宁与和美。崔道怡激动万分，称之为可以传世的精品。由于种种原因，这篇作品未能获奖，崔道怡将其收进自己编辑的"获奖以外佳作选本"。当《大淖记事》荣获 1981 年全国优秀短篇小说奖时，有人认为它结构不完美，崔道怡却觉得结构别出心裁。事隔多年，汪曾祺深有感触地说："我的作品能得到老崔的欣赏，我就像喝了瓶老酒似的从心里往外舒坦。"

80 年代初，崔道怡在编《建国三十年短篇小说选》的时候，曾让每位作家写一个小传，这可能是汪老自己传记里最早的《小传》：

汪曾祺，江苏高邮人，1920 年生，童年和少年时期是在家乡度过的，1939 年，在昆明入西南联大读中国文学系，毕业后在昆明、上海教过中学，在北京历史博物馆当过职员，1949 年在北京参加人民解放军南下工作团，以后在北京市文联、中国民间文艺研究会工作，编过《说说唱唱》，编过《民间文学》，1958 年到张家口农村劳动了 4 年，1962 年调到北京京剧团，后来改为北京京剧院，担任编剧至今。开始写作颇早，1940 年发表第一篇小说，1948 年出版过一本小说集《邂逅集》，1963 年出版过一本薄薄的小说集《羊舍的夜晚》，写小说是时断时续的。小时家住在城外的一条接近农村的街上，接触的人都是挑夫、手艺人、做小买卖的、店铺里的学徒，我对他们的哀乐比较熟悉，一部分作品是反映他们生活的。我父亲是个画家，我小时候，喜欢画画，高中毕业后，曾经想考美术学院，没有实现。现在我还喜欢画画、看画，偶尔还涂抹两笔。浅幸，也许因此我的小说受了一些中国国画的影响。我是沈从文先生的学生，到现在还能看出我的某些风格和沈先生是有些近似的。我在大学里读的是中国文学系，但是不大上课，大部分时间倒是读许多外国的翻译作品，契诃夫、阿索林、纪德、海明威，因此我的小说有一点不今不古，不中不西，我最近对自己的要求是"回到现实主义，回到民族传统"，我所向往的现实主义和民族传统是能够包容一切的流派的现实主义，和可以吸收西方和东方的影响的民族传统。我比较熟悉旧社会，近年来发表的小说以反映旧社会的为多，但是小说中的感情是一个八十年代的人的感情，我也愿意多写一点反映当前生活的作品，但是我对当前生活还缺乏自己的独特的观察与思考，还没有熟悉到可以从心所欲，挥洒自如的程度。我需要学习。

汪曾祺非常自知，说自己"充其量是个名家"。他生前比较在乎和认可的文坛评价，是将他定位为"本世纪中国最后一个纯粹的文人"。面对当时文坛盛行现代派、先锋实验等等的西化潮流，汪曾祺说，"我的作品和我的某些意见，大概不怎么招人喜欢。姥姥不疼，舅舅不爱"，但"我仍将沿着这条路走下去。有点孤独，也不赖"。

由名家变成大家的潜力，是自汪老去世后才真正显示出来的。实际上，在经历了"文革"可怕的文化断裂后，是汪曾祺让民族传统和现实主义返老还童，重新焕发了生机。

别致如汪曾祺有着浓重的个人癖好，因为他对生活有深厚的执爱。汪老把自己的业余爱好总结为：写写字、画画画、做做菜。当汪老生命的最后一刻，回光返照的时候，还让家人回家取老花镜来，他要看书。他临走前的最后一句话是——给我来一杯碧绿透亮的龙井！老人去世后，他的遗像前就搁了一个酒壶，一包烟。

汪曾祺喜欢喝酒，是有渊源的。他的祖父没事就爱喝点酒，只一个咸鸭蛋就能喝上两顿，喝到兴头上，还一个人躲到房间里，大声背唐诗。父亲就更不用说了，汪曾祺十几岁时就和他对座饮酒，一起抽烟，父亲还总是先给他点上火儿。

在西南联大的时候，汪曾祺没少喝醉。有时候，肚子饿了，跑到沈从文宿舍对面的小铺吃一碗加一个鸡蛋的米线。一次，竟喝得烂醉，坐在路边，被沈从文看到了，还以为是个生病的难民呢，走近一看，竟是自己的学生，赶紧和几个同学把汪曾祺架到宿舍里，灌了好些酽茶，这才清醒过来。

上了岁数之后，汪老仍然爱喝酒，可是老伴不干，经常为喝酒的事，召开家庭批斗会批判老头。有一次，汪老偷偷摸摸去买酒，人家暂时没零钱找，欠他五毛。汪老忙说，"不必找了，不必找了。"拿脚就走人。第二天，汪老夫人施女士下去买菜的时候，卖酒者擎着五毛钱，冲她大喊："你们家的大作家来我这里买酒了，这是我欠他的五毛钱，现在还给您。"这下可坏了，露馅了，老太一回到家就开始审汪老。

老太对汪老有三种称呼：平常状态下是拉着长音叫"老头儿——"。亲热的时候，叫"曾祺——"，碰到这样的时候，汪老会特别开心。如果忽然来一声"汪曾祺！"老头心里就直发毛——要坏事，要坏事。

这天，老太拉着脸高声喝道："汪曾祺！"汪老立刻像个做错事的小学生一样，心里直打鼓，双手也不知该往哪里放，还琢磨呢，最近没偷着买酒喝啊，又咋啦？正纳闷间，只听见老太连珠炮似的向他发难，"你不但在家里公开喝酒，炒菜的时候偷料酒喝，还瞅机会到宴会上去喝个痛快，现在居然敢自己跑到小酒馆去喝！"汪老赶紧辩解，没有的事啊！老太立刻拿出汪老刚发表的短篇小说《安乐居》，戳到老头儿鼻子尖下面，质问道："还敢嘴硬，有小说为证，没喝怎么会写得这么好啊？"这下老头哑巴了。

其实，汪老是一个非常懂得酒文化的大家，对酒的态度始终停留在品上。他和林斤澜、邓友梅仨好朋友，到宜宾开会时，曾一起去五粮液酒厂喝酒。两杯酒下肚，汪曾祺的眼睛亮闪闪的，津津有味地说道，"有一个北京京剧院的老演员，演小花脸的，生病住院了，出院的时候，大夫说，如果你能做到不抽烟不喝酒，就可以再活20年。他回来后就琢磨，假如让我不抽烟，不喝酒，我再活20年，还有什么意思啊？"这可真是道出了汪老的心里话。

汪曾祺一辈子创造美文，制作美食，奉献美。他不是那种只会吃不会做的半吊子美食家，而是既会吃又会做，喜欢粗菜细做，特别是拌菠菜。在《自得其乐》一文中，汪老悠然写道："我曾用家乡拌荠菜法凉拌菠菜。半大菠菜（太老太嫩都不行），入开水锅焯至断生，捞出，去根切碎，入少盐，挤去汁，与香干（北京无香干，以熏代干）细丁、虾米、蒜末、姜末一起，在盘中抟成宝塔状，上桌后淋以麻酱油醋，推倒拌匀。有余姚作家尝后，说是'很像马兰头'。这道菜成了我家待不速之客的应急的保留节目。"汪老还自我发明了小吃"塞肉回锅油条"——"油条切段，寸半许长，肉馅剁至成泥，入细葱花、少量榨菜或酱瓜末拌匀，塞入油条段中，入半开油锅重炸。嚼之酥碎，真可声动十里人。"

如此有声有色，真是让人忍不住咽口水。汪老做菜很简单，跟写小说一样，就一个主菜，四碟小菜。1996 秋天，他请何镇邦吃爆肚，那时，何镇邦住亚运村，给汪老打电话说，"老头儿，我打车过去 80 元钱，在这边什么吃不到啊，偏要吃你一顿爆肚。"汪老说，"我这个爆肚可不是随便吃得着的，你看着办吧。"11 年过去了，过去对爆肚没什么好印象的何镇邦，至今还记得那汪氏爆肚的美味，真个是唇齿留香。

汪老这辈子最讲究的是意境，他这种追求渗透到生活中的一颦一笑，即便是在逆境中也能寻出美来，自得其乐。他的文章，读来好像都是些家常话，从来没有什么口号，却句句都是至理名言，我最欣赏这一句——"生活，是很好玩的。"

无论怎么看，这都是一个很别致的老头儿，是个在一地鸡毛中，也能够做到诗意栖居的大家，是个对人间烟火充满了世俗趣味的出世者。

（原刊《纵横》2007 年第 8 期）

绍兴三叹

第一次去绍兴，脑子里先有个"人杰地灵"的印象。陆游、王羲之、蔡元培、周氏兄弟……出过那么多文化名人的古城，一定有种无法普通的风采吧。

没想到首先吸引我的并不是特有的越文化氛围，而是这里的人间风情。当华灯初上，像是刚刚从水墨画里荡出来的乌篷船，那么慵懒地停靠在挂满灯笼的亭子旁，用细竹竿弯成拱形的船篷裸露着美好的曲线，不远处静默着的石桥充满柔情地呼应着她，而水中灯影颤颤悠悠，正如碎金子般闪烁着……即便是秦淮河与周庄也没有给我留下如此美妙的印象，更何况，岸上的草丛中，传来了油蛉的低唱，清脆中带着颤音，一种很独特的咏叹调。成阵的蟋蟀集体弹琴，它们的叫声堪称灵动，我忽然觉得北方昆虫的叫声很傻，呆呆的，只是在聒噪而已，没有一点韵味儿。难怪鲁迅要在散文中捡拾百草园泥墙根儿一带的小夜曲，确实动人呢。

绍兴的人口密度和城市规模很适度，带着闲散的心情漫步其中，思绪可以安放在任何一个地方。石板小街上时而踱着疏疏朗朗的行人，有时更会空无一人，但在随处可见的亭子间、桥头或城墙下，绍兴市民会聚在一起性情地唱越剧，无论男女老幼，都是那么投入。我不会欣赏越剧，但他们那份执着的表情，很让我感动。比较起北方一些市镇，踩高跷、扭秧歌所发出的凌乱震耳的锣声鼓声，绍兴市民以越剧来休闲，可谓风雅。我发现，他们很有秩序，而且很早就散场，热闹得刚刚好，不会和"扰民"这样的字眼联系起来。

奇怪，鲁迅笔下那些麻木呆滞的"国民性"表情，我好像只在北方农村看到了，在真正的鲁迅故乡人的脸上，我看到的怎么都是闲适和自在呢？那分明是鲁迅所不屑的林语堂所欣赏的一种生活方式。我忽然想到，鲁迅的一生在我们所能看到的历史中，总是以一种紧张斗争的面目出现，绍兴人骨子里那份享受生命的雅趣，很难寻得到。不过，在他的弟弟周作人那里，我确是十足地领会到了。

在绍兴待了三天，对那里的雨印象深刻。谈不上缠绵，只能说是调皮。一点、两点、三点地下起来了，你觉得很爽，不用撑伞，潇洒地走出门去，但又淅淅沥沥起来，让你后悔没有带伞，不过，也只是刚刚打湿衣服，紧走几步，雨又变成了一点、两点、三点。是一种蛮有味道的风趣。漫步在小巷风趣的雨中，看着颇有古意的市街与房屋，琢磨着那些过往的人物声色，记忆会像周围的空气一样变得湿漉漉的。

这时坐上人力车穿梭在大街上，或是走在小巷中寻觅故人遗迹，很容易产生时空错乱感。在一个叫做笔飞弄的巷子里，我造访了蔡元培故居，和其他故居不同，这是个很有亲和力的地方。这位北大校长的家居陈列，是开放式的，你甚至可以触摸他曾经触摸过的书桌和书柜。

我一直觉得，没有蔡元培就没有鲁迅，说是蔡元培塑造了后来的鲁迅，自然是有些夸张，但在鲁迅一生重要的转折点上，都是蔡元培的出现，才使他的处境发生了转机。没有蔡元培，鲁迅不会到北京做教育部部员，不会到北京大学兼课，也就没有北京时期的鲁迅；没有蔡元培聘任鲁迅做大学院特约撰述员，初到上海的他，经济无有力的保障，很难确保余裕的写作时间，因此也就不会有一个完整意义上的上海时期的鲁迅。但相比鲁迅故居的热闹，这里显得冷清寂寥，就不在这里面寻找什么历史的暗示了吧。

在感叹了绍兴的风情、风雅和风趣之后，我还没有进入绍兴的主题，那就是鲁迅。其实这里有关鲁迅的一切，得花上几天的时间来细细品味。譬如故里、鲁镇、外婆家的安桥头等等。本来打定主意通通网罗，但没想到待在绍兴三天，我竟去了三次鲁迅故里。

第一次，是晚上。在小城就是这样，慢慢散步，一不小心就会走出很远，白天好像必须坐车才能到的故里，傍晚散步时，竟然一会儿就到了。踏上鲁迅故里的那条街，心境确实不同，这可是先生童年和少年成长的地方。我侧耳静静细听，什么声音也没有。黑色的宅门，淹没在黑黢黢的夜色中，孔乙己以及鲁迅私塾老师和童年玩伴的雕像，也像夜色一样黑，这不由得让我悚然联想到封建大家庭的压抑，但也只是思维惯性所造成的一闪念，仔细端详那浙东特有的竹门、木门，其实蛮艺术的。门里的一切是个什么样子，我的想象因没有外人的打扰，而显出神秘。我甚至不急着要进去，因了担心文学作品与现实之间的错觉差异，以及历史老人爱开玩笑的脾性，我宁肯站在门外，傻傻地保持着周氏兄弟所带给我的美妙的审美期待。

没想到第二天，因为一项公务安排，我再次来到了故里。夜晚那自做多情的朦胧印象一下子豁然开朗。我的直观感觉是，鲁迅的童年太幸福了！虽然平时看得最多的是"院子里高墙上的四角的天空"，但作为少爷的鲁迅毕竟不会经受闰土那样的风霜，更何况还有充满无限乐趣的百草园。那高大的皂荚树，碧绿的菜畦，紫红的桑葚……工作人员说有一次真的挖出一个人形的何首乌！流连在偌大的园子里，想起周作人感叹的"跑出去玩固然好，就是坐在门槛上望着那一片绿的草木叶，黄白的菜花，也比在房间或明堂里有趣得多"。况且那里永远是活动的所在，一面顾自玩耍着，一面看着庆叔得心应手地做着竹作……尽管一切已不复是旧物再现，但却实实在在让我感受到，儿时的鲁迅曾有着多么珍贵诗意的成长环境，百草园给予了他多么天性率真的童年经验。

传说绍兴是东方的威尼斯，水路四通八达，桥也是最多的地方。在充满趣味的百草园的后面，有一个水中亭榭，站在那里环顾四周，你会觉得这个说法并不夸张。但我感兴趣的还不是这个，越过水道向东北角望去，斜对面白色的粉墙上有一个大大的"当"字，据说这就是鲁迅当年"在侮蔑里接了钱"的那家当铺，有了这个，我感到与鲁迅的心一下子贴近了，但一般的游人好像并不会深入到这个角落。

待在绍兴的最后一天，会议安排的又是游鲁迅故里，随着代表团第三次来鲁迅家，竟然还会有不同的感受。因为，这比前两次都要热闹多了，我也忽然看清了周家一条街上的铺子，什么孔乙己土特产之类。鲁迅那时大概没有想到，自己身上酝酿着多么巨大的商机吧，再挖掘出土谷祠旅店、祥林嫂家政公司恐怕也火得很。看着熙熙攘攘的人群，我不禁在想，吸引人们来看的兴趣点到底是什么？第三次踏进周家大门，官宦人家的感觉尤其突出，当导游津津乐道于鲁迅的祖父是个京官儿，大堂的地面铺的是京石的时候，我仿佛在听别一个人的故事，尽管鲁迅也确实出身于此，但他"家道中落"的经历，是其走上文学之路的心理基础，这里却很难看出周作人所说的"败落大人家的相片"，不时逼人眼的倒是周围那红红火火、蒸蒸日上的"鲁迅产业"。

不消说，充满诗情画意的绍兴，养育了很多名士佳人，但我更愿意知道他们在成为历史典故、文化标签乃至城市名片之前，在和那些油蛉、蟋蟀们一样本真的时候，是一种怎样原生态的生存。这当然是个妄想。正像所谓的还原历史和回到历史现场只是一种理想的学术冲动一样。但这并不妨碍我把绍兴带给我的美好再带回北京。

虽然只看到了绍兴的一角，但她的风致让我久久回味。走在北京美丽秋日的公园内，看着树上那色彩鲜明的黄色、红色和绿色的叶子在争相媲美，市民愉快地在蓝天下玩着空竹健身，新人们摆出最幸福的姿势拍摄婚纱照，游人的神情和步伐都很悠然，我却忽然感到少了点儿什么，又感到多了些什么，是了，那是一种无所不在的秩序感，这暗暗透着皇家秩序内的悠闲，毫无性情的散漫，会不会是和绍兴不同的地方呢？又是不是民国时期北上做京官儿的鲁迅不知不觉间所失去的呢？

妙应白塔

　　每个人的内心都是有佛性的，因而会有去过寺庙的经历，香火旺盛的寺庙，也几乎都会为此展开请吉祥物、开光、许愿乃至抽签、占卜等颇具神秘色彩的旅游节目。惹眼的繁华将拜佛弄成热闹，所谓清净已难再寻觅，而白塔寺独不然。

　　最初的时候，我并搞不清楚白塔寺的白塔与北海的白塔有何不同，只是住在西四一带，在那周遭散步或乘车而过时，在北京民居屋顶浅灰色波纹的那边，依稀可见埋着似的白塔的华盖，有时又将硕大的塔身蓦地掷入眼内，心中就升腾起无名的感动。在一个天空像脱了底儿似的大晴天，被这感动支配着，我终于选择走进去。

　　这一去，才知道自己是陷入北京城最悠久的历史角落里了。妙应寺白塔暴露在风雨中已736年。仰观于塔基三层须弥座之上的覆钵体塔身和圆锥体十三相轮，也还是能够想象得出元朝初建时代的雄心。当民族大一统的元朝首都——大都雄踞北京之时，白塔寺内的白塔是城中最高的建筑，有"金城玉塔"之称。忽必烈亲自选址，射箭圈出范围。经过八年奋战，这座通体洁白的藏式佛塔，便俨然镇纸一般地"坐镇都邑"了。那华盖周沿悬挂着的36片带有佛像、佛字的华鬘，那轻风徐起，如鸣环佩的个个风铎，那刹顶又一铜质鎏金的空心小型佛塔……这些配搭，无论从哪一面看来，总让人觉得美。我不禁想，能有那么雄大构思的元朝同时期的尼泊尔工艺师阿尼哥，一定也是伟大灵性的人吧。

我所走的大街，叫作阜成门内大街，这大街的北面是朱红色墙壁白边的圆拱形门，那门里，在圆润地写着"意珠心镜"的殿中，一直展览着近万尊元明清三代铸造的藏式佛像，其种类繁多，艺术风格多样，举世罕见。在又一个嵯峨殿堂后面的一块空地是塔院，在那悬挂着写满藏文、梵文形式的咒语真言彩旗的塔院当中，耸然屹立于丽日天空里的，正是那白塔。

龙海上师就是在这样一个蓝到可以染手的湛然晴天走进"有我"的白塔寺的。他说出"疯狂的智慧"这个妙语的时候，就是在这个高悬着乾隆御笔"具六神通"匾额的三世佛大殿中。大殿面阔三间，灰筒瓦，调着大脊歇山顶。正面供奉三世佛像，西面供奉元代金刚萨锤，东面供奉明代无量寿佛，墙上置8幅清代唐卡。此陈设为清乾隆时设置，一直保存至今。清朝全盛之时，前呼后拥的乾隆皇帝，踏了这广庭石阶而虔诚礼佛的光景，还大可以使人推见。

白塔寺内不许燃香，更没有任何可以请到的吉祥物，因而显得冷清寂然。大殿内回旋着龙海上师那祥和的述说声：释迦牟尼佛如何获得菩提证悟，博闻强记的阿难如何一字不落地记下佛的说法，使佛经的开首总有"如是我闻"的句子；"拈花微笑"的迦叶如何仍在云南鸡足山的山洞里，等待那转世的未来佛，"家家阿弥陀，户户观世音"的世俗信仰又是如何形成的；……当上师讲到只通佛理而不去实践，就是如数佛宝，鹦鹉学舌，所得到的智慧只能是疯狂的智慧，而只知道实践不通佛理，把自己搞得或是神神道道，或是面目可憎，一味教训别人，那是盲修瞎炼时，懵懂如我正如醍醐灌顶。

白塔寺内最惹人无限遐思的是"唐卡"，这是一种用不透明的矿物质或植物颜料手绘的西藏画像，年代久远也不会掉色。"唐卡"是藏语。"唐"的含意与空间有关，表示广袤无边。"卡"有点像魔术，指的是空白被填补。平时大众最乐意接受的一般都是菩萨的文身像，像千手千眼观音、大白伞盖佛母等。这里的绿度母唐卡异常宁静优美。作为藏密中最慈悲最美丽的菩萨，绿度母是观音菩萨之另一殊胜示现。相传，观音菩萨在无量劫前，已普救了无数众生。可是有一天，她用慧眼观察六道，发现众生仍是一面悟，一面迷，常常是刚被救上船，又不顾一切地跳进了苦海。看到众生如此执迷和受苦，观音菩萨不禁流下了伤心的眼泪，忽然，眼泪变成了莲花，莲花又变成了绿度母，随之又变出了二十一尊度母。据称，如果经常持诵绿度母心咒——"嗡 大热度大热 度热 苏哈"的话，就可以免除一切魔障。

在此之前，我只知道菩萨必是慈眉善目的，对那些护法的怒目金刚，从不敢多看第二眼。不曾想，今日竟体验到了凶恶形象所带来的痛快淋漓的美感。这里指的是菩萨为调服刚强难化之众生的愤怒化身，也就是具备摧服所有障碍，镇服三界大力量的武身像。作为观音菩萨的示现，狮面佛母火焰背光，头戴五骷髅冠，三目圆睁，张口龇牙卷舌，脖子上挂满鲜人头，身上披有大象皮、人皮，腰间围着虎皮裙。这看上去似乎狰狞恐怖，实则有着深刻的表意：身着虎皮裙，意味着嗔恨心的解脱，悬挂鲜人头，着人皮，意指把所有烦恼遣除掉，把所有执着化成自身的庄严。而文殊菩萨示现的大威德金刚手持骷髅碗，内盛翻滚着的鲜血，表示所有的烦恼已全部化身大乐。凝视这色彩与大爱同样分明的唐卡，我仿佛看到了全世界共通的烦恼和挣扎，以鲜血的形式被拔除掉，人类从此进入圆融无碍的无上正觉。

衬着唐卡彩绘仙境般的背景，在留着七百年风雨之痕的白塔脚下，刚才还仿佛是寂然不见人影，现在却满满环绕着自西向东顺时针径行着的虔诚众生，这是白塔寺最庄严的转塔仪式。他们内心的念头刚才许是一浪接一浪打着滚儿地涌现着吧，此刻却全都化为明镜止水般的一念。那天空的颜色啊，那动听的鸟鸣啊，使你生出宛然和洁白的塔身相对应的心境来。农历六月初四释迦牟尼初转法轮日，和农历十月二十五白塔落成纪念日，僧俗众人右手摇铃，举行盛大转塔活动的盛况已如在目前。那不时回旋着的持续的诵经声、诵咒声，分明是响彻人境的最最动听的妙音。这个时候，个人的祈福之心早已荡然无存，有的只是内心深处对此种庄严仪式感的深深渴望。

倘不是在喧嚷声中走入澄清寂然，倘不是欣赏到唐卡自然流露出的美感，倘不是偶然听到龙海上师妙悟的说法，尤其是，倘不细细体味转塔所带来的轻如飞燕的轻盈，则白塔寺的妙应之处，是无法领略到的。

走出白塔寺，马上就是热闹的市街，这里正洋溢着无穷的人间味。

静默的石屋群

清晨，阳光射进我在北京的书房，窗外可见天坛祈年殿的金色圆顶；它一样也射进石家庄鹿泉市水峪石头村那些赭色石头房子的每一个角落。

当我端坐在书桌旁，将思绪的禾苗一一栽进电脑，我知道鹿泉的老乡们正比我更加热情百倍地在农地里忙活着。

尽管每一个本地人都在说，石家庄市的取名与石头没有关系，可我仍然坚信它们是有关联的，毕竟，石材是上天赐给这片土地最丰厚的资源，就地可取。

这里的石头，绝不会像太湖的石头那样等待被运到上海和苏州去做石花园和假石洞，去暗示雄伟或出尘超俗，去装饰庄严或峥嵘古雅。

这里的石头是坚实的，可靠的；是亲和的，安稳的；是质朴的，静默的。最重要的，它们不雕琢。

当我们踏上冀晋山区那起伏不定的村路，就注定要与这群神奇的石屋相逢。它们全部用赭色石头垒建，无斧凿痕，远远望去，像是不忍离去的夕阳随意涂抹的几处晚霞。

岁月将圆滚滚的卵石路磨得异常光滑。你必须紧盯着脚下，专心地走，才不至于一不小心跌倒。浑然一体的石路石墙，叠合着过去和现在日子的光与影。我们在一座石屋前停住，忽然就闻到这清末民初的老屋在早春二月里散发出来的太阳味儿。

高寿八十七的老太太，端坐在正房的大门口，穿着肥裆黑棉裤，束口处分明是裹着的小脚。墙上悬挂的镜框里，相片挤着相片，黑白的、彩色的，热热闹闹一个大家族。炕上收拾得整整齐齐，一尘不染。间壁存放着一字排开的盛满粮食的大瓮。老人那红润的脸色和爽朗的笑声，自豪地宣示，冬暖夏凉的老石屋多么养人。

老屋经过了几多物换星移的韶华。也许，在某个有月亮的晚上，年轻的她曾经倚在窗前，将火热的颊贴上石壁，看窗外萤火，变成心上人的眼波。也许，在某个带露的清晨，她轻盈地走过这青石小路，刚巧碰见那使她脸红的小伙儿。

想想房屋的主人，在太阳照耀下晒干草，打绳扣，喂牲口，弄庄稼。从春季的第一道犁沟，到田野上被冬雪覆盖的最后一个草堆，看自己垦荒的双手每周都能使大地的表情发生变化。他们坦然地劳作着，并不惧怕逐渐流失的日子。听听墙壁里的老鼠，看看石柱上的蜥蜴，瞅瞅脚下的菌、木上的苔。这些生物和石屋一样在人旁边保持着沉默，它们何曾谈过话或打过手势？石屋主人的眼睛凝视着这些生命，便能嗅到空气中的甜美。

他们无暇关注老屋影壁上残留的各种语录，斑驳的知青点痕迹……历史叠印着历史，营营扰扰，顾自改写着自己，却丝毫无法干犯这里的人们对大自然无穷无尽的直觉，那是他们永恒的青春。在水峪石头村不设幕的舞台上，每天出演的正是最基本、最有光彩的生命活动，这使一切政治的喧哗成为它们的点缀和从属品。

来到石头民居的顶层，才知道自己是有恐高症的，往下一望，小腿顿觉麻飕飕，仿佛有一队蚂蚁在爬。院子里晃动着黑、蓝、军绿色的身影，在逝去的年代，这些都曾是中国的"国色"，此刻掩映在赭色房子中，竟升腾起一种暖暖的美。石缝里的草还没有变绿，正痴情等候着惠风的吹拂。窗前随手斜放着的是作"抿须儿"的器具。一棵几百年的香椿树不知何时被伐掉了，只留下圆茶几那样粗的树墩儿。而另一个院落里，杏花正开，有蜂巢悠闲地立在房檐上。不远处，身着花棉袄的妇女们在刚刚融化了冻冰的河水里，洗菜、洗衣。围绕她们的除了正在发芽的树之外，还有河岸的杂草和垃圾。

登临屋顶的石阶，非常狭仄，就那么写意地站在正房旁侧，丝毫不用护栏，让人不由得担心腿脚不灵便的老人与玩耍淘气的孩子们。事实证明，这样的担心是多么多余。这是他们自己的领地，可以闭着眼睛摸遍每个犄角旮旯儿。这是他们自己的风雨长城，承载着真实的忧愁和狂野的快乐。在他们眼中，这些石头不仅是材料，更是过程和结果。不管它们在流逝的岁月中如何被旁人忽视，却自有一份优雅和高贵。

从这些石屋群里走出来的游子，一定是有乡愁的。近百岁的静默的石屋群，也会心事重重。村里的老乡坦诚地说："要来赶紧来，再过几年可就见不着了。"三普队员们用黑黑的肤色证实了，老乡大可不必担忧。燕赵大地上美丽厚重的乡土民居群落，正在归入文物保护档案。

然而，有形的村落景观可以保存，无形的人文生态却无法复制。老房子的保护与现代化的发展似乎是一对矛盾。我们在着重表达一种真实时，必然会冒犯另一种真实。正像留住历史遗存和古风古貌，不必付出贫穷闭塞的代价一样，坦然享受现代工业文明的果实，科学合理地开发利用宝贵的传统资源，是每一个热爱历史的现代人时刻思索的课题。

怀着思绪渐行渐远，石屋门口的小男孩却在一遍遍，不停挥手喊着"再见！"让人不得不驻足停留，频频回顾。在他清澈好奇的双眸里，人声鼎沸的大城市又何尝不是另一个梦，另一道神秘的风景呢？

据说，乡村生活要远远优越于矫揉造作、支离破碎的城市生活，然而，对于肤浅的人，却只是一过性的淳朴经验。这就像我，吃完了平山的油炸鬼、井陉的挠须儿，再拽上几句当地方言，回到书斋后，所能做的也只是抄录由田野创造的语言而已。

我知道，作为一个旁观者，我无法进入这些石屋天性的最深处。我更知道，当我说出"静默"这个词时，就已经打破了这里的静默。

（原载 2009 年 4 月 29 日《中国文化报》；被选入《2009 年
我喜爱的中国散文 100 篇》，学林出版社，2010 年 4 月版）

后　记

在《〈呐喊〉自序》中，鲁迅回忆自己十八岁出门远行，告别故乡，赴南京求学，说了一句著名的话："仿佛是想走异路，逃异地，去寻求别样的人们。"

"别样"便由此而来。鲁迅的"别样"指的是近代脱离科举的士子毅然走上求变的新路途，是离开原生家庭置身于另类精神空间，是"别求新声于异邦"前的预演与先奏……无论怎样都充满了历史的隐喻与文学的张力，本书之"别样"体现在哪里呢？自认为首先是文体。书中所收 40 篇，是我自 2004 年 7 月到北京鲁迅博物馆工作以来，于学术专攻而外，应各种工作情境陆续写下的小文，包括散文、随笔、自白书、短剧剧本、讲演稿、讲解词、书评、展评、序跋、史料辨伪、漫谈、论文等等。一方面显示了从各种不同的表述进入主题的用意，另一方面呈现的则是驳杂的言说，只道是历史本就如此而行。这其中，有我喜欢的，也有不喜欢的，此刻都一股脑儿地印成铅字送到读者的面前。对于今日看来特别幼稚的地方，也并未做修改，而是留下了岁月的脚印。

其次是话题，自然围绕支柱词"鲁迅"而展开，人物的生平时空尽管是主线，但并没有面面俱到地去精心编撰结构，而是留有很多散点空白，自以为被好几个方向同时吸引，又或是呈星形轨迹运行，自显亮色。那么，读者最关心的是，我将给出一个如何别样的鲁迅？

当然是三大家（文学家、思想家、革命家）之外的景深处，翻译家、医学肄业生、博物学家、矿物学家、金石学家、美术界导师、编辑家、服装设计师、书籍装帧设计师、建筑设计师、书法家、国学家、"教一点钟的讲师"、母亲眼里写小说没有张恨水写得好看的"英雄"、到坟地去摆拍的大学教授……

不过，作家鲁迅是无法绕开不谈的，其文学镜像自有别开生面之处，比如，没有长篇，却以一部速而不朽的中篇"元传记"《阿Q正传》享誉世界，翻译小说独辟蹊径，为中国小说做史第一人，并登上大学课堂首次开讲……鲁迅的别样还在于放到同时代人中去映照，当代话题里去绵延……

如果特别注意到开篇所提鲁迅那句名言前面还有"仿佛"二字，就会得出"别样"的潜台词正是"一样"。"不隔膜，相关心"，乃鲁迅的文艺理想。别样之于鲁迅难道不正是本色吗？一如博大与卓特，在他那里浑然天成，而只不过当我们的视点可以转移时，仿佛看到了他身上隐而不彰的风景罢了。

最后，就是导入视角和文风了。文体既杂，语言风格自然就会多变，散点透视，同样寄予了我别样的思绪。这里必须说说通力合作的传统媒体、新媒体的编辑记者们，他们以广泛的社会沟通经验，清晰的受众定位意识，从本质上影响了我的书斋写作状态，丰富了我的语汇修辞，使我更加领会到心中要永远装着读者、观众，时刻与公众对话，而不是空中独舞。

2014年，当70后还算年轻的时候，几位朋友相约出了一本《70后鲁迅研究学人论文集》，我负责约请钱理群先生、孙郁先生作序，以沟通30后、50后与70后学人的对话，编辑方要求20位作者每人提供一篇"我与鲁迅研究"的文字，于是就有了《追随鲁迅永远的心》。

2016年6月，我有幸赴匈牙利裴多菲博物馆举办"诗的力量——鲁迅、裴多菲文学生涯展"，其间参观了周氏兄弟早年留日时期最早关注的匈牙利著名作家约卡伊·莫尔的故居，于是写下访问记；2018年3月应尼泊尔德夫科塔—鲁迅研究学会邀请，赴加德满都参加学术研讨会，会后翻译了尼泊尔禅诗，有所感悟而成《爱诗的人总会相逢》。

2019年6月27日下午，日本早稻田大学小川利康教授携其新著《叛徒与隐士：周作人的一九二〇年代》来到北京鲁迅博物馆鲁迅书店，就留学时代周作人的生活空间与学养生成之关系、周作人"流氓鬼与绅士鬼"之身份构建，以及如何从东亚和中日间复杂关系的层面来认识周作人等诸问题，展开了一场"大历史1920年代：十字街头的周作人"的深入对话，使周作人的前半生再次浮现于世人面前。应《法制日报》副刊版尹丽老师之约完成《站在歧路中间：作为书生的周作人》。

看到《朱安：谁说我是礼物》《绿林书屋识英雄》，读者可能会觉得画风大变，那是 2020 年春，新冠疫情刚刚爆发，为了丰富足不出户的广大群众的精神文化生活，"博物馆在移动"项目首次开展云博物馆直播活动，脚本要力争口语化，通俗易懂，最大限度地吸引线上观众，因而，行文中新媒体的特色鲜明。传统读者也许刚从上一篇"大师本该如此"的智性风进来，一下子不适应大师也可以出格一点，然而，别样也许正在于此。实际上，今天再通过铅字本出版直播脚本，已然无别样可言。犹记得，当时为了锻炼身体，我每天从居民楼的一层爬到 16 层，就在一级级楼梯的攀登过程中，与易迅的严榆皓君一条条发语音讨论题目，他说这是他第一次听到朱安的故事，我的脚本讲述貌似轻松风趣，却让他更加感受到朱安的悲苦。我听了很受鼓舞，又讲了脚本之外的一些史实，以便策划方加强对于朱安的理解，我还没到达 16 层，严先生便迅速想出了"7300 多天的期待，谁说我是礼物？"这个题目，真的令人叫绝！当时的直播很成功，首播的三期，云博物馆页面曝光 6100 万、信息推送 5470 万。

2021 年 7 月，一个炎热的午后，颜竹老师坐到了我办公室的沙发上，带来了两本精美的《华夏地理》，要我看达·芬奇那一篇，让我谈谈文学以外的鲁迅。彼时，自春节起便在我馆举办的天龙山佛首展仍大热，应观众需求还在延期展出，很多人惊叹鲁迅有如此独特的眼光和宏富的收藏，以及深厚的传统造诣，远远不是在大学中文系里看到的模样。"我们中国也有像意大利达·芬奇那样百科全书式的人物。鲁迅先生那一代知识分子，以一己之力做了这么多有意义的开拓工作，是什么精神让他如此坚守？我们希望海外读者对此能有一个全面清晰的了解。"围绕着传统与现代的宏大话题，两位弱女子一直聊到暮色四合，眼中放出了光芒，至今仍觉得很奇异。"这个历史重任就交给你了！"在告别后的微信里，她和我有力地握手。我居然真的感到肩上一沉。《别样的鲁迅》一文便借此激情而来，也因之成了本书的名字。

康瑞锋君是领读传媒勤勉的出版人，2021年9月，陈漱渝先生和我合编的《他山之石——鲁迅读过的百来篇外国作品》经其手出版后，策划了一系列读书会、直播推广等活动，于是有了以《留日生周树人的外国文学阅读》为题的各种拉长缩短版的介绍文字，无非是换各种说法来证明"当一个小说家坐下来开始写一部小说时，还有上千个其他作家与他共处一室"。当《光明日报》的陈雪编辑也与我约写这类文章时，我发现已经有越来越多的人将之读成了"周树人是如何成为鲁迅的"，于是，我改主意提交了另一篇：《教育部佥事如何践行文艺梦——早于鲁迅载入史册的周树人》，上版前，陈编辑忽然建议主副标题倒过来，更抓人。深得我心。合作如此之好，几乎使我相信，人的确可以靠一种心灵感应来行事。

张晴老师在做一个当下前沿的科研课题，将元宇宙理念引入作家故居，据说观众戴上AR眼镜，站在门外向房间内遥望参观时，就会看到人物与场景都活了。依靠增强现实感的高科技，当下与历史在那一刻完全交融，虚虚实实已无法辨清，是谓博物馆的元宇宙。为此，她需要三分钟视频剧本，从鲁迅故居开始做，我为她述说的宏大科研计划而打动，于是有了《宫门口周宅的一个春夜》。

鲁迅在北洋政府教育部社会教育司任金事期间，有一项工作内容是负责调查和研究古物，这也是我所在的文物系统工作的题中之义。因而，几篇文物普查中对于古迹的感怀与旧址的喟叹也同时收入其中，算是对于文博行业先行者鲁迅先生的致敬。

感谢文物系统的各级领导与同行，我宁静的写作环境，丰富的资源与收获得益于这一宝贵的平台，特别是馆领导和同事们在日常工作中给了我莫大的支持与帮助，是我难以忘怀的。由于工作自身的特点，我不得不经常思考文物与文艺之间的关系，文学博物馆、作家故居面向公众时，该如何将物证载体与精神世界、审美维度更好地融合在一起，尽管鲁迅并不仅仅是个文学家，而是一个百科全书式的人物，然而，文艺已经化为他的血肉。

感谢为每一篇文章投入心力的编者，他们的约稿带来的是社会的需求与期待，因之，这些文章的面世不独属于作者，而是作者编辑的共同作品。当然，对于某些当初意见不统一的修改，我终于又有机会将他们改回原貌，让初版本与初刊本有所不同，亦是我执着的别样。

尤其要感谢人民文学出版社的刘伟兄，2021 年 12 月，在朝内 166 号的直播活动"速而不朽的《阿 Q 正传》"中，我们配合默契，此次随笔集的编辑出版，不知可否称之为"后中鲁"与"后西鲁"时代的又一次愉快联手？尽管只是个小小的文本。编读期间，刘伟兄带着孩子被集中隔离、居家隔离多次，我亦未能幸免，尤其没有想到的是，距家几公里之外的海滨宾馆，竟成为与母亲的阴阳两界生死相隔之地。母亲临终前未能见她一面，是我后半生最大的痛。好在别样的鲁迅，别样的这本书，终于别样地面世了，谨此献给我的母亲。

如果在这本小册子里，你感受到了些许真挚，我便微笑。

2022 年 7 月 18 日于北京阜成门内